江流滚滚

池雄志◎著

线装书局

图书在版编目（CIP）数据

江流滚滚/池雄志著．—北京：线装书局，2017.6

ISBN 978－7－5120－2801－2

Ⅰ．①江…　Ⅱ．①池…　Ⅲ．①长篇小说－中国－当代
Ⅳ．①I247.5

中国版本图书馆 CIP 数据核字（2017）第 153859 号

江流滚滚

作　　者：池雄志
责任编辑：曹胜利
出版发行：线装书局
地　址：北京市丰台区方庄日月天地大厦 B 座 17 层（100078）
电　话：010－58077126（发行部）　010－58076938（总编室）
网　址：www.zgxzsj.com
经　　销：新华书店
印　　制：廊坊市旭日源印务有限公司
开　　本：880mm×1230mm　1/32
印　　张：7.5
字　　数：174 千字
版　　次：2017 年 6 月第 1 版第 1 次印刷
印　　数：0001—2000 册

线装书局官方微信

定　　价：30.00 元

作品简介

一个生于1950年代的土豪的成长和奋斗史。描述了自上世纪八十年代至本世纪初约二十年代间中国改革开放的时代里几个从社会底层起家的平凡人物的故事，他们历尽艰辛、纵横驰骋，利用体制的不完善、人性的贪婪、官场的腐败，一步一步积累个人的财富，揭示改革开放初期一些不良的社会现象，展望了法治社会建设的紧迫性。

目　　录

题　诗

——给一位创业者

春意盎然繁花似锦的三月啊
我来到物阜民丰的大都市
盛世的华光照耀着大街小巷
在一个雨雾蒙蒙的早晨
我遇见了匆忙赶路的你
——遇见了令我心慌意乱的你

柳条飘飘荷叶田田的六月啊
我来到车水马龙的大都市
盛世的华光照耀着大街小巷
在一个骄阳如火的中午
我遇见了汗水淋漓的你
——遇见了令我辗转难眠的你

秋果累累红叶漫山的九月啊
我来到了高楼林立的大都市
盛世的华光照耀着大街小巷
在一个彩霞满天的黄昏
我遇见了静静侯车的你
——遇见了令我朝思暮想的你

北风呼啸雪花纷飞的十二月啊
我来到了灯火如海的大都市
盛世的华光照耀着大街小巷
在一个寒风刺骨的晚上
我遇见了抱着女儿的你
——遇见了令我痛哭失声的你

第一章　换　车

成金鑫怡然望着车窗外的街景，心里盘算着该换辆什么牌子的汽车：唔！陈老板的车是丰田皇冠，刘老板的是本田讴歌，王老板的是……

“小李，王老板的车是什么凯拉克敌？”他拍拍前面开车的司机李焕铭的肩膀问。

“是凯迪拉克。”

“是凯迪拉克。笨蛋！你说我该换辆什么车？你做司机的，你说说看。”

“老板，这辆车还挺结实，没必要换吧！老板娘知道了就要骂我了。”

“哪个老板娘？是老大还是老二？”

“是老大。”

“老大就是太落后，二十年前的大家闺秀变成这样了。老二又太时尚，不打扮一个小时不出门。你应该知道，车子最能体现身份。做生意需要身份。十多万的车，人家看你是个小职员；三十万的车，人家看你是个小商贩；五十万以上，人家才会把你当老板看！”

司机突然问：“老板，身边开过的这辆英菲尼迪，怎么样？”

成金鑫赶紧侧身扭头去看了一下，一辆身形奇异的金黄色越野车呼啸而过。

“这辆车大概多少钱?”成金鑫问。

“六十万。”

“不贵，不贵。”

又一辆深红色宝马越野车疾驰而过。

“小李，刚才驶过的宝马大概多少钱?”

“一百二十万。”

“一百二十万！不是很贵，不是很贵！还是奔驰、宝马大气，就选宝马啦。现在坐的这辆丰田佳美车龄也有差不多十年了，该换了！换下的这辆车送给你了，小李，不嫌弃吧?”

“多谢老板。哪敢嫌弃？我家里还买不起车呢!”

回到家里，成金鑫打开保险柜，算了一下活期存款，只剩下二十六万元。思索了一会儿，他打电话问金辉实业公司的会计，水泥厂、家具厂剩下多少流动资金，回答分别是九十五万、八十六万。他又打电话问主管金辉建筑工程有限公司的同胞兄弟成国进，回答是流动资金一千七百万元。桃源酒店有流动资金六十九万，但是这酒店是几个股东的，动不得。工厂的流动资金也不动为好。建筑工程公司正在给市政府做一个市政工程，还缺资金八百万元呢！存款？在老大那里的是取不出来的；老二也是很难的。差一百万！想不到呀，拼了二十多年，还有缺钱的时候。

成金鑫望着窗外发呆了一会儿。他打开手机，在“联系人”中找到戴行长的电话拨了过去，当对方连说“没问题没问题”后，他也连说了几个“多谢关照多谢关照”。然后拿起另一部手机给司机李焕铭下达了订餐的指令：桃源酒店里最贵、最新鲜的、最有特色的菜都点。所订的包厢是里面设有五个小包间的那种豪华大厢。

当晚，银行行长一行五人来到桃源酒店，吃了山珍海味，众人便急急忙忙各搂一个小姐到里面小包间玩耍。桃源酒店法人虽然是成金鑫，但是背后还有几个股东，所以成金鑫也要在自家的酒店付款两万多元。三天之后，成金鑫的账户里多了一百万元。这一百万的贷款拿什么抵押呢：水泥厂，这水泥厂生产销售两旺，利润不小，抵押一百万也不是什么要命的事。

成金鑫很快订购了一辆宝马越野车，深红色的车身伟岸霸气，让他越看越有成就感；充沛澎湃的动力，让他越开越有征服欲。他左腕戴一块劳力士金表，右腕戴一串三百克重的足金手链，嘴里叼一根古巴雪茄，上车下车的风度令许多男人嫉妒死了，也令许多女人爱慕死了。看看，同是做水泥厂的程老板见了我，第一次主动对我点头打招呼；向我的家具厂提供材料的刀疤六脸上有了一些奇怪的笑容；柳洪林市长坐了一回我的宝马，几乎就要和我交换工作岗位了！桃源酒店的陈经理坚决要求我包她做二奶！哎，二奶有一个大概就够了。近来不怎么沾糊我的老二，这几天一直跟在我屁股后面，整天嗲声嗲气，好像要我封她做个皇后。当年我去南国美容美发中心追她，也花了不少力气才追到手！那时她正和一个穷小子打得火热，对我这个土豪也是不屑一顾的。我指使一帮小兄弟将那穷小子打了一个半死，躺在医院里花完了他父母的积蓄，灰溜溜离开了这个城市。现在她跟了我，生了儿子，却时时盯着钱，处处爱着财。前天她跟我说现在流行红木家具，她的朋友圈里很多人都买了贵重厚实的木家具更换下原来的布沙发。她要买一套缅甸进口的紫檀料十二件古装座椅，总价八十多万！我的家具厂没有这种木料的家具，只能掏钱去买了。我去哪筹这笔钱呢？想不到我打拼了二十年，还有为钱发愁的时候！

成金鑫沉思了一会儿，觉得手头再紧也不能张口向朋友借的，借钱这件事被人传出去就像政治家搞走私，整个形象就毁了。人靠装马靠鞍，活在世上响当当！他决定将囤存起来的八块地卖掉其中一块小的，手头就宽裕多了。他独自开车来到一处僻远的社区，高低大小错乱不齐的楼群间夹着一块一百八十平方米的土地，已经长满各种野草，野草丛上有十来只蜜蜂飞来飞去。

“蜜蜂！这是好兆头，这是风水宝地！哈哈哈，不能卖这块地，这块地不能卖！”成金鑫欣喜地自言自语，一边跳下车来，走近地块仔细察看草丛中的蜜蜂。只见几十只蜜蜂在绿草丛中穿梭往来，不知为什么忙个不停，一幅家兴丁旺的繁荣景象。他拿出手机拍了几张照，然后跺跺脚上的脏泥巴，跳上宝马车。驱车约半个小时，来到吉祥路一个十字路口处的一块土块面前。

这块地二百五十平方米，上面搭了个石棉瓦做屋顶、竹竿子做屋柱的大棚子，没有门，一眼便看见几张木板拼成的床，床边挂满了杂物。一条白色的卷毛大狗躺在床边，看见有陌生人走近，也只是懒洋洋地站了起来，轻轻地吠了两声。

“妈妈的！什么时候我的土地被人占了！”成金鑫大怒，骂骂咧咧地跳下车，冲到棚子前大喊，“谁住在这，给我滚出来！”

许久，没有人回声。

成金鑫定下神，仔细往棚里看去，昏暗中只能看见棚子靠门口那一部分的东西，再往里有什么就不清楚了。成金鑫也不想往里走了，因为实在太暗太脏太乱。

“里面有人吗？给我滚出来！”成金鑫再次咆哮。

卷毛大狗跟着吠了两声。一个瘦弱的老头出现在棚子门口，杵着一条木棍，颤巍巍地站着。

“三天内给我搬走，我要卖这块地了，不搬有你们好看！”成金鑫压低嗓门，声音却是愤恨夹着威胁。

那老头呆呆地立着，一声不吭，也没有什么明显的表情。

成金鑫跳上车，猛踩油门，宝马车吼叫了几声。在街道上行驶了几十分钟，他到了一个别墅小区，他的二老婆郭翠翠的住处前。

郭翠翠的三层楼房占地三百九十平方米，楼房周围还有三百六十平方米的绿化面积。这一亩多地用一堵四十厘米厚、三米高的水泥灌注墙围着。四个角落各种了四棵三米多高的罗汉松，罗汉松之间是牡丹、玫瑰、剑兰、南天竹等各类花草。房子背北面南，西边侧门供汽车出入。南面正门十八米宽，前面建一个用四根罗马石柱支撑的屋檐。屋檐上面用两厘米厚的五彩玻璃做穹顶，当阳光照射屋檐，五彩缤纷的光线便在屋檐下交织辉映，令人赞叹，令人陶醉。

成金鑫打开第一道即是围墙那道欧式铁门时，两条黑背狼狗冲过来撒欢，不断地跃起来和成金鑫亲热。他逗玩了一会儿狼狗，停好车，又打开南面正门进入一楼客厅。他环视了一遍客厅，没有一个人，连保姆的人影也不见。他凝视了一会儿正面墙上那台硕大的电视机和电视机前那套范思哲沙发。就是要用红木换这沙发！这沙发当初也是翠翠强烈要求买的，花了二十多万，才用了三年就要换，唉！成金鑫叹气归叹气，可是心里想着这娘儿是爱惜面子，为自己打气作势，也没什么错。

他缓缓地走上二楼，来到翠翠的卧室前，扭动沉重的门锁，却扭不动。门锁了！平常翠翠是不上锁的，难道出门了？可她的车子还在车库里。成金鑫敲了敲门，里面是翠翠的声音："谁啊？"

"混蛋！还有谁敲你的门！"

"我以为是保姆带儿子回来了呢！"

"我就是你儿子！三八婆！"

翠翠打开了门，看到成金鑫一脸怒色，干脆嬉皮笑脸地说："儿子，请进！"

成金鑫被逗笑了。他细看郭翠翠满脸春光，双眸迷离，闻到她浑身散发着一股迷人的芳香，这贵妃出浴一般的状态令他生疑。他眼光搜索了一遍卧室，突然问道：

“刚才离开房间的人是谁?”

“刚才？什么意思?”

“别装了，老实交代。”

“怀疑老娘偷人！成金鑫，你偷多了，做贼心虚，来这胡闹是吧!”郭翠翠生气了。

成金鑫就喜欢她生气时的模样，一股熟悉的冲动腾然而起。他反扭着翠翠的胳膊，把她推到床上，强脱翠翠的睡衣。自己急急忙忙也脱了衣服，把拖鞋一甩，就扑上去。被甩出的拖鞋重重地撞在床边的梳妆台上，“啪”的一声，将躲藏在梳妆台后面的一只宠物猫惊得蹦跳起来。

第二章　土　地

第三天中午，成金鑫和李焕铭带着五个兄弟来到吉祥路十字路口，看到那个棚子还矗立在那里原装未动。

“兄弟们，先把棚子里的人拉出去，然后把棚子的支柱砍断，整个棚子就塌了。”成金鑫吩咐道。

五人冲进棚子，把上次见过的那个老头抬出来扔在门口不远的地方。老头坐在地上默默地流着泪。随后两个小孩也像小鸡一样被拎出来扔在地上。两个小孩不知所措地东张西望，“爷爷爷爷”地喊着。

就在这时，一个中年人驾着一辆三轮摩托车冲到棚子前，跳下车，奔进棚子里，一转眼便跳出来，手拿一根黑色的铁棍，挥舞得风声呼呼，像横空出世的武林大侠，大喝一声：

“你们都给我住手!”

成金鑫的五个手下一时都愣住了，都站在原地不动。李焕铭站在成金鑫旁边，把领带解下来放在口袋里，伸了两下胳膊。

成金鑫点上一支雪茄。

“兄弟，我叫成金鑫，是这块地的主人，这块地是我从政府拍卖得来的。我叫你们搬离这个地方，有什么得罪了你呢?兄弟?”

“这块地是我的。我叫张德龙，是这里的原村民。政府从我这里征地，征收价格只有五百块一平方米，现在价格是每平方米两万块，你说这块地征得合理吗？这块地被征去七年，钱没有给够，还这样撂荒着。我现在回收了。”

“你和政府的事我不管。我从政府拍卖所得，就是这地的主人。撂荒多久与你无关！”

“哼！与我无关？先问我这条棍子同意不同意！”

成金鑫一惊，以为张德龙会举棍打向自己，慌乱中后退了三步，李焕铭却无惧色，凛然站在张德龙面前。僵持了几十秒钟，成金鑫见对方并无此意，于是掏出香烟，抽出一根，递向对方，想以此示好。

张德龙拿过香烟，扔在地上。

成金鑫脸上的肌肉抽搐了一下，愤然道：“兄弟，你想私了，还是公了？公了明日我叫政府的人过来和你谈，私了嘛……”

“公了私了由你们定，我什么也不怕。”张德龙一脸不屑。

“由我们定，那我们就先拆了这狗窝棚。兄弟们，拿出家伙，砍断四根支柱。”李焕铭大声喊道。五个手下立即跑到车上拿来两柄板斧、三把一米多长的砍刀。

张德龙将棒子“呼”地挥了一下，用棒头指向五人，厉声道：“敢动手的，我要你们站着过来躺着回去。”

五人中年龄最小的曾建红，冲到一根柱子前举起砍刀就砍。张德龙的铁棒拦腰向他扫去，他用砍刀一挡，“铛”的一声，砍刀被打落在地。张德龙接着向他腿部一棒扫过去，曾建红被打翻在地，痛得哇哇乱叫。

其他四人见兄弟被打，脸色陡变，怒气冲冲地握着砍刀、利斧，向张德龙围过来。包围圈慢慢缩小，四个人同时举起凶器向张德龙劈去。张德龙挥动铁棒，“呼呼呼”的风声在他四周响着，一刹那，一把砍刀和一柄利斧被打落，四个人都被迫后退。

李焕铭夺过袁明亮手中的砍刀，“呼呼”挥了两下，向张德龙头部劈去。两人刀来棍往，战了十来个回合，李焕铭渐渐只有招架之功。

“慢！慢！兄弟！”成金鑫大声喝止，“我叫政府的人来和他谈了再说。”

“政府我不怕，天皇老子我也不怕。”张德龙威风凛凛地挥了几下铁棒，显得杀气腾腾。

“兄弟们，上车！”成金鑫命令道。

李焕铭只好叫大家抬曾建红上车。

汽车急速地往医院方向开去。在车子里，成金鑫问李焕铭：“小李，你也是一个练过武功的人，你也看过他的身手了。你认为这个人好对付吗？怎么对付？”

李焕铭摁了一下喇叭，缓缓地说：“老板，这人武功了得。我估计他的棍法是少林棍法。我不是他对手，加上五个兄弟一起上也不一定是他对手。”

“你在武术学校的杨师父会不会帮我们？”

“他为人淡泊出世，不会介入我们的事情的。”

“唉！碰到煞星了！倒霉倒霉！”

“政府会派人和他沟通。如果他不搬，他就是无赖。”

“我估计他不会搬。这样吧。你帮我打听打听，哪里有武林高手，请一个过来帮忙。”

“老板，这什么年代了！还找武林高手？再高的武艺也比不过子弹，一颗子弹就收拾了他！”

“杀人害命的事我们不能干！”

“老板，心慈手软做不得大事。”

“这是小事一桩。我叫政府里的那班兄弟摆平他。摆不平再下重手。”

第二天傍晚，成金鑫请土地局的人吃饭。李焕铭早知道这班人喜欢吃大闸蟹、鲍鱼，便点了每人每样五只。酒也是这班人喜欢的五粮液。两杯酒下肚，成金鑫说了吉祥路那块地的事。

“您刚才约我们吃饭时已经说了一点情况，我们马上查清楚了七年前征收的事。原来有十万块钱卡在银行里了，没有汇到张德龙账户上。这个办事的人却在三年前辞职走人了。”廖云凯科长慢条斯理地说。

“那这十万块怎么补?”

“难就难在这。”

“现在补张德龙十万块也不一定完事，听这无赖的口气，要按时价两万块一平方米算。”成金鑫说完用筷子敲了一下陶瓷菜盘，“叮”的一声响。

“这由不得他，我们要他三天内搬走。”

“如果他硬是不搬呢?”。

“我们城管帮他搬，你放心，成老板，没有我们城管搬不动的东西。”

“那我事先感谢各位了。来！干一杯。”

晚上九点，宴席散时，大家都醉了。成金鑫又请他们洗桑拿。夜里一点钟，成金鑫才和司机离开酒店。

路灯照亮的街道湿漉漉的，刚下了一场雨，两旁的树木滴着沉重的水珠。可是空气还是很闷热。

成金鑫回到大老婆李紫芳住的楼房前，恰好儿子成小谊也回来了，下车时东倒西歪，酒气很大。成金鑫把儿子扶上楼梯，送回四楼他的房间。他来到五楼想看看女儿成小曼，可是五楼已经没有灯光，他就不好敲门了。

他喜爱他的女儿。女儿上个月就大学毕业了，毕业后到哪里工作他还不知道。他想和女儿深入地交谈一次。自从三年前他和郭翠翠生了儿子成小龙被女儿知道后，女儿就对他冷淡起来。那个整天哼着歌曲、天真烂漫的少女一下子变成了一个自我封闭的沉默忧郁的少女。李紫芳和他冷战也罢了，女儿这样冷淡对他令他难受了三年。

他下到三楼，打开门。李紫芳的卧室还有灯光，没有鼾声传出来。他敲了两下门，问道："小曼在四楼吗？"

一会儿，传出懒洋洋的一个字："在。"

成金鑫回到自己的卧室，开了空调，脱了外衣，摆好包着金砖的枕头，倒头便睡。

早上八点钟醒来，他的第一个念头就是和李紫芳一家四口到酒店去吃早点。他首先冲到五楼，把女儿叫醒，然后到四楼叫醒儿子。成小谊却在房间里说："我不想吃，你们去吧，我还要睡。"李紫芳也说不想去，只吃家里昨晚剩下的面包就行了。成金鑫只好和女儿两人来到酒店的餐厅吃早点。

餐厅里人声鼎沸，盛着粥、米粉、点心等的餐车在桌子间来回穿梭。

成金鑫和女儿找了个比较僻静的角落坐下。吃了几口，便问女儿："宝贝，毕业了准备干什么？"

女儿低头吃东西，好像不想回答。

"我的宝贝女儿长大成人了！不需要爸爸了！"成金鑫叹道。

"爸，你希望我做什么？"

"我希望你在政府机关做个官。"

"我做不了。"

"你怎么知道自己做不了？"

"我知道我不适合。"

"那你回家里帮爸爸打理生意吧？"

成小曼不说话，侧头向窗外望去，只见轿车一辆接一辆开进了停车坪，从车上下来一拨又一拨来吃早餐的人。

“爸，我要去贵州或者广西支教。”

“支教？什么是支教？”

“支教就是到偏远地方做教师，那里缺教师，穷苦孩子需要老师去培养他们。”

“做教师？唉……”成金鑫失望地摇摇头。

默默地吃了一会儿。成金鑫抬起头，盯着女儿，坚定地说：“我不许你去！你是我的宝贝女儿，家里什么都有，你要什么爸爸都满足你。你去那种地方，就等于死了，我没你这个女儿了！”

成小曼抬头看了一下激动的父亲，鼻子里有点酸，她低下头继续吃东西。

成金鑫的手机响了，里面是李焕铭慌张的声音：“老板，不好了，那个棚子昨天晚上起火烧死人了！”

成金鑫愣了一下，应道：“你马上到万豪酒店，和我一起去看看。”他放下手机，低头想了一会儿，拿起手机拨通了司机的电话：“小李啊，刚才我想了一下，这事与我们无关，我们无需自己走上门惹事，你不必过来了，我们不理它就是了。”

他再次放下手机，拍了一下自己的前额，为自己的理智感到庆幸。

“爸爸，什么事情这么着急？不够一分钟又没事了？”

“宝贝啊，你这一问，说明你关心爸爸的事情。你就回到家里帮爸爸打理生意吧？现在正是爸爸做生意的黄金时期，好像做什么都顺利，做什么都红火。”成金鑫高兴地说。

成小曼笑了笑：“爸爸，你开工厂一定要注意爱护环境，自然环境是人类赖以生存的大家园。”

“这些大道理我听不懂。我开工厂，只是期望工厂大量出货，资金快速回转，其他的事情我一概不管。”

“水泥厂运作时产生大量废气、污水，废气污染周围的空气，污水毒害土壤。这个道理很简单。还有……”

“这个道理我明白，可是废气怎么净化呢？污水往哪里排放呢？大家都这样运作，我不这样做有什么办法？”

“做得一点就做一点，俗话说：莫要恶小而为之，莫要善小而不为。”

“哎呀，我的宝贝女儿，你读了几年书，修成了一位神仙。我真高兴。我一定牢记你的话：莫要善小而为之，莫要恶大而不为。”

“不对不对，反过来了，应该是：莫要恶小而为之，莫要善小而不为。”

“莫要、莫要恶小而不为，莫要、莫要善大而为之。是这样吗？”

“我的天呀！爸爸，你已经变成一个恶魔了！”

“那你以后要好好跟着爸爸，时时提醒爸爸不要学坏了！”

餐厅里人声越来越大，每张桌子周围都坐满了客人。

成金鑫的手机又响了，他接通却听不清对方的声音，周围的声音实在太大了。于是他们结账离席。

汽车在灿烂的朝阳中缓慢行驶。

成金鑫拨通了李焕铭的手机：“小李，刚才听不清，再说一遍。”

“老板，派出所叫我们过去讯问一下，就为吉祥路那个棚子起火烧死人的事。”

“现在就要去？”

“派出所催啊。”

“烧死的是谁？”

“张德龙的父亲。”

“我知道了，我马上赶过去。”

成小曼坐在副驾驶座上，平静地听着一切，并不觉得奇怪，因为自她懂事以来，她听到的父亲的电话内容都几乎是神秘兮兮的。

回到李紫芳的家门前，成小曼下了车。成金鑫拨通了公安局宁副局长的电话，简单说明了一下情况。然后驾车经过吉祥路，在车内迅速瞄了一遍起火现场。只见那个棚子被烧成了一大堆黑乎乎的炭，地块四面拉起一条警戒线，十多个站在警戒线外的群众正兴致勃勃地谈论着。那条白色大狗被烧去了大半皮毛，趴在地上痛苦地呻吟。

到了派出所，李焕铭早在讯问室里等候。成金鑫坐在两个民警面前，一个问题一个问题地回答，最后在笔录上签了字、按了指印。

“我们可以走了吧?”李焕铭站起来，问民警。

“走? 你们涉嫌放火杀人，要扣押起来!”一个民警厉声喝道。

成金鑫大吃一惊，头脑立刻懵了，侧头望了一下李焕铭。

这时，从门外走进来两个人，前面是灰头焦脸的张德龙，后面是一个民警。张德龙看见成金鑫，扑过去就打。后面的民警反应极快，一把抱住了他的腰。李焕铭也一个箭步冲过去，挡在张德龙面前。

“你放火烧死了我的父亲，我不会放过你的!”张德龙吼叫。

成金鑫这时才反应过来，明白了事情的严重性。他走到要扣押他的民警前，沉稳地说：“警察同志，这件事要调查清楚才下结论，不要冤枉人。我是市里的优秀企业家，市政府会出面的。”

“我只是说‘涉嫌’，没说你真的杀人。”警察喝道。

“张德龙打伤我的兄弟，有人证物证，你们怎么处理?”李焕铭反问。

讯问室里桌子上的电话机响了。一直没有出声的那个警察拿起了话筒。只听到他“呵呵”了几下，放下话筒，把刚才呵斥成金鑫的警察拉到一边，耳语了几句，然后对成金鑫说：“你们可以先回去，不过手机要二十四小时开机，要随叫随到。”

“干吗要随叫随到？我们不是你的走狗！”李焕铭愤怒地说。

那个听电话的警察冲到李焕铭面前，抓住他衣领，一巴掌拍到他头上。成金鑫慌忙冲过去，抓住警察的肩膀，高喊：“警察同志息怒，得罪不起得罪不起！”说着，拉过李焕铭便走出门去。

第三章　纵　火

曾建红的一条腿被打断了骨头，在医院里经过一番处理后，躺在留医部的一个单人病房的床上。李焕铭没有通知他的家人和亲戚朋友，甚至他的手机也被李焕铭收起来了，免得惹起不必要的麻烦。

曾建红的四位兄弟分别叫：刘小帮、王朋、周大健、袁明亮，年龄都比他大，却不到三十岁，个个身健体壮，在同一个武术学校学过武术，拜李焕铭为大哥。平时帮成金鑫追收欠款或者打理其他事务。曾建红被打的第二天下午，四个人买了一堆水果来到了医院他的病床前。

“兄弟，腿还疼吗?”王朋问。

“疼，换药的时候疼得要命。”

“医生说要多久才能好?”袁明亮问。

“大概三个月。”

“在这躺三个月，苦啊，兄弟!”刘小帮长叹一声。

“我一定要报这个仇!”曾建红恨恨地说。

“我们兄弟几个一定帮你报这个仇。”周大健说。

“大哥说，那个无赖的功夫是少林棍法，厉害。”袁明亮说。

几个人沉默了约一分钟。

刘小帮看看门口没人，走过去把房门关上了。然后招手叫其他兄弟把脑袋凑在了一起，说：“要想快点报仇，也为我们成老板除去这个棚子，我们可以在今晚动手……”

说完，其他人均叫好。

离开医院，四个人来到一间路边大排档吃饭喝酒。这次吃饭他们没有喝太多酒，也没有猜码行令；吃完饭，回到成金鑫的金辉实业公司的宿舍睡觉。一切都做得很谨慎、低调，以免引起旁人注意。

深夜两点三刻，他们被手机的闹钟震醒了。喝完一杯茶，四个人蹑手蹑脚地走出住着几十个员工的宿舍楼。他们将面包车的车牌用纸板遮盖，然后挂空挡，合力将车辆推出门口很远才启动车辆，向吉祥路悄悄地驶去。路上已经没有行人，过往的车辆也很少。刚下了一场雨，路面湿漉漉的，可是空气仍然很闷热。天空堆满乌云，星光和月光都被遮住了。现在是万物沉睡最佳的时刻，也是罪恶产生最多的时刻。

司机袁明亮把车停在离棚子约三百米的地方，同时熄了车灯。其他三个人拿出弓，用干树枝做的箭缠着棉花，棉花浸泡汽油。车子黑着灯往前继续开，离棚子只有约三十米时，袁明亮停下车，扭头用打火机机点燃了三支箭。三个人拉满了弓。他迅速把车驶近棚子。棚子出入口面向公路却没有门板。前天打架时，刘小帮他们几个已经看到煤气罐放在棚内左侧。于是，一支箭飞向棚内右侧，两支箭飞向棚内左侧煤气罐的位置。一刹那，棚内火焰蹿起。袁明亮踩尽油门，面包车飞一般冲向昏暗的前方。大概驶了八百米，他们四个听到了后面一声巨大的爆炸声。

司机在昏暗的街道上拐了几个弯，才打开车灯。就在开灯后的一瞬间，他们四个清楚地看见前面不远处站着一个白衣的瘦弱老头，杵着拐杖，面对车灯缓缓走来。四个人同时惊呼一声：“张德龙父亲!”袁明亮一个急刹，车子停在路中间，四个身体也向前倾倒。待他们定下神来，再一瞧，老头却不见了!

“刚才的老头是张德龙父亲吗?”刘小帮问。

“好像是。”王朋说。

“管他娘的！我们快走!”周大键急忙说。

大约一个小时后，来到了一片寂静无人的山岭间。四个人下车，用铲子在路边几百米处挖了一个坑，将三把弓折断后和手套、档车牌的纸板一起扔在坑内，泼上汽油，点燃火把所有东西燃成了灰，最后埋上土。作案的工具只剩下一个汽油桶，但是车厢内备个汽油桶有什么奇怪呢？这个汽油桶永远也证明不了什么。

回到金辉实业公司宿舍，已经是早上五点多钟。他们用强力洗洁清洗了手、脸、头，换下所有衣服扔入洗衣机浇上高浓度洗衣粉清洗。确定没有汽油味留存后，才上床继续做梦。他们的手法娴熟精准，不留一点蛛丝马迹，是经历了多少事件磨炼出来的？不得而知！也不敢想象！

上午九点多钟，他们四个人起床吃了早餐，来到实业公司写字楼等成老板和李焕铭安排一天的工作，可是左等右等不见两个人的身影。于是，袁明亮把昨天晚上用的面包车开到洗车场清洗，其他三个人坐在一起玩扑克。

成金鑫和李焕铭从派出所出来，启动汽车往自己公司方向开去。两个人谁也没有开口，但是成金鑫的脑子里已经在琢磨刚才张德龙的话：到底是谁纵火烧死了他的父亲？也许根本没有人纵火，只是这个堆满杂物的棚子自己起火的！起火时间偏偏发生在打架之后，这也难怪张德龙怀疑。如果公安人员怀疑或者有什么证据，性质就不一样了。可是我们两个昨天晚上陪土地局的人一直玩到夜里一点，回来后就睡觉了，并没有采取什么行动。这事根本与我们无关，不要多想了，多想是自寻烦恼。可是，回到公司经理室，他看见周大健三个在打扑克，心里又浮起了疑问：会不会是他们干的？他们五个行动能力极强，有先斩后奏、将在外君命有所不受的勇气。如果他们瞒天过海干了这件人头落地的事，也是合乎逻辑的。怕就怕在合乎逻辑，要不要叫他们过来问一问？但是，不问为好。一问，事情可能就惹到我身上了。政府的人已经答应动手拆除，干吗这几个小子急急忙忙先动手了呢！真是自找麻烦自讨苦吃啊！

李焕铭也有上述成金鑫的疑问，但是他始终没有开口。当他看见袁明亮把洗得锃亮的车子倒回公司车库，心里就有了七分底："前天刚洗的车，今天又洗。不要追问了，一问事情就变大了，由它自生自灭吧。"

这样，时间过去了一个月，公安机关也没查出有什么问题。现场没有任何人为纵火的证据，经过讯访周边民众，也没有人看见有可疑的人实施了纵火。三支火箭射入棚子时，张德龙和他父亲正在酣睡（两个孩子由他们的母亲带回了乡下），没有一点知觉；大火燃起，张德龙还没起床。他醒来时，他的父亲已经被火海吞没。他刚刚冲出棚子，煤气罐就爆炸了。张德龙没有手机报不了警，周围的邻居发觉时已经燃烧了二十多分钟，消防队赶到时已经燃烧了三十多分钟。烈火持续了约半个小时，除了金属器皿，其他都被大火烧成了灰。三支干树枝做的火箭和箭上的棉花更是烧得不见踪影。哪里有什么证据？

现场证据是没有，可是，从其他方面入手也是可以继续寻找线索的。刘小帮一伙四个在派出所里每个人接受车轮式讯问，四十多个小时不得睡觉、吃食，等等，等等，一切都没有引起四个人恐慌，没有露出一点马脚。成金鑫已经登门拜访了公安局宁副局长，在他的关照下，拷打逼供的手段就没有使用出来。

公安机关查不出证据，张德龙却不这样认可了事。他认为成金鑫一伙干了这件事，他的怀疑就是证据。他一定要找成金鑫报仇！报仇！

第四章　翠　翠

郭翠翠头枕在沙发的靠枕上，静静地听完关于吉祥路那块地的故事。良久。她坐起来，一边整理着沙发，一边说："这事都由我惹起。我现在不要红木家具了。等以后有了更多钱再说吧。——听说，土地局的廖云凯科长升任局长了。你的老朋友柳洪林副市长主管工业、城建，听说也准备升为市长了。你和戴行长也熟。有了这三个人，财源不是滚滚来！"

"如何财源滚滚？"

"现在开发房地产正是财源滚滚的时候。把你囤下来的所有土地卖了，少说也有三千万。从廖局长手里买几十亩地，再找戴行长贷几千万。咱们做几个楼盘卖不是更好吗？"

成金鑫一怔，惊讶于自己想不到的事却由翠翠点拨开了，好像云遮雾罩的山顶突然射进了一股强光，令他兴奋异常。在他的意识中，翠翠只是一个爱财、漂亮的普通女子，平时自己还在心里骂她，说她文化不高，不可能有什么战略眼光。可是，他只知道郭翠翠在发廊里被他追求时的事情，却不知道郭翠翠此前更为坎坷复杂的人生经历。

在一个离县城五十多公里的小山村，郭翠翠出生时前面已经有了三个哥哥和一个姐姐。那时，整个国家都处在风雨飘摇之中。个人家庭生活更是凄风苦雨，吃了上顿不知道下顿在哪里。但是，运动——运动，永远不停地社会运动还是一波接着一波涌来。翠翠睡在摇篮里，耳朵里常常听到锣鼓咚咚咚的声音，随后是一首接一首激越的歌声。她稍微长大，伏在妈妈的背上时，眼中飘浮的是漫山遍野的红色旗子。到了蹒跚学步的时候，家里就基本上没有人理她了。她自个儿在家门前的草坡上打滚、晒太阳。草坡上常常停歇着成群的蜻蜓和蝴蝶，她迈着小步追赶这个追赶那个，可一个也没有逮着。她走到草坡不远处的清澈的小溪边捡石子，没及膝盖的清水中小鱼游来游去。她捡起石子又扔掉，看准游来的小鱼一手抓下去。小鱼跑了，她一个趔趄扑倒在水里。清水漫到她的胸部，她坐在水里哭，小小的脑袋在水面上晃荡。她哭了一会儿，没有人过来拉起她，四周出奇地宁静。她朝家门口看去，没有一个人，家里的大黄狗也不知跑到哪里去了。她停止哭泣，用力站了起来，慢慢朝草坡方向走，溪水不急，她的小腿的力气大过了水流的力度。走到岸边，她一屁股坐在草坡上，继续晒太阳。溪水闪着银光流向远处，蔚蓝的天空没有一丝云彩。

翠翠六岁，吃饭穿衣洗澡洗衣服等等活儿全都自己干了。那年秋天重阳去山上扫墓，噼噼啪啪的爆竹声响过，家里人收拾东西回程。翠翠跟在家人后面，边走边欣赏着路边的山花和树丛中的小鸟，不知不觉间与大人相距了几十米。在一个山坳的三岔路口，大人们转眼不见了。翠翠却往另一条路继续行走。太阳已经坠在山巅，暮色在山间弥漫。翠翠走着走着，却始终不见家人的背影。她慢慢害怕起来，转身往回走。走回到刚才的三岔路口，却不知道往哪条路走了。她想大声喊，但是因为眼泪已经哽塞了咽喉，只能听见她模糊的声音：爸爸妈妈！我在这里！哥哥姐姐，你们在哪里……在哪里在哪里……夜色笼罩着大山，疲倦的小鸟已经入梦，只有身旁的不知名的小虫在呢喃。她越来越害怕，终于放声大哭起来。不知过了多久，父亲才气喘吁吁地站在她面前，一把将她扛在肩上往家里赶。

翠翠就像沙漠中的仙人掌，缺少雨水的滋养，也像被忽视的野草，仅靠自我强大的生存能力，一年一年地艰难成长。青春期来临，许多农村女孩早早离开了学校、离开了父母，独自去打工谋生或贸然找个男人嫁了。翠翠却与一般农村女孩不同。她在学校里学习成绩不错，回到家里还痴迷读书，在农活和家务之余，经常手里拿着连环画和课外书阅读。二十世纪八十年代是一个奔放活跃、令人陶醉的年代，各种文化和书籍充溢着各个角落，连僻远的乡村也不时有演唱会和免费电影上映。翠翠享受着各类书籍、音乐、电影，记住了广州、上海、北京、香港的部分街道名。她没有钱买放音机和磁带，只好经常将杂志上的歌曲连简谱一起抄录下来，不久便写满了三个大笔记本。没有人教她读乐谱，她仅凭记忆记住了几十首歌曲的旋律。一次送同学们的作业本给老师，在老师的写字桌上她看到了一本《大众电影》。老师慷慨地把这本早已过期的杂志赠送给了翠翠。翠翠拿回家里，仔细地欣赏每一张图片和人物，外面世界的美丽与缤纷多彩在她面前打开了。她开始有了自己的憧憬，梦想着自己以后能像杂志上的演员一样风光。她积攒着每一分到手的钱，赶集日和几个要好的女同学去镇上选购喜爱的衣服。即使不够钱买衣服，试穿一下也觉得满足。

豆蔻年华的少女，处在一个贫穷多子的农村家庭，没有任何亲朋做个一官半职，仅靠一亩多薄田维持生计，有沙一般多的梦想却也只有一条出路：读书考大学。翠翠认定了这条路，就放弃了其他所有的爱好和文娱活动，甚至家里的农活也是能推则推，专心致志于学校的功课。每个学期的每次考试，翠翠都几乎拿满分。初中毕业，她以全县第三名的高分入读县级重点高中。在宽敞明亮的教室里坐了两个月，家里就传来父亲病危的消息。她不肯撂下功课，她继续上课，四天后的星期天早上才往家里赶。赶到家里，父亲已经被埋葬。她跪在坟前痛哭了一场，为了劳苦了一辈子的父亲也为了自己迷茫的前程。可是怎么痛哭也洗不去她不孝的罪名，村里人当面指责她，让她无地自容。她来到母亲的病床前，看着不能说话不能走路的母亲，想到三个冷漠无情的哥哥，泪水又哗啦啦地落下来。她和唯一的姐姐说了很多话，嘱托她悉心照顾好母亲，可是姐姐只是呆呆地听、傻傻地笑，并没有回应她什么。她回到学校继续上课学习，可是伙食费没有人寄来了。她申请助学金，两个星期后她拿到了二十五块钱。一些旧书当废品卖掉得了几块钱。星期天她到县城里想找一份日工，问遍了所有的商铺也没人招工。在一个饭店里，一个屠夫模样的老板色迷迷地打量她，问她愿不愿意陪客人吃饭，工钱可不一般。她不明白为什么陪客人吃饭也有工钱。现在是中午时间，肚子正饿着呢，有饭吃还拿钱，何乐而不为？她同意了。她坐在几个大男人中间，一边吃一边听着他们粗野地说笑。说着笑着，他们的手时不时地企图搭她的肩、搂她的腰，甚至想摸她的胸。她丢下饭碗，贼一样逃出了饭店。

冬天来了，翠翠觉得这一年的冬天特别冷。衣服和去年一样多，但是心里感觉没有一点暖和。晚饭后，她经常一个人在校园的僻静处沉思默想。她回忆她无人关爱的童年，回忆读小学时在山路上一天四次来回奔走的情形。一次，父亲帮邻居做泥水活，从房梁上摔下来，昏迷了两天。她守护着父亲，睡在父亲的旁边，直到父亲醒来……如今父亲不在世了，自己怎么独立生活下去呢？出去打工肯定能够活下去，可是读书呢？放弃还是坚持？如何坚持？这个念头在她的脑海盘绕了两个月。待到学期结束回到家里，大哥带回一个女朋友，嚷嚷着要分家各自过日子的时候，她愤怒地哭喊："爸爸尸骨未寒，妈妈卧病在床，你们就要分家过日子，有良心吗？二哥三哥，你们同意大哥的想法吗?”二哥三哥木然不哼声、痴呆的姐姐只是傻笑。她觉得这个家完了，亲人的心已经没有多少亲情，骨肉间的血缘已经生疏冷漠。她下定决心放弃学业去独立谋生。恰在这时，儿时的一个好伙伴覃小玲从广东寄来一封信，讲述村里的几个女孩子的打工生活。她被吸引了，她收拾行囊来到了广东深圳。

翠翠成为了庞大的车间的流水线上一个工作臂。她把流水线上的电路板拿下来放在检测仪里检测，一分钟后如果检测合格，随后放入另外一条流水线上。工作就是这么简单、这么重复。虽然每天工作时间达十二个小时，但是两个月的收入抵得上家里一年的总收入，翠翠感到高兴和满足。她认真细致地工作，决不在自己的环节上出现一点差错。她对领队和同事，总是温和地微笑。她在几百个一色工作服的女工当中十分抢眼，健壮修长的身体，美丽的脸庞，文静的举止，优雅的谈吐，她像一株盛开在喇叭花丛中的美人蕉。所有的管理人员都注意到她了。五一劳动节那天，厂里举行歌舞晚会，翠翠登台唱了一首校园歌曲《小草》，全场掌声雷动，欢呼呐喊。最后，香港老板陈晋昌上台给翠翠颁发奖品，有意问了她的姓名和家乡，在她面前多站了几十秒钟。第二天，翠翠感到了四面八方投来的赞赏、羡慕和嫉妒的目光，连管理人员对她也客气起来。她从此明白了成为人上人的道理：女人要得到别人的尊敬，首先自己要有受人尊重的资本，这种资本就是美丽和学识。一个星期后，当她被选聘到经理室做文秘后，她参加了全国的夜大考试并成功入学。傍晚的深圳街区更加热闹繁荣。翠翠坐在去夜大的公交车里，扫视车窗外生机勃勃的开发场景，观察每一个上下车的人，她都感觉到一股扩张的活力充盈在城市的每个人物中间。繁忙的工地、背着行李匆匆行走的打工者，预示着一个怎样辉煌的明天呢?翠翠迷恋上了深圳的灯光闪耀的夜晚，爱上了特区的工作和生活。

快乐的日子过了两年。时间到了一九九一年。翠翠已是一个二十岁的大姑娘，长得更加美丽动人。追求者不断出现，令翠翠踌躇难定、不胜烦恼。论地域有十几个省的：吉林、河北、山东、云南……论学历有技工、中专、大专……论长相有像张飞的，有像关公的，有像刘备的……当江西小伙子罗剑明出现时，郭翠翠心动了。他们第一次见面是在一次外资公司的联谊会上。丰盛的食品，美妙的音乐，热烈的场景。罗剑明走到郭翠翠面前邀请跳舞时，不懂舞艺的她也毫不畏怯地上场了。她仔细地听着节拍并且小心地移动着脚步，身子完全由罗剑明带动。很快地，她的灵巧掩盖了她的笨拙，她的优雅代替了她的生硬。三支舞曲下来，她就掌握了几种简单的步法。罗剑明也真像个绅士，礼貌得体地带着她学习，不让她有半点尴尬的感觉。舞会结束，接下来是抽奖活动。每个人都上台抽奖一次，每次抽奖都有奖品，有领带、钢笔、化妆品、寻呼机、电话机、传真机，等等。翠翠得了一台深圳宝雅电子厂生产的中文寻呼机，价值二千多元。此后的日子里，罗剑明就经常通过寻呼机约她出去玩。

深圳小梅沙海湾。洁净的海水舔着细软的白沙。翠翠光着脚来回走着，观赏着蓝天、大海、风帆……身旁的罗剑明拿着行包寸步不离。他们偶尔小声交谈，大部分时间都是默默地踯躅。他们的心越走越近，身子也越贴越紧。他们拥抱着注视西下的夕阳在海面铺设的金色纱帐，聆听翱翔在海风中的海鸥的清脆叫声。他们陶醉于大自然的美，沉浸于人间的幸福美好。三个月后，他们租房同居了。翠翠永远记得和罗剑明第一次时的感觉：疼痛并且快乐着。此后，两人如胶似漆地度过了一个蜜月又一个蜜月。一年后，本来清瘦的罗剑明已经骨枯油干，走路都直不起腰了。频繁的感冒发病，经常的请假休养，外资公司逐渐降低了他的绩效工资，最后找个莫须有的罪名开除了他。翠翠眼见自己的爱人堕落，却不知原因，只好在自己的公司帮他谋了个保安的职位。

两人收入有了差距，身体和精神也有了差距，可是爱情还在。翠翠不是朝三暮四的人，她认为自己一辈子养着罗剑明也是情理之中的事，不离不弃才是爱情的本质。但是，就在这个时候，香港老板陈晋昌异常热情地邀请翠翠和几个管理层的员工到香港旅游。翠翠意外地得到了几件价格昂贵的珠宝首饰，其他员工却没有。回来后，香港老板的防弹奔驰车就被安排为翠翠的上下班使用。整个公司没有一个人议论这件事，不是翠翠听不到，而是大家已经习以为常、见怪不怪了。罗剑明也经常看到翠翠坐在奔驰车里上下班，可是病弱不堪的他又能拿什么反抗呢？家里贫穷的父母需要自己赡养，而自己也需要翠翠接济。再说，翠翠还不是自己的妻子，自己睁只眼闭只眼也许更加合理。罗剑明就是抱着这种苟且偷生的思想过着似乎清闲享福的日子，任由别人拉着自己的女友出入。有时，半夜醒来，看着空出的半边床，罗剑明半是辛酸半是无奈地想象此时此刻翠翠被人揉压的样子。他拉开窗帘，看着不眠的特区的美丽夜色发呆。不久以后，翠翠就越来越少回来了。偶尔白天回来，她会拎着大包小包放在罗剑明的面前，罗剑明默默地接受了一切。

翠翠许久以后都记得那次香港之旅。他们公司一行六人到达罗湖口岸，即有一个中英文异常流利的导游小姐迎了上来。她把他们带过口岸，吃过丰盛的午餐，高级商务车载着他们到几个景点参观，晚上住进一个金碧辉煌的五星级宾馆。第二天，他们参观他们公司设在香港的总部，陈晋昌老板毕恭毕敬地站在公司门口迎接他们，令他们受宠若惊。在公司里他们每人得到了两套爱马仕西装、一只 LV 包、一块卡地亚腕表、一支万宝龙钢笔。下午逛商场，商场老板却意外地迎过来，说翠翠是第一亿个踏进他的商场的贵人，为了表示他的感谢，他要送翠翠一套首饰：一副三百八十克的足金手镯，一对祖母绿翡翠耳坠，一串天然南海珍珠项链，一枚一百克拉粉钻戒指。翠翠不知所措地望着导游，导游小姐却迅速拉开翠翠的手提包，将礼品全部塞进去，然后嬉皮笑脸地拍着商场老板的肩膀说："无该你啦！无该你啦！"（粤语：多谢你了！多谢你了！）。其他五个同事站在旁边，听不懂她们说什么，只有羡慕妒忌的份儿。回到下榻的宾馆，导游小姐临离开时，悄悄地在翠翠的耳边说：那是陈晋昌老板送给你的，恭喜你啊！

旅途过程中的贵宾式的礼遇、王侯式的花费，早已令翠翠心醉神怡，还有价格昂贵的礼品赠送，这使自小贫穷、在苦难中长大的她完全沉迷其中，觉得自己终于过上了人上人的生活。纯真的少女时代，她也曾唱着校园歌曲《小草》、《三月里的小雨》走在上学的山路上，摘下路边的野花夹在课本里。她也曾被电影《小花》感动得彻夜不眠，和女孩子们谈论过《庐山恋》中的张瑜。可是，一切都变了，时代的洪流改变了许多人的心灵和情感。人们的心灵已经被物质的占有欲望扭曲和压缩，变得畸形和琐小。

从香港回来后，陈晋昌老板的防弹奔驰车和司机就专门为翠翠服务了。翠翠也不拒绝，从容地利用它上下班。有时，翠翠叫司机载她们几个从自己村里来的姐妹到街上玩，高大英俊的司机也一声不哼地照做，简直像一条驯从的小狗。不过，翠翠明白这是陈晋昌的投资，以后是要回报的。果然，两个月后的一天傍晚，司机把翠翠载到陈晋昌的别墅。丰盛的晚饭后，一位女佣服侍完翠翠沐浴退出卧室，陈晋昌便进来了。他把她扔到床上，以猛虎下山之势向她疯狂冲击。

做二奶的日子无比的舒适和快乐。老头子虽然年龄大了，两人之间没有什么共同语言，但是他会体贴关心人，会买很多翠翠从没见过的东西给翠翠，会带翠翠到各类高档场所见识各种人和事物。翠翠感到很幸福，没有一丝的屈辱感和内疚感。一段日子以后，趁罗剑明不在家，她把放在出租屋内的自己的东西全部拿走了，给罗剑明留下了一个装有三千元的信封和一句话：对不起，我走了。

美丽、年轻、优雅的翠翠给陈晋昌带来无尽的羡慕与荣光，老头子整天乐呵呵的。他要翠翠整天跟在身边，要翠翠成为自己身上的一块肉。他要带翠翠享尽人间的荣华富贵，不求海枯石烂，只图今朝今夕。从东南海岛到西北戈壁，从东北雪山到西南密林，他们的足迹遍布全国。每到一个地方，住的是当地最高级的宾馆，吃的是当地的山珍海味、飞禽走兽。国内玩腻了，便想去国外。可是，翠翠的身份办理签证太难了，申请一年多也批不回来，只好作罢。

快乐的日子在不知不觉中过去了三年。在这三年里，翠翠几乎是忘记了一切、全部身心投入到陈晋昌的情爱罗网中。出外打工第六年的春节临近，翠翠忽然想起要回老家过年。陈晋昌犹豫了两天，畏首畏尾地下不了决心：到底陪还是不陪翠翠回老家？翠翠家里人怎么看待可以做她爷爷的男人？翠翠口头上没有要求陈晋昌陪她回家，但是可以看出她闷闷不乐的神情里含有万般的无奈。她一声不吭地自个去买年货、礼品，又跑去火车站买票。站了大半天也没买到票，一脸疲惫、一身狼狈地回到住地。陈晋昌看到就心痛了，决定开车送翠翠回家过年。

提前到来的春雨淅淅沥沥地下个不停，泥泞的乡间小路使得马力强劲的奥迪越野车也行进艰难。当车子终于停在家门口的一丛翠竹旁时，驾驶了一千多公里的司机疲倦地伏在了方向盘上。翠翠首先下车，陈晋昌佝偻着腰也钻出了车厢，站在翠翠旁边不知所措。翠翠望了一下崭新厚实的大门，喊了一声："妈，我是翠翠，我回来了！"没有人回应。一会儿，邻居家的门开了，探出一个老年女人的脑袋，盯视了几秒钟，又缩回去了。翠翠又喊了一声："哥，我是翠翠！"还是没有人回应。陈晋昌返回车旁，拍拍司机的背部，说："按按喇叭！"司机照做了。突然，不知从哪里窜出一条黑狗，龇着牙在翠翠前面低沉地吼叫。司机跃下车来，一个箭步冲到翠翠面前，挡住了恶狗。这时，旁边一条甬道上走来一个老奶奶和几个小孩。老奶奶喝了一声黑狗，黑狗立即放弃对抗的姿势，摇摇尾巴走了。

"二婆！"翠翠走过去拉着老奶奶的手，亲热地喊。

"你是谁呀！"老奶奶仰起头，大声问。

"我是翠翠呀，郭翠翠。"

"啊，翠翠。二婆老了，认不得人了。"

"你老身体好吧？"

"好好好。听说你发达了。这个是姑爷？"二婆走向前，拉起司机的手。年轻的司机尴尬地笑笑，赶忙闪到旁边。

"姑爷没有回来。这是我老板和他的司机。"翠翠指指两人，从口袋里拿出一个红包塞给二婆，一把糖果分给身边的小孩。分完又问："我妈去哪了，二婆？"

"去田里施肥了。你姐也去了。"

"啊。二婆你回去吧，下雨了。"

这时，毛毛细雨飘洒下来，如一粒粒小小的白糖粘在人的脸上、衣服上。二婆和孩子们走了。司机从车上拿来两把伞，一把给翠翠，一把撑开，站在陈晋昌身边。

明天就是农历年三十了，整个村庄弥漫着一股香火的味道。不远处传来猪的凄厉的叫声，显然是被抬上案板准备宰杀。

翠翠叫陈晋昌和司机回车里坐着，她去田地里找母亲和姐姐回来。转身刚走出几米，远远地就看见姐姐一手挽着母亲的臂，一手揽着一大捆青菜，慢慢地往家里走。

母亲看见阔别了六年的女儿，满是皱纹的脸上绽出了幸福的笑容，随后便流下了泪水，嘴里喃喃地说："我还以为你永远不回来了呢！我还以为你永远不回来了呢！"旁边的姐姐也流下了泪水。

在家里坐定。姐姐端上茶水给客人后便去做午饭。两刻钟工夫，一盘韭菜、一盘苦麦菜、一盘腊肉、一盘炒蛋就端上饭桌了。陈晋昌和司机大快朵颐，吃得津津有味，连口称赞味道好极了，比星级饭店的饭菜天然地道多了。司机问了几次姐姐：这苦麦菜怎么种的，味道怎么这么离奇、这么可口？姐姐只是微笑，不知如何回答。

午饭吃罢，翠翠和姐姐安排陈晋昌和司机去休息后，三个女人就拉起了家常。母亲对目前的家庭状况很满意，除了姐姐年龄大了嫁不出去令其担忧外，其他几个儿子过的日子令其感到欣喜。父亲刚死那会儿，虽然几个兄弟要分家过日子，但是当时家里也没有什么值钱的东西分的，几兄弟只好离家各奔前程。老大夫妻俩在省城打零工后来开了个小饭店，老二夫妻俩在县城做建筑工，老三去了浙江的一个大公司做职员并且娶了当地一个村官的独生女儿做老婆，个个收入不薄。翠翠经常从广东寄钱回来，治好了母亲的病，也翻修、扩建了家里的房子。

正聊得起劲，老二带着老婆和两个孩子回来了。二哥显得很高兴。二嫂从没见过翠翠这位小姑子，乍一见面，即被翠翠的美丽和浑身的珠光宝气惊倒，她上下打量翠翠，竟不敢相信郭家出了这么一个仙女。翠翠给二嫂的见面礼是一千元的红包，这令二嫂惊讶不已。还有摆在厅堂上的小山似的年货和礼品，令二嫂确信翠翠一定是嫁了个大富翁。她仔细观察陈晋昌和司机两人，以及两人与翠翠的言谈态度，确定老头子陈晋昌就是姑爷爷，而不相信姑爷没有来的谎话。她把自己的发现在被窝里告诉了丈夫，郭二兄只说了一句："再说我打扁你！"第二天大年夜，在厅堂的八仙桌前烧香祭祖的时候，二嫂一把将站在一旁看热闹的陈晋昌拉入跪拜行列，并且塞给他一把点燃了的香火。陈晋昌也不拒绝，和众人一起叩拜，然后自己到香炉前谨慎地插好香。至此，郭家人全明白了：老板陈晋昌就是姑爷爷！

比丈母娘年龄还大的女婿，在中国的农村也不是很难获得认可的：只要他有权或有钱，而且出手大方，那么这位女婿就会变得年轻、有魅力、会做人。陈晋昌打拼了几十年，什么世面没见过，区区几户农家能难倒他？他慷慨地派发红包，一万多元钱出手，就把自己装配成了一个人见人爱的驸马爷。在翠翠家里三天，陈晋昌和司机感觉轻松愉快，感觉融入了一个崭新的大家庭。他俩大口吃着天然的食品，隔三差五地烧香、送礼、放爆竹，和一群憨厚的农民和一群无邪的孩子度过了一个别样的新年。

年初三早上，他们要走了。翠翠的母亲亲自为年长的女婿盛上一碗喷香的面条。陈晋昌诚惶诚恐地接过来，不自觉地连说别人听不懂的"无该无该"。（粤语：多谢多谢）旁边站着的翠翠忍不住流下了幸福的泪水。

汽车在泥泞的山路上奋力前行。路边的桃树、李树、柳树……已经抽出了新芽，淅淅沥沥的春雨滋润着天地间的万物。

第五章　梦　碎

已经是上午十点半钟，郭翠翠还是躺在床上不想起来。她睁着眼睛望着房间里的一切却心事重重。灿烂的阳光穿透窗帘射在紫檀木大衣柜上。窗外的棕榈树上一只不知名的小鸟叽叽喳喳地叫个不停。

和陈晋昌在这个房间里住了几年，耕耘了几年，却没有生下一男半女，甚至连怀孕的迹象都没有，以后在陈家怎么确立自己的地位？不过，以前和罗剑明同居了一年多也没有怀孕，难道是自己的问题？可是前几天到医院检查自己的身体，一切都正常啊！陈晋昌和香港的老婆生有一个儿子一个女儿，只能说明他以前没有问题，不能说明他最近几年还有能力。可是，现在劝说七十多岁的陈晋昌到医院检查生育能力，不是笑掉天下人的牙齿吗？不过，也许老头子乐意去检查呢？想到这，郭翠翠翻身起床，洗漱穿戴完毕，便和保姆去菜市场买菜。

晚上陈晋昌回来，翠翠抱住他的肩，先是用香唇吻一下他的脸，然后在他耳边柔情蜜意地轻声说："老公，我想——生个儿子！"陈晋昌一听，立刻醉了，转身抱起翠翠，就想往房间走去。

翠翠挣脱下来，更加温柔地说："老公，我们工作了几年，都没有成果。这是为——什——么——呢？"

陈晋昌一听，愣了一下，说："为麦野呢？"（粤语：为什么呢?)

翠翠拢了拢长发，说：“前几天我去医院检查了。一切正常。你也和我去检查吧?”

陈晋昌一听，笑了：“我已经生了两个子女。我还有问题?”

“不是说你自个儿有问题，而是说我和你共同的问题。”

“什么共同问题?”

“去检查了就明白了嘛，你不去算了!”说着，翠翠迈步向门槛走去。

陈晋昌一把拉住翠翠的手，说：“好好好，我明天和你去和你去。”

第二天从医院出来。陈晋昌在汽车后座抱着翠翠的肩膀，兴奋地说：“翠翠呀，你愿意为我生个儿子，我感激不尽。如果我老来得子，那是天地神灵赐福给我，我虽死无憾！我一定记住医嘱，为我们的 Baby 着想，不抽烟不喝酒了，好好调养身体，争取明年就出成果!”

翠翠一脸幸福地听着，把脑袋往陈晋昌的怀抱里钻，撒娇的模样像个十六岁的小女孩。他的司机听到刚才的话，莫名其妙地突然踩了个刹车，前面的道路却没有任何障碍物。这是个重大的消息，他的司机必须立即向香港的陈晋昌的合法妻子秘密报告，否则他以前领的几十万的佣金就会招来杀身之祸。当晚，他的司机向香港打了电话，履行他作为一个间谍的职责。而令陈晋昌没有想到的是，不但他的司机，连翠翠的生活保姆也被他的合法妻子收买了。翠翠的饮食中被保姆定期地下了避孕药，这个就是年老的陈晋昌拼出老命也没有成果的原因之一。陈晋昌加大进食补品的力度，天南地北地托人购买仙芝灵草，东北的人参，西北的苁蓉枸杞，青藏的虫草雪莲，神农架的灵芝，大别山的铁皮石斛，云贵高原的首乌，南沙群岛的珍珠……且养且战，且战且养，恍惚又一年过去，还是没出成果。最后，陈晋昌决定到名山大川去求神拜仙、到古寺大庙去烧香遂愿。

在崎岖的山路上，司机和生活助理一人一边扶着陈晋昌向上吃力地走着，到达半山腰或山顶上的古寺庙，陈晋昌往往累得气喘吁吁，脸色发白。于是，每次登山前在附近花高价请来捎夫，用两条粗杆扎住一个轻便的竹椅子，四个捎夫抬着陈晋昌上山去。

寺庙去得多了，活动量增加了，陈晋昌的身体日渐强壮起来，每周一次的云雨会也变为每周三至四次，甚至六次七次。

一天夜里一点多，翠翠起床小解回来，钻进被窝时碰到了陈晋昌的右手，感觉冰冷坚硬。再看他的脸，苍白无生气。翠翠把手伸到他的鼻子底下，一点气息都没有。打开电灯一瞧，人确实是殁了。翠翠被吓得一下子跌坐在沙发上，恐惧和悲伤使她浑身颤抖不止，也暂时中止了她的思维。她坐在沙发上哭泣了十来分钟，思想才慢慢恢复，她赶紧起身到隔壁叫生活助理和司机。他们匆匆过来，马上打急救电话。一会儿，医院的急救车来了。医生检查了一遍，摇摇头，说不用送医院了然后收拾东西走了。司机拿起床头的陈晋昌的手机，闪到门外走廊上打起了长途电话。

宾馆的经理催促着快点把尸体抬走，司机和助理冷冷地告诉她："别急，警察还没到！"翠翠在一旁听到这话，感觉这样处理事情不妙，可又没有反对的理由，只好听之任之。半小时后，警察到了，封锁了现场，噼里啪啦一阵拍照。最后，殡仪馆的来了，陈晋昌被抬走了。天也亮了。郭翠翠被要求跟警察到公安局讯问。

阳光灿烂，照耀着车水马龙的繁荣街市和一座座在建的或者建好的楼房。郭翠翠坐在警车的后排，隔着铁栅栏，惘然地看着一个个商铺门头上的店名和街道上的行人。忽然她看见一个熟悉的身影在左边的一条马路上穿过，她惊喜地叫了两声：“罗剑明——罗剑明——”但是他一点反应都没有，也许根本就没有听到有人喊他。不过，也许那人根本就不是罗剑明，只是相像而已。翠翠努力回忆以前罗剑明和她说起过的他的家乡的名字，对！就是J市，就是这个城市。她掏出手机想给他打电话，可是，她只知道几年前他的寻呼机的号码，现在寻呼机已经销声匿迹了，什么方法可以找到他？她正在清理着罗剑明的人脉线索时，警车开到了公安局，警察叫她下车。

在讯问室里，翠翠详细讲述了陈晋昌死前的活动情况，当然也包括自己的活动情况。警察暗示她讲述上床后两人的细节。

“这个也要讲？”

“事关人命。你应该讲。当然你也可以不讲。”

“我不讲。”

“不讲可以。如果查不明白人怎么死的，你就要在这里羁押。”

“岂有此理！我不杀人，你们扣押我就是违法。”

“违不违法不是你说了算。来人——把她带下去！”

两个警务人员把她带到一个狭小的只有一张架床的小房子里。架床的上铺睡着一个中年妇女。她抬起头瞄了瞄翠翠，又睡下了。

翠翠置身此地，才知道形势险恶，同时后悔没有在车上打电话告诉家人。随身物品包括手机都被扣下了，在这人生地疏、举目无亲的地方，现在她是多么渴望有一部手机或其他通信工具与外面联系啊！司机和生活助理突然就翻脸了，不伸手相助，还叫来警察把自己扣押起来，是何居心？几年来，我待他们不薄，他们居然欲置我于绝地，良心都被狗吃了！翠翠反反复复回忆着四年多来的生活，始终想不明白司机和生活助理为什么要陷害于她。

此后，再也没有人讯问翠翠，也没有人来找她，她在羁押所里也联系不了外界，她只有等待——等待。在这漫长而痛苦的日子里，唯一可以交谈的人是同室的中年妇女。翠翠觉得和她待了很久，其实只有二十三天，中年妇女就出去了。在这二十三天中，翠翠和她成了好朋友，向她诉说了被羁押前的事情，当然，中年妇女也向翠翠讲了自己进来的原因——打人："一天深夜，我睡梦中模糊听到厨房有声音，就自个起来了，没有叫醒丈夫。我悄悄走到厨房门口向里望，借助微弱的路灯光，只见厨房向街道的一扇窗户上有个人正在用力撬窗棂，企图撬掉窗棂爬进来。我蹑手蹑脚踱回客厅的门后，拿起一根我平常练习武术的棒子，然后踱回厨房门后等候毛贼进来。一会儿，窗棂断了，毛贼伸进了脑袋、伸进了身躯。我一个箭步冲过去，抡起棒子就向他头部背部狠狠地打，毛贼一声声惨叫。我打了几十下，我丈夫才被惊醒过来开灯。这时，毛贼不吭声了，像一条死狗躺在窗台上。我丈夫一看慌了，说我打死了人，赶紧去派出所自首。我说打死活该，我不杀人我为什么要自首。僵持了几分钟，毛贼发出了痛苦的呻吟声。丈夫喜出望外，拿起桌子上的电话机拨打了110。警察到来后把毛贼送到了医院好好侍候，却把我关到了这里。我的罪名是防为过当，出手太重。如果真打死了毛贼，还要判刑坐牢。你说这是什么狗屎法律？我儿子来看我，告诉我说我的丈夫还真的要到医院服侍那个毛贼！你说这不气死我吗？好姐妹，你进来也是没有理由的——你的老头子是自然死亡，与你无关。据我看，你的老头子是精尽而亡，是个死在牡丹花下的风流鬼。那些警察想听床上的故事，那就说给他们听吧，有什么稀罕，落得他们找个抗拒交代的罪名把你羁押在这里！"

“那下次讯问，我就把床上的细节也告诉他们好了！”

“到这个地步，还有什么羞耻？”

“好姐姐。你哪天出去了，帮我打个电话给家里人，帮我找个人救我出去！”

“这个忙我帮定了，一定要救你出去！”

郭翠翠于是向她详述了家里人的联系方式和罗剑明的所在的村子的名字，只是不知罗剑明村子所属的镇是什么名称，罗剑明的老家在本地是确定无疑的。

中年妇女出去后，深重的孤独和恐惧感让郭翠翠立刻觉得落入了无人回应的地狱。听到走廊里传来脚步声成了她每天的期望，成了她梦中的美妙音乐。她望眼欲穿，度日如年的焦虑心情让分饭的协警感到有机可乘，想编个借口摸她一把，也给她多点饭菜博她好感企图在狭小的房间里得到一些意外的好处。但是，翠翠是见过大场面的人，对这种蝇营狗苟的手段鄙视不已，两次将这个杂种踢出了房间。显然，翠翠这是给自己招祸。就在这小协警想好了法子准备修整翠翠的时候，罗剑明出现了。

罗剑明出现的那个下午，倾盆大雨正在下着，屋顶的铁皮被雨点敲得砰砰响。在会面室里，罗剑明坐在翠翠对面，显得冷静而且威严，昔日病态的神情已经不见了，他平静的脸上泛着健康的红光。面对这位从前被自己抛弃的情人，翠翠自信还有掌握的能力。因为在分手后的一段时期，翠翠还是不断地给予罗剑明现金和物品以支持，还是偷偷地瞒着陈晋昌和他约会了几次，他和她的感情确实是没有破裂的。

“你的事情，那位好心的阿姨都跟我说了。我就是倾家荡产也要把你救出来！”罗剑明缓缓地说。

“剑明，是我以前对不起你。也许这是报应。”翠翠有点哽咽。

“不说以前了。你放心，我会救你出去的。我有不少兄弟和朋友在这个城市里。”

沉默了一会儿。罗剑明就走了。

在左等右盼中，日子又过去了二十多天。翠翠日渐枯瘦憔悴，头发也开始一根根脱落。其间大哥和二哥来看过翠翠，但是，也就是看看而已，却没有办法把自己的妹妹救出来。从他们的讲述中，翠翠慢慢觉得有一股强大的力在后面压着这件事。她回忆起出事当天，司机和生活助理在走廊里打神秘电话；在押她上车时，司机在警察面前窃窃私语。翠翠最后断定：他们有交易！她决定当面揭穿他们的把戏，可是，自讯问一次后，再也没有警察来讯问过她，似乎对她床上的事情也不感兴趣了。

又是一个暴雨滂沱的下午，翠翠被通知可以收拾东西出去了。她清点了一下进来时被扣下的物品，发现少了一个金手镯。她转身质问身旁的女警，女警只以沉默应对，对她的问题不屑一驳。罗剑明拉起她的手就往外走，嘴里轻轻地说：“算了算了吧，就当喂狗了喂狗了！”

在一间僻静的餐厅包厢里，翠翠吃上了一顿美味的午餐。罗剑明坐在她旁边，向她讲述了捞她出来的经过。

和翠翠待了二十多天的那位阿姨找到罗剑明后，罗剑明筹备了五万元现金，来到J城，通过一个朋友约了公安局的一位民警出来吃饭，这位民警打探了几天，回答说是有两个香港人控诉翠翠谋杀，但是又没有确凿证据，所以翠翠被羁押至今。罗剑明去了一趟深圳，回到原来翠翠上班的公司，召集十五个自己的和翠翠的老乡，上门找到了陈晋昌的司机和生活助理，要求他们撤诉。看到这帮气势汹汹的乡党，两个香港人害怕得脸色发白。这时，陈晋昌的香港老婆出现了，她把罗剑明叫到里间一个古色古香的茶室，边喝茶边阐明了自己的要求：郭翠翠不能要求继承陈晋昌的任何遗产，待陈晋昌遗产处理完毕，郭翠翠自然会被释放。当然，作为一个女人，她也理解郭翠翠四年来跟随陈晋昌付出的青春代价，她愿意给予二十万元补偿。罗剑明坚持先撤诉放人，补偿问题待郭翠翠出来再谈；至于遗产，他罗剑明可以代表郭翠翠不要一个子儿。陈晋昌的老婆只好同意，并且带罗剑明到郭翠翠所住各处收拾翠翠的珠宝首饰、衣物和日常用品。罗剑明存储好翠翠的东西后回到J城，郭翠翠也被通知释放了。

“翠翠，你以后怎么办?”罗剑明最后问。

翠翠继续喝汤，没有回应他的提问。待吃饱喝足，翠翠坐在椅子上沉默了一会儿，缓缓地说：“剑明，你说我以后怎么办?”

“我刚才不是问你吗?”

“你还爱我吗?”

“我……我有老婆孩子了。我们不可能在一起了。”

又是一阵沉默。

“我要回家乡去。我要重新开始生活。”翠翠望着窗外的车水马龙的公路，轻轻地说。

第二天，郭翠翠到银行取五万元现金给罗剑明时，发现银行卡里多了二十万元，估计是陈晋昌的老婆汇进去的。这老太太真讲信用啊!

“翠翠，处理这件事情我只花了一万三千块。我怎么能要你五万块!”罗剑明把钱塞回给翠翠，“以前我也得了你很多帮助，前后算起来也有七八万块。这次就算我回报你不行吗?”

翠翠犹豫了一下，将两沓即两万元塞给罗剑明，其余的钱放回自已的挎包里。两人走出银行，在江边的长堤上信步而行。

“我和你去一趟深圳，把你的东西拿回来吧?”

“我不想去深圳了。麻烦你再去一趟，把东西分给你的老乡和我的老乡就行了。”翠翠回答说。

“有的东西很值钱的。”

“这样吧，黄金、翡翠和钻石首饰，你交给我的老乡覃小玲，叫她春节回家时带给我。其他的东西你分了算了。还有，请上次帮忙的老乡到最好的酒店喝几杯。”

“那明天我陪你回老家吧？”

“不用了，也就七个多小时的火车路程，我自己就行了。”翠翠说。他们穿行在密集的人群中，没有拉手，也没有回头。他们的缘分尽了。

第六章　创　业

郭翠翠回到家里，陪着母亲和姐姐，过着悠闲的日子。偶尔去菜地里侍弄一下，或者到山上寻些野菜野果。即使镇上圩日，翠翠也不出门，整天待在家里和姐姐手工织毛衣，或者和村里的女人打打牌、聊聊天。所有的繁华与修饰，都从翠翠身上消失了，一个纯朴自然的女人出现在远离尘嚣的青山绿水之间。

几个月转眼过去，又到了年关时节，村里的年轻人陆陆续续返回来过年了。大年三十下午，快到吃年夜饭的时候，覃小玲才扛着大包小包匆匆回到。她放下行李，直奔郭翠翠的住处。一见面，两人即抱着肩头嘤嘤而哭。哭罢，才互说了几句话，家里人却催着吃年夜饭了。覃小玲拿出一个封装得严严实实的小木箱子，说："这是罗剑明交给我的，叫我带回来给你。看他那仔细的样子，我估计他对你还有感情的。"

"唉！别说感情的事了。只是他还有点报恩的意思而已，谈不上感情吧！"

"知道报恩，说明还有良心。现在许多人的良心都被狗吃了！"

"你又被男朋友骗了？"翠翠问。

"这些王八，一个又一个来骗我！把老娘的裙底当港口，想来就来想走就走。老娘二十五岁了，嫁不出去了！"覃小玲悻悻地说。

“我也二十五了，不准备嫁了，和你相守到老到死吧。”

“唉！别说到老到死这些丧气话。回家吃年夜饭。”说罢，转身走出去了。

吃罢年夜饭，翠翠找到一把斧子，把木箱子劈开，再打开一层厚报纸，便露出了一个首饰盒。她回到自己的房间，把门关上，打开电灯，把首饰盒的盖子掀开。一道璀璨的亮光从盒内射出，那是在香港陈晋昌第一次送给她的一枚钻戒发出的光芒。她拿起来，在灯光下慢慢欣赏。以前生活太匆忙，无暇仔细观赏这枚钻戒。现在她左看右看，越看越觉得它漂亮，越看越觉得它珍贵。观赏了十多分钟，她把它轻轻地放回去。她数了数盒子内的首饰，一共二十六件。她找出一支笔，在白纸上计算了一下自己原来拥有的首饰数量，对照盒子里和在家里的首饰数量，竟然少了三件，加上在羁押期间丢失的一件，一共少了四件。而且都是价值五千元以上的足金首饰。难道是自己记错了？难道是罗剑明收拾东西时拿漏了？不管它了，反正这是自己最后的保命钱，不到最后关头是不能动的。她决定到市里买一个保险柜回来，保存自己值钱的东西和现金。

元宵节的烟花在空中绽放完毕后，郭翠翠和覃小玲来到了H城。看到久违的高楼大厦和喧闹的街市，翠翠的心情荡起了波澜。春节期间她和覃小玲深入长谈了很多次，其中覃小玲多次提到计划不去广东打工了，想和翠翠合作在本地做生意。自己有本钱，覃小玲有人脉关系，这不是天作之合吗？翠翠逛街的同时心里思忖着与覃小玲合作做什么生意。走了大半天，两人累了，走进一个快餐厅吃午饭。吃着吃着，覃小玲突然说：

“我们合作搞个发廊吧？”

“为什么？”

“你看对面那个发廊，一排人坐在那里等，师傅一直在忙。

我估计这个城市这个行业还比较少人做。”

翠翠沉默了一会儿，说：“我不想做生意。”

“你不想做生意？你坐在家里一直到老？我们从小一起长大，什么事都不相瞒，你还不相信我？”

翠翠低下头去。

覃小玲盯着她的脸，说：“我们是好朋友，我不怕你发火，我想问你：难道你还想做二奶？”

郭翠翠像被打了一棍，抬起头来，说：“你不要捅我的过去好不好。说实在的，今天早上我一来到这个城市，就想在这里发展了，这个城市太美丽了。我有点本钱，这个你是知道的。我想和你合作，但我从来没有独自做过生意，而且我不敢相信你的能力在这个城市里能使我们成功。”

“哎呀，我的好翠翠。做什么事情都要敢闯。政府不是说，胆子要大一点，步子要快一点吗！”覃小玲笑着说。

“我不懂什么‘大’什么‘快’。我只知道凡事要慎重。”

“好好好，不说了。回去再商量。”

两人吃罢饭继续逛街，早把买保险柜的事忘到九霄云外了。其实她们心里已经拟定在H城居住及拓展事业，没必要再扛保险柜回家里了。随后，她们隔三差五地来到H城寻找适合租赁的铺面。一个多月后，终于在一个繁华热闹的商住区租到了两层楼，每层二百六十平方米，每月租金三千元。租赁合同签订后，郭翠翠和覃小玲也在口头上议定了合资股份：郭翠翠出资二十万，覃小玲出资五万；利润按出资比例分成。另外，两人在附近合租了一个五十平方米的套间居住下来。此后，郭翠翠负责装修和办执照等事务；覃小玲负责招聘员工并且带到深圳培训。

郭翠翠在办理相关证件时，遇到了不可想象的困难。能用钱摆平的事情虽然痛心但是还好办，有的环节既不明白又没有人指点，费力和费钱都无法解决时，翠翠就垂头丧气，有时真想放弃了。可是装修工程已经进行，覃小玲已经带人到深圳培训，半途而废的后果是可以估算出来的。因此，郭翠翠还是咬咬牙继续到各个政府部门办证。一天，翠翠怯生生地踏进消防中队的大门，在里面转悠了一圈，也没有找到办证的地方，只好站在地坪上东张西望。这时，一个站在篮球场边的中年男子注意到她了。他就是翠翠以后的情夫"成金鑫"。成金鑫走到郭翠翠面前问她有什么事情。翠翠以为他是消防队的，赶紧堆满笑容说："领导您好，我是来办消防证的。"

"我不是领导。我也是来办证的。现在消防队队长出去了，还办不了。我这是在等他呢。"

"您认识他？"

"一个朋友介绍的。"

"太好了。大哥，您也帮帮我吧！"

成金鑫一听，心里高兴极了：想不到刚才令自己目不转睛、魂飞魄散的女人这么快就勾上了！

"我们都是生意人，都要互相帮助。"

"太好了，大哥。您看我这些证件齐全了吗？"翠翠赶紧从挎包里拿出一大摞证件递给成金鑫看。

成金鑫接过证件，又马上塞回给翠翠，笑着说："不用急。这些没用。我问你，你准备做什么生意来着？"

"在中山路南国花苑附近做个发廊。"

"那个地方很好，适合做发廊。待会你肯不肯和我一起陪队长吃晚饭？"

"吃饭？"

"你肯去，你的事情就完成了一半。"成金鑫胸有成竹地说。

"啊。我应该可以去。"

“不是应该。是不是肯定同意去?”

“肯定。”

“那你的身份……我的女朋友，可以吧?”

“不行。是朋友，不是女朋友。”

“啊哈哈……”成金鑫笑了，“是朋友就行。”

于是他们交换姓名及一些平常的个人信息，以免谈话时出现纰漏和误解，接着聊了一些当地新闻，不知不觉就过了一个多小时。消防队长回来时，两人已经相当熟悉了。

丰盛的晚餐桌上，成金鑫和郭翠翠不断地向队长和三个副队长敬酒。喝掉了五瓶茅台酒，四个公职人员还是神色自若，没有一个脸红脖子粗的。成金鑫脸红得像个公鸡，但说话还清晰有条理。郭翠翠已经一阵阵恶心头痛，手脚开始颤抖不止。当成金鑫把翠翠塞进自己的汽车，翠翠只能模糊地说出覃小玲的名字和手机号码。

郭翠翠睡了十多个小时，醒来时已经是第二天下午四点钟，手机里有三个未接的成金鑫的电话。她回想了一下昨天晚上的情景，感觉成金鑫这个人豪爽大方、热情真诚，值得交往。于是一来二往，两人成了真正的朋友。成金鑫不但帮助郭翠翠办通了所有证件，还在装修方面给予了很多建议，改正了装修方面的诸多不当。南国美容美发中心开业当天，成金鑫一行三辆车，率领金辉实业的十二名员工送来十二只大花篮。爆竹不允许放，成金鑫请来一个舞狮队在门口闹腾了一个白天，整得周围居民报了三次警。成金鑫却没当一回事，第二天继续用一辆贴满开业广告的大卡车载着舞狮队在街市里转悠。此后三天，成金鑫不知从哪里抢来的顾客，陆陆续续用车辆载来了一百多人进去消费，把南国美容美发中心的员工折磨得腰胀腿痛，却把两个美女老板逗得心花怒放。

南国美容美发中心很快出名了，不仅因为其有豪华的装饰和舒适干净的设备，还有靓丽性感的员工和优质的服务。H城的大小官员和老板、男女顾客，不惜舍近求远、穿街过巷而来，目的只是为了享受与本地不一样的港式洗护。这些有钱的顾客难得使用过一次美国宝洁公司的正品洗发水，他们平常在商场买回家的都是地下工厂生产的冒牌货。他们在南国美容美发中心享受的都是原厂正品的进口洗护用品，再也不愿到其他地方进行不正规不专业的消费。因此，南国美容美发中心慢慢地聚集了一群喜欢高档消费的顾客，它的价格虽然比其他的洗护中心高不少，生意却越来越红火。

覃小玲现在有钱了，她另外租了一套房子自己住，她需要接待她的各式各样的男朋友。她的交友方式令郭翠翠不齿，也令郭翠翠脸红，她始终不明白覃小玲是为结婚交男朋友还是为了钱而卖身。有时覃小玲一个星期换一个男朋友，有时同时交两个男朋友，而且三个人还住在一间房内。她郭翠翠也在大都市混过，却没有这种大胆甚至变态的婚恋观念。她覃小玲也是和自己一样在农村长大，为什么却有这种狂放不羁的行为呢？是不是有钱就使人变质呢？不一定。覃小玲在深圳打工，男朋友也有十位的数量啊！

老板的形象自然而然影响着员工的行为。南国美容美发中心的女孩子、男孩子个个都不丑陋，稍加打扮修饰，便惹得蜂飞蝶舞、狼奔豕突。大部分顾客是为洗护而来，小部分不仅要求洗护而且要求色情服务。有的员工发觉顾客舍得为自己的服务花钱，乘机施用色情抬价；有的员工与顾客聊得多了，逐渐发展为男女朋友，频繁出外约会；有的员工与大款相识后，干脆辞职走人。郭翠翠看在眼里，急在心上，多次与覃小玲交谈无果，只好把自己的忧虑向成金鑫倾诉。

“成大哥，我们这个店这样发展下去，迟早出问题——出大问题。你说应该怎么办？”郭翠翠递给成金鑫一杯普洱茶，总结式地说。

成金鑫喝了两口茶，点燃一支雪茄，抬头看了看上面的吊灯，欲言又止："依我看……翠翠……"

"依你看怎样？说嘛。"

"依我看，不会出什么大问题。只要在店内没有色情交易，没有杀人放火，就不会出现大问题。店外的事，与你们一点关系也没有。员工进来出去，不断更换新鲜血液，会带来更多顾客，也是一件好事。"

"依你说，覃小玲是带了一个好头？"

"我不是这个意思。覃小玲个人性格太张扬，不应该给员工看见她的私事。如果她收敛一点，就好了。"

"她所有的男朋友都是在店里发展的，怎么收敛！"郭翠翠无可奈何地说。

成金鑫不说话，只管抽烟。郭翠翠也沉默了几分钟。

"翠翠，你跟我去外面兜兜风吧，到外面我有重要的话跟你谈。"成金鑫最后站起来说。

两人走到店外。成金鑫启动汽车，在闹市区七拐八拐，才行驶到一条新建的人流稀少的马路上。马路两旁新种的绿化树大部分长出了嫩芽，也有一部分枯死了。

"什么话，说吧。"郭翠翠有点焦急。

"有些话，只有两个人才能讲的。你们的店开了六个多月了吧，有没有公安上门搜查过？"

"我们没有犯法，他们干吗上门搜查？"

"这你就不懂了。派出所对所管辖社区是有权搜查的，而且没有任何理由也可以搜查，只要他们认为你们有嫌疑。"

"啊？"

"所以，对这个土地神，你们是要叩拜叩拜的，逢年过节都要叩拜叩拜。"成金鑫意味深长地说。

“你是要我们送礼?”

“俗话说:没理有礼就有理,没礼就是有理也没理。”

“哈哈哈……”郭翠翠忍不住笑了,“什么狗屁礼,什么狗屎礼,我才不理,不理就是不理!”

成金鑫听了,也忍不住笑了。郭翠翠既然这么说了,他也不好进一步相劝,毕竟他也没有受到土地神的委托。他认识公安局管治安的宁副局长,这次约翠翠出来,就是想介绍翠翠认识公安局的人,不料翠翠不开窍。不开窍也没什么,以后出了问题我成金鑫帮她摆平,她不就欠我一个大人情吗,还怕这个果子不落入我手里?

汽车驶入江边一段幽静的马路,周围没有民居,也没有行人。成金鑫停住车,一把将坐在副驾驶座上的郭翠翠揽入怀里。郭翠翠反应极快,用力挣脱成金鑫的拥抱,迅速打开车门,跳下车来。成金鑫也下了车,站在郭翠翠身旁。两人看着面前滔滔的江水,沉默了两分钟。

“翠翠,你还没看出,我喜欢你,我爱你吗?”

“你是有老婆孩子的人。追求我只是想玩玩而已。”

“那你希望我离婚?”

“不不不。我要找个没结过婚的男人和他结婚。”

“啊。没结过婚的男人!最好找个还没破身的童男。”成金鑫调侃地说,扮了一个鬼脸,然后掏出雪茄,点燃。

郭翠翠走向江边的护栏,双手放在护栏上,望着面前波涛翻滚的江水。

成金鑫走近郭翠翠身边,缓缓地说:“你店里的一个二十多岁的理发师,正在向你求爱,是吗?”

郭翠翠回头瞪了一眼成金鑫:“与你无关。”

“与我争夺同一个宝贝,怎么与我无关?”

“真的与你无关!”

“哼!”成金鑫轻蔑地笑了笑，“上车吧，我送你回去。”

三天后的一个晚上，郭翠翠和她的新男友看完电影出来，在路边一个大排档上吃夜宵。夜宵生意太好了，每张桌子都坐满了人。服务员穿梭往来，递送着各类美食。郭翠翠和男友坐在一张可坐四个人的小桌子前，等待着服务员送餐上来。黄色的灯光照射着男友染黄了的头发，更加耀目迷人。

四个男青年在摊位前站立了一会儿，径自走到郭翠翠两个跟前，其中一个说：“没有座位了，我们要在这里吃夜宵，你们两个让开。”

郭翠翠的男友腾地站起来，一拍桌子，大声说：“我们早就坐在这里了，凭什么要让开!”

“叫你滚开就滚开!”另一个冷冰冰地说。

“我们走吧。”郭翠翠拉起男友的手，就想走。可是她的男友正是血气方刚的年龄，哪里忍得下这口气，硬是站在原地不动。

只一瞬间，他被四双手抓住、举起、抛到路边，紧接着一阵拳打脚踢，几声惨叫划破夜空。最后归于沉寂。四个打人者一阵风似的跑了。

郭翠翠蹲在男友的身体旁，唤了几声，没有回答。她抬头看了看夜宵摊上的人群，没有一个人走过来，只是坐在原处往这边看。她按了按男友的心脏部位，确定没有死，于是拿出手机，拨打了急救电话。

第七章　封　了

郭翠翠在医院里刚刚把男朋友的住院手续办完，覃小玲一个电话打来把她惊呆了：南国美容美发中心被警察封了，还抓走了七名女员工。望着被打断腰椎、基本无生活自理能力的男友，郭翠翠不忍心离开病房半步。两个小时后，覃小玲的第二个电话打来了：

"翠翠，你还不回来！你不急我急。我问遍了我的猪朋狗友，没有一个可以摆平这件事的。你是要这个店还是要那个穷小子？这个店倒闭了就可能开张不起来了，你的穷小子没了还可以再找一打，你选择吧！"

郭翠翠听着话筒里的焦急的声音，无言以对。病房的窗外是三棵挂满沉甸甸果子的芒果树，树枝上几只小鸟在欢蹦乱唱。她注视着芒果树深思了一会儿，拿起手机拨通了成金鑫的电话：

"成老板，我要见你，我有事找你。"

"啊，翠翠，你好。我现在不在市里，没空。过几天我回来了再打电话给你，好吗？"

郭翠翠只好挂断电话，望着芒果树发呆。她将自己的朋友又过了一遍，也许只有成金鑫能摆平这件事，因为她知道他认识公安局里的一个重要领导。她思前想后，决定回去摸摸情况再来护理男友。她来到覃小玲的住处，客厅里坐了几个男女，正围着一张方桌打麻将，香烟味混杂着酒气。覃小玲把翠翠拉入自己的卧房，详细讲述了店面被查封的经过，最后说：

“我们店开业时那位热心帮忙的成老板，据说手眼通天，你赶快找他帮忙。翠翠，这个店是你和我的命根子，你知道吗?”

“我岂不知道，不过，我怀疑，我男朋友被打和成老板有关。”

“哎呀，我刚才不是说了吗，男朋友没了可以再换，着什么急！像他这种穷瘪三，一找就是十打。你怀疑成老板？现在这种时候，怀疑个屁！赶快再给他打电话！”

覃小玲一通狂轰滥炸，郭翠翠本来昨天晚上在医院没睡好，现在是头昏脑涨。她给成金鑫打了一个电话后躺在床上睡了几个小时，直到吃晚饭时才被覃小玲摇醒。

“翠翠，刚才成老板电话里怎么说?”覃小玲追问。

“他说他今天晚上在 D 市，我可以过去找他，当面说说情况。”

“那就赶快穿衣服，好好打扮一番，我和你租辆的士去 D 市，走高速只不过一个小时就到。”

“还是等几天他回来再说吧。”

“等几天，我的姑奶奶，迟开门一天我们就一天损失几千块。等不起啊!”

郭翠翠只好和覃小玲急忙赶到 D 市。到了 D 市成金鑫下榻的宾馆，覃小玲却不愿意陪郭翠翠上楼去了，她说她要在宾馆大堂等待翠翠，等多长时间都行。她肯定知道了将要发生的事情，店里十多个年轻漂亮的女员工就是被她诱导变腐的。美容美发店变成了色情皮条店，难怪被警察查封了。

郭翠翠小心地敲了敲房门，成金鑫很快出现在门口。一句话还没说完，她已经被他抱上了床。一只鞋子还没脱掉，他已经进入了她的圣地。覃小玲在宾馆大堂待了一个多小时，想想不知傻等到什么时候，干脆到总台开了一间房睡觉去了。

第二天早上，覃小玲和郭翠翠往回赶仍是坐出租车。有司机在车内，两人不好说话。覃小玲精神饱满地观赏着车外的风景。郭翠翠慵倦乏力，面色苍白，在座位上酣畅淋漓地睡大觉。在甜蜜的睡梦中，她的身体扩张着扩张着……变成了一个巨大的隧道，一列火车鸣叫着冲入隧道，又一列火车鸣叫着冲入了隧道……数不清的火车冲入了隧道，却没有一列火车开出来，隧道膨胀着膨胀着……山体崩塌了，无数的石块像氢气球一样飘起来……飘起来……一个男人赤裸着身体挂在氢气球下面，越过高山……越过海洋……“咚”的一声巨响，这个男人掉在自己的怀抱里……这个男人揉弄着自己……这个男人吮吸着自己……

“混蛋，你为什么要吸我的血！”郭翠翠高叫一声醒来，引得覃小玲和前面的司机放声笑起来。

郭翠翠定了定神，发现车子已经到达自己居住的小区。她和覃小玲下车，上楼进入自己的房间。覃小玲把门一关，立即问：“成老板怎么说？”

“怎么说？哎，女人呀就是命苦。”郭翠翠跌坐在沙发上。

“到底怎么办，你快说嘛，急死人了！”

“该你上阵了。”

“什么意思？”

“下午我拿七个员工的七千元罚款到派出所。你呢，今天晚上你拿三万块钱找这个人——宁副局长。以后每个月我们还要交一万块。”郭翠翠打开手机把联系电话发给了覃小玲。

“就这么行了？”

“你要打扮得漂漂亮亮，像我昨天晚上一样，前赴后继，英勇杀敌。”

“我明白了，他老人家还想钻老娘的仙人洞。谁怕谁呀，老娘杀敌无数。我要让他趾高气扬、威风堂堂，到最后垂、头、丧、气、俯、首、称、臣。”说完，覃小玲和郭翠翠笑得前仰后翻、面红耳赤。

当晚，月亮早早地出现在了夜空，潮热的夏季风荡漾在楼房和街道间，吹得树木花草摇头晃脑。覃小玲和郭翠翠乘电梯到达地下停车场，坐进成金鑫的汽车后座。汽车在灯光时明时暗的街道疾驰。成金鑫语气沉重地说：

“小玲，你下车时，把衣领竖起来遮住脸，戴上眼镜。进门口时按密码：808，记住，按了808，屏幕上显示再输入密码，你再按101。门打开，你进门后反身把门碰上。你站在门口不要动，不要开灯，记住，不要开灯。这时，有人走过来搜你的身，你让他搜，你让他把你的包拿走。然后，你从楼梯上到二楼，二楼有一个房间的门上贴有反光图案：一条龙。你推开这个龙门，真龙就在里面了。龙要你干什么就干什么，要你怎么干就怎么干。记住了吧?”

“靠，什么龙不龙，是一条毒蛇吧！老娘倒要见识见识。”覃小玲说完，郭翠翠忍不住扑哧一声笑了。

“不许笑。这事来不得半点马虎。服务好领导就能财运亨通。”

“成老板，是你的翠翠笑不是我笑。你放心，我这是办自己的事，我会马虎吗?!”

“这就对了。好姑娘，以后说不定我们还要你关照呢。服务好领导你们就有奔头。”

“啊放屁。说不定，老娘的身子白白送了他。”

“不是白白送，难道穿着衣服送?”说完，成金鑫大笑。两个女人也在后座笑弯了腰。

约半小时后，汽车驶入一条幽暗的小路，两旁林木阴森。

驶过一条小桥，绕过一座假山，向右一拐，一幢三层洋楼出现在眼前。成金鑫立即关掉车灯。三人屏息环视了一下周围，四周黑黝黝的，很安静，只看见不远处有几盏路灯在树丛中放着昏黄的微光，也就是在这微弱的灯光中，一幢幢洋楼的身影在树丛中若隐若现。

覃小玲轻轻推开车门，一股潮热的风立刻把她身上的馨香吹起。她在洋楼钢门上的一个防盗装置上按了两次密码，门开了。她进去碰上门后，静静地站着。她扫视着室内，模糊看见几件家具和电器。一个人朝她走来，脚步声轻快。这人走到覃小玲身旁，拿下她的装有三万块钱的挎包，折返回去。一会儿，这人又走回到覃小玲身边，开始用双手在她身上摸索。这是一双男人的手，这双手的主人戴着摩托车头盔，所以覃小玲一开始还分辨不出是男是女，直到这双有力的手带着急切在她身上来回游荡，而且在隐私处用力捏了捏，她才肯定这个人是男人。末了，他把覃小玲拉到楼梯口，便独自消失了。

覃小玲轻步上到二楼，果然看到一个房间门上贴着一个泛着白光的龙的图案。她推开门，房间里面也是黑乎乎的，一个人也没看到。她正疑惑着，一双臂膀从后面抱住了她……

成金鑫始终坐在驾驶座上，没有移到后座来。他静静地观察着周围，没有一个急躁的动作，也没有抽烟打发时间。他偶尔和郭翠翠轻声交谈几句，说的都是一些鸡毛蒜皮的事，和昨天晚上在 D 市激情鏖战的男子判若两人。郭翠翠发现成金鑫注意力不在自己，也开始关注车窗外的神秘世界。她看见一辆轿车在树林中的一条小道上来来回回行驶了四次，好像迷了路。这辆车第五次驶过小道旁的一幢洋楼前时，从洋楼的大门里突然窜出一条黑色的影子扑向轿车，随后便听到几声似狗也似虎的吼叫。轿车迅速驶离小道，向黑暗中逃去……黑夜在这个富人区，好像一颗黑珍珠一样令郭翠翠着迷，有多少秘密、多少传奇就藏在昏暗的树林中、假山后、溪水旁啊……忽然，一首悦耳动听的钢琴曲从树林中传来，忧郁深情的琴声反复回旋，弹到某一段又返回到上一段重复弹奏，缠绵悱恻，如泣如诉……

第八章　紫芳的爱情

南国美容美发中心又开始红红火火地营业了。

郭翠翠赶到医院，却不见了男友的影子。医生告诉她，她的男友被几个男青年抬走了，至于转到哪个医院他也不知道。郭翠翠打男友的手机，手机始终处于关机状态。回到发廊问其他理发师，是否知道男友的去向，他们却集体噤声，好像害怕什么似的躲之不及。郭翠翠只好放弃，因为她和他也只是一般的朋友关系而已，还没到发生情欲的境界，与成金鑫的关系相比差远了。这个成金鑫比以前的陈晋昌厉害多了，不但送钱送物，还带她像少男少女一样疯玩，划船、游泳、冲浪、登山、赛车、过山车……很快，郭翠翠忘记了以前的一切，全身心迷上了这个四十多岁的男人，并且有了身孕。

“以前的两个男人怎么都不能使你怀孕。现在这么快就有了，而且是第一次。成老板肯定就是你命中的主子了。”覃小玲讨好地说。

“哎，难道我就是做二奶的命?”郭翠翠叹道。

“管他个逑，大奶二奶就是一张纸的差别。我想做还找不到呢。”

“贱啊！贱啊!”

“杨贵妃也是二奶，贱吗？还有……”

“别耍贫嘴了。其实历来是明媒正娶的女人过得安稳、过得实在。你也是二十六七的人了，也该正经找个男人嫁了。”

“顺其自然吧。”覃小玲有点茫然。

郭翠翠看着自己日渐凸起的肚子，也是茫然不知所措。这是自己人生的第一个孩子，这个孩子到底要还是不要，成金鑫的态度至关重要。可是成金鑫却说：“你真心爱我就把孩子生下来。如果你不想要，也随你的便。”这不是把决定权和主要责任推给自己吗？这不是一副无赖的嘴脸吗？

“生下来。大不了自己养。”覃小玲鼓励说，“我们一起养。没有男人天不会塌下来。”

“是呀！没有男人我们也许过得更好。”郭翠翠猛然省悟似的说。主意一定，她便全身心地投入到护胎育儿的行动中去了，把南国美容美发中心的经营权全部交给了覃小玲。

几个月后，当一个男孩呱呱落地，成金鑫却迅速改变了态度，给这个孩子取名“成小龙”，把母子俩当宝贝一样看待，马上高薪请来保姆，买来各类高级营养品。他在城区东部买了一块七百五十平方米的地，聘请高效率的建筑公司建楼，要求三个月内完成土建、三个月内完成装修。六个月后，郭翠翠母子搬进了这幢建筑面积达一千二百平方米、有三百多平方米花园的豪宅。

郭翠翠家里的兄弟嫂子陆陆续续来探望母子俩，翠翠都用自己的经营收入重重地回报了他们，将他们以前的薄情寡义羞得无地自容，俗话叫“以德报怨”。唯有母亲和姐姐始终不肯踏入成家的门槛，虽然郭翠翠和成金鑫回家探望在前、行礼在先，但是母亲始终认为自己的女儿没有明媒正娶，不能算正式出嫁。

“那我在你家算什么？”有一次郭翠翠抱着孩子喂奶的时候，忍不住问成金鑫。

“你认为你算什么就是什么吧。我的大老婆不会来惹你的。”成金鑫信心满满地说。

成金鑫的大老婆李紫芳，早已耳闻自己的老公与郭翠翠的风流逸事，但没有采取任何行动干涉这事，甚至不想发出半句狠话。她认为这是不值得的，这是有失自己的身份的。当初自己以一个国家干部的身份下嫁成金鑫这种小混混，完全是年龄在作祟。结婚那年她三十四岁成金鑫二十九岁，算是了却父母对自己这个独生女的期望，自己心中其实没有一丁点的爱情。她记得与成金鑫认识是在自己家门口，那时成金鑫不时跑来找父亲写批条倒卖水泥，处级干部的父母亲经常不在家，成金鑫拎着沉甸甸的礼物站在门前，上衣皱巴巴的，裤子永远都沾着泥，趿着一双淡黄色的胶拖鞋，人形干瘦，活像个乞丐。她把他带进客厅，给他倒杯热茶，然后让他看电视，熬过漫长的等待时间。成金鑫很感激李紫芳，是李紫芳接人待物的大方得体、彬彬有礼，让他有信心继续跨入这个大门，让他拿到了批条也获得了财富。成金鑫的第一桶金就是依靠批条。多么神奇啊，得到几个字财富就来了，得到几个字那些蛮横的工作人员就对你点头哈腰了，成金鑫仔细欣赏着这几个龙飞凤舞的汉字，想看出其中的奥秘。可是这几个字也就是笔法有些不同，并没有什么特别之处。成金鑫拿起笔仿写了无数次，仿写得越来越逼真。他想在申报单上代李领导签了，但最终是不敢，他怕文字背后还藏着什么，马脚一露，他唯一的发财之道就断了。还是去找领导签字安全。再说，不知不觉间，成金鑫也喜欢看见李紫芳了。每次上门，他开始细心地打扮自己，努力礼貌地、轻声地和李紫芳拉上几句家常。李紫芳是一个藏在深闺的大龄女，与男子交谈自然是喜欢的。久而久之，李紫芳倒盼望这个年轻男人经常上门来打扰了。倒茶之后，李紫芳开始为成金鑫削水果，削了水果一起看电视，边看电视边聊天，两人也就渐渐熟络起来。后来李紫芳的母亲看到这个情景，自己就做起了媒人婆，无需旁人辛劳了。李紫芳扳着指头数了一下自己的同学和好友，一个个早已做娘当爹，生活在新时代的幸福中，而自己还孑然一身。她又仔细地观察了成金鑫的品相气质，隐约觉得这个人有土豪阔坤的命数，于是就答应了母亲的要求。

李紫芳也有过纯洁美好而且十分崇高的爱情。一九七八年秋，经人介绍，她认识了在解放军部队当连长的王杰勇。几封书信来往后，李紫芳来到了广州。广州的越秀公园、黄花岗烈士陵园、黄埔军校旧址、孙中山纪念馆、农民运动讲习所……留下了他们深情款款的身影。许多个夜晚，他们漫步在珠江岸边，在高大的棕榈树下，聊着改革开放的祖国的前景，互诉着个人的追求与向往，交换着男女之间的爱慕之情。回到家里，更多的书信往来，更多的思念怀想，两个月后，李紫芳又踏上了南下的路程。

一九七九年春天，广州市里的木棉花开始绽放的时候。李紫芳永远记得那个湿漉漉的早晨，她站在路边看着部队的军车一列列驶过的情景。在一辆辆驶过的军车中，她渴望看到王杰勇的脸庞。但是一色的草绿色中哪里能够分辨出谁来！她把蓝色的丝巾解下来拿在手中挥舞着，希望王杰勇能够看到。她噙着泪水，一直挥舞着、一直挥舞着蓝色的丝巾，直到最后一辆军车驶离……一个月后，传来了王杰勇牺牲的消息！

她在泪水和痛彻心扉的怀念中度过了一年。一九八〇年的清明，她陪着王杰勇的父母来到了中越边境，来到了烈士的墓前。三个人都哭倒在墓碑前，旁边的解放军干部拉都拉不起来……王杰勇的父母摆放祭品的时候，李紫芳凝视着墓碑上的名字，真不敢相信爱人已经和自己永别。她眺望着连绵起伏的翠绿的群山，忍不住大声呼唤起他的名字。在呼声和泪光中，他的身影仿佛在群山中慢慢地飘移着、飘移着，轻轻地向她招着手，消失在远方……

英雄已逝，心成枯井。此后数年，李紫芳都在清明节来到中越边境哭祭情人。亲朋好友的竭力劝说都没有使她想到谈婚论嫁，甚至与男人约会也拒绝了。“曾经沧海难为水，除却巫山不是云。”这两句古诗恰能形容李紫芳当年的心态。她的爱情已经全部付给了王杰勇，就像完全燃烧干净的木柴，再也燃不起一丁点火苗。

成金鑫出现后，李紫芳的母亲发现女儿和他在电视机前聊天聊得有点合拍，觉得成金鑫勤奋老实，将来或许是个人才，不如把女儿嫁给这个穷小子算了。三十多岁的女人，再不嫁就老死在父母身边了，岂不误了女儿一生。主意一定，就联合其他所有亲人和朋友向李紫芳游说和施压。李紫芳反复权衡，左思右想，最终同意了母亲的请求，答应嫁给成金鑫。

结婚后，有了岳父岳母两个靠山，成金鑫穿梭在官商之间，行走在权钱之中，如鱼得水，如鸟乘风。他不但倒卖水泥，也开始贩卖木材。木材的砍伐也和水泥的出厂一样，是需要批条的。在改革开放初期的二十世纪八十年代，几乎做什么生意都可以发财，但是能够拿到批条从国营工厂里倒卖物资更是发财的上乘之道。成金鑫轻易拿到批条，而且有时候忙不过来便将批条转让出去，日子一久，成金鑫便在当地的生意人中享有了威望。有了威望，生意更加好做。那个年代，有一万元年纯收入，算是了不起的“万元户”了。可是与成金鑫月进万元的规模相比，就算不得什么了。成金鑫不声不响地发着财，不喜张扬。他很少把钱存进银行，而是借出去，收取高息。他买了几块金砖，用竹编袋装着金砖放在床头当枕头用，一直用到现在。这个习惯令他的妻子李紫芳十分反感，因为有时不小心拿到这块硬邦邦的金属当战枕实在令人恼火。李紫芳是自己生命中的恩人，成金鑫一直小心翼翼地、毕恭毕敬地对待李紫芳，对婚后女人暴露出的所有缺点，从来没有半点怨愤。他知道自己没有多少文化，因此对李紫芳几乎所有的要求他都认真去实行，以最终改造自己的土痞形象。可是，拿金砖当枕头这个恶习，成金鑫却不肯放弃。他穷怕了，有了金砖当枕头，他感到自己踏实多了，全天的信心都是满满的，做什么事都不气馁。

成金鑫利用批条赚了第一桶金。为了生意来往更方便，他花一万多元买了一辆进口本田摩托车，这引起了其他生意人的啧啧称羡。在二十世纪八十年代，拥有一辆轿车是一般人想都不敢想的；拥有一辆日本摩托车和一套日本电器，那就是富翁了。这个新富翁觉得考驾驶证太麻烦，又花了两千多元买了一个驾驶证。他开着崭新的摩托车载着自己的弟弟成国进回到他俩的出生地：龙旗镇。小镇上的人都啧啧称羡，想不到当年在镇上流浪吃百家饭的兄弟俩发财还乡了。兄弟俩把以前给过他俩一碗粥或一碗饭的街坊一户一户地请到镇上最好的小饭馆喝醇酒吃大肉。二十多天后，镇上的人们都将以前的小癞子成国前叫做成金鑫老板了。

第九章　童　年

成金鑫——成国前两岁时弟弟成国进出生了，三岁时（一九六〇年）正是中国的三年大饥荒（有人叫三年大困难）时期。父母都是精明的人，不知从哪里弄来各类食物储存在家里的每个隐秘的角落，十分节制地喂养两个儿子。每餐只喂五六分饱，让两个儿子不长胖、脸色不红润，外人看见也就不会怀疑他们家有余粮。父亲成建军是一九四九年渡江南下干部、公社武装部部长，没有人有理由或者有胆量到他们家搜粮。但是，父亲是个政治敏感的军人，他时时要求每个人都要小心翼翼再小心翼翼，稍有误差就可能成为阶级囚、斗争鬼。因此即使家中有粮也要节制着吃、小心被人发现。母亲谭晓红是公社卫生院的医生，省级优秀赤脚医生，三八红旗手。她用自己的医疗保健知识和一些简单的中草药保养着虚弱的家庭成员，在饥荒面前寻找微小的生机。她和饥民到山上、田边挖野菜，遇到一些中草药，她采下来，掺下一点米煮成粥分给孩子们吃。

饥荒过后，瘦瘦弱弱的成国前迈着小腿上学了。学校离公社宿舍（他的家所在地）不远，他背着小书包上学下学，路途中没有人欺负他，在学校里还特别受老师爱护。后来，他慢慢知道了大家都不敢惹他甚至怕他的原因：他的父亲管着几百条枪。他小小的心灵得到了感染和鼓舞，在孩子中当起了孩子王。他指挥镇上的几十名孩子在镇上狭窄的街道上玩“打仗”

游戏，也常常带领他们在山上分成两派用石头对攻。一次，一个小孩子的额头被石头砸破了一个洞，鲜血直流。这小孩的父亲扯着小孩来到公社宿舍找成国前父母算账，指着谭晓红破口大骂。谭晓红什么也不说，只默默地用药水和棉布处理伤口。当成建军部长出现在家门口，这小孩的父亲的嚣张气势立即消失了，拉起小孩的手就走。从此，成国前更加崇拜自己的父亲。父亲带手枪回家的时候，他常常偷偷地拿起手枪把玩一会儿，然后放回原处。民兵练习射击的日子，镇外的靶场的枪声常常吸引成国前和成国进跑去观看。爸爸是靶场的最高指挥官，人人都对他兄弟鞠躬微笑，兄弟俩也十分乐意享受这份荣耀。

成国前读小学四年级的时候，武斗的风暴卷到了龙旗镇。龙旗镇被改名为“红旗镇”。一天下午，小镇外传来密集的枪声，震惊了小镇内的居民。民众纷纷跑回家，紧闭家门。校长把校门一关，命令所有的师生坐在教室的地上，不许乱动乱说。成国前坐在自己的座位下面，耳朵极力听着镇外的枪声和呼喊声。

“向走资派开火！”

“向修正主义的狗崽子们开火！”

“誓死保卫毛主席！”

随后是一阵阵机枪和自动步枪的枪声。

“不投降就要专政到底，打啊！同志们，打啊！”

“为革命抛头颅洒热血的时候到了。同志们，打啊！冲啊！”

密集的枪声和呼喊声响彻在小镇的上空。成国前屏息静气地听着，希望听到父亲成建军的消息，听到他指挥战斗的洪亮声音。然而父亲的声音自始至终没有听到。傍晚，他兴奋地走回公社大院，家里没人。正惶惑着，隔壁的李阿姨牵着弟弟成国进的手出现在面前，李阿姨见到成国前，劈头就一句：“不好了！你快快去卫生院看你爸，你妈也在那。”

成国前飞跑出公社大院，向卫生院疾奔。在卫生院的地坪上和走廊里，成国前看到了一摊一摊的血迹。各个房间都灯火通明，人人都焦急地奔忙着，嘶叫着。有伤员的呻吟声此起彼伏，有家属的哭叫声划破夜空。没有人注意成国前。成国前一个接一个房间走过去。终于在二楼一个房间门口，他听到了妈妈在里面的哭声。床上一个身体被一张白床单盖住，只露出一双脚。这双穿着解放鞋的脚，成国前一眼就认出来了，是爸爸的脚！

爸爸殁了！几个月后，妈妈也被打死了，是被皮带和木棍打死的。成国前兄弟俩被驱逐出了公社大院，开始了他们的苦难生活。

成国前、成国进在龙旗镇继续待了半年，靠着街坊们一粥一饭的施舍，他们才不被饿死。他们晚上没有住宿的地方，只能蜷缩在供销社收购站的屋檐下。当龙旗镇两边的街道贴满了标语，更多更大的运动接踵而至的时候，街坊们开始冷落他俩，以前那种热情的笑脸逐渐消失了。他俩依稀想到了以前来探望过妈妈的舅舅。于是他们离开龙旗镇，投奔三十公里外的农村舅舅家。三十公里，两个小孩走了五天，一边问路一边乞讨。第五天傍晚走近村子时的那种悲凉和失落的感觉，成金鑫一辈子都忘不了。那时，他俩又饥又累，意识开始模糊，两只脚不听使唤。成国前看到村里的第一个人，只说了一句“陈光大”，便晕倒在地。“陈光大”是舅舅的名字，村里的人很快叫来了舅舅。舅舅和舅妈欢迎他们的到来，虽然他们一贫如洗、衣衫褴褛，然而在大饥荒时期，他们的母亲全力救济过舅舅，使舅舅家的四个孩子都存活了下来，这点恩情舅舅和舅妈是永志不忘的、是要回报的。即使没有救济的往事，以庄稼人的朴实和血缘观念，也不会放弃收养两个外甥。舅妈说了：不就是多弄几口饭嘛！

村里人不认识成国前兄弟俩，舅舅舅妈也不敢公开他们的身份，舅舅对外宣称自己收养的是外省一个故去的朋友的儿子。表兄表姐与他俩也是互呼姓名，并不带亲字。兄弟俩在表兄表姐上学的时候，开始跟随舅舅舅妈到山上或者田地里劳动，当然，生产队是不会给他俩记工分的，他俩只是凭着兴趣帮忙而已。日子一长。兄弟俩就没兴趣了，舅舅暗示他俩去干点别的，找点食物回来总比白忙活好。

附近山上茂密的树林在“大跃进”时几乎被砍光了，不过，河水还清澈丰满，河里还潜游着不少鱼。成国前兄弟俩拿着自制的捕鱼工具，天天去到人迹罕至的僻远河道钓鱼、网鱼。年龄还小，经验不足，都是捕鱼不成功的因素。他俩专心致志地干了半个月后，终于捕到了不少鱼。晚餐多了一道鱼菜，全家人脸上都是喜滋滋的！兄弟俩受到鼓舞，脚步走得更快，去到了更加僻远的河道。这段河道穿行在大山深处，两岸灌木丛生、翠竹茂盛，不时有不知名的大鸟从密林中“啪啪啪”飞起。兄弟俩抛下渔网、鱼钩后，侧面躺在河岸上观察水面的情况。深绿色的水面旋转着一个个小漩涡，看似和缓的河水幽深莫测。河对岸的稻田里秋实累累，像一幅金黄的织锦铺开在起伏的丘陵上。稻田中间长着一棵高大苍翠的榕树，榕树下有几个穿着比较光鲜的插队知青丢下农具正在打扑克；他们用外地土话大声嚷嚷着，兄弟俩听不明白他们说些什么。兄弟俩不断拉网、起钩，忙碌了三个多小时，鱼篓里已经蹦跳着几十尾鲜活的鱼儿。看看日头已经偏西，他俩收拾好渔具，准备回家了。忽然，在他们面前出现了四个气势汹汹的少年，都是约十五岁，衣衫破烂，头发长而且乱。他们虎视成国前兄弟俩几秒钟，其中一个喝道：“哪来的癞子？敢在我们的村里偷鱼！

快快交出来!”

“我俩是钓鱼，不是偷鱼。”成国前理直气壮地应道。

“钓鱼就是偷鱼。你们钓鱼经过我们生产队长同意吗?”

成国前一时语塞，不知如何应答。弟弟则害怕地躲在他身后。四个少年冲过来，把他们打倒在地，往他们身上乱踢，折断他们的鱼竿，撕破他们的渔网，抢走他们的鱼篓，吹起口哨扬长而去。

弟弟呜呜地哭着。成国前重新收拾被破坏的渔具，把它们扎成一捆扛在肩上，拉起弟弟的手，迈着沉重的步伐向家里走去。他们把这件事告诉了家里所有的人，但是家里的人只是机械、木讷地应着，只说以后不要去那个地方就行了。他们非常失望。他们幼小的心灵以前在龙旗镇体验到的是人情冷暖，现在体验到的是霸权与强力。“冷酷”开始在他们的心灵中悄悄地生根发芽，他们长大以后，即使有妇孺在他们面前被一刀砍杀，他们也会一声不吭地绕道走开。艰苦的农村生活磨砺着两位慢慢长大的少年，权贵公子的习性逐渐从身上褪去，他们变得坚韧和冷酷、不守规矩而且不择手段。他们修好了渔具，继续捕鱼；还制作了几副弹弓，有空就练习。树上的小鸟、地上的老鼠，常常在他们的弹弓前丧命。

兄弟俩承担起大量的家务劳动，凡是农民该干的活他们都干了。虽然舅舅舅妈热情地、无条件地收留了无爹无娘的他们，但是日常生活的点点滴滴，还是使他们感觉到自己是寄人篱下的孤儿。他们只有无怨无悔多干活，才能长久在这个家庭生存下去。在少有的不眠之夜，成国进会自言自语地问起他们的父母，有时一边问一边哭。成国前在黑暗中噙着泪水，悔恨当年没有让弟弟看看死去的爸爸（妈妈的死他自己也没看到），弟弟一直不相信自己的父母已经离开人世，他坚持认为是爸爸带着妈妈回到了遥远的北方故乡。爸爸是河北人，家乡靠近北京城，也许爸爸的家乡还有伯伯、叔叔、姑姑呢。弟弟的断断续续的疑问，让成国前萌起了寻找父母遗骨的念头。

赶集日又到了。成国前带着弟弟走在村头的一条土路上，时不时地后张望一下。一辆手扶拖拉机轰鸣着开了过来。兄弟俩等车子从身旁驶过几米，突然拔腿猛追，追上拖拉机，两手抓住车后拖斗的铁门，身子向上一跃，两人落入了拖斗内。柴油发动机的声音太大，司机听不到车后的声响。一会儿，司机发现了车斗内的两兄弟，却不理睬。乡村赶集，太多这种冒险搭顺风车的事情了，司机一般顺水送人情，并不阻止。可是，你如果在路边招手叫司机停下车来，那是万万不可能成功的，除非熟人。

兄弟俩回到无比熟悉的龙旗镇，忽然觉得镇子小了许多。熟人在路上认出了他们，都说兄弟俩长大了，问他们这几年去了哪里，他们就回答说去了北方叔叔家。他们穿过人流如织的小巷，小心翼翼地站在公社大院的门口向里张望，企图发现一两个以前爸爸的同事。他们在门口徘徊了一个多小时，值守门卫终于冲出来赶他们走了。他们来到当年妈妈上班的卫生院，在一个诊室里，一个中年女医生认出了兄弟俩。成国前和成国进坐在医生面前，像看病的样子，轻声问起当年妈妈被批斗而死的事。女医生紧张地向四周张望了几回，确信没有人在偷看偷听的时候，才小声说："你们的妈妈死得很惨，死时全身上下都被鲜血染红了。红卫兵走后，我们几个同事用一张棉被裹住她的尸体，埋在了卫生院山后的一个山坡上。"

"山坡上，有什么标志吗?"成国前问。

"坟墓正前方有一棵松树。不过，这么多年了，不知松树还在不在。"女医生说着向门口张望了一下。

"我爸爸的消息，有吗?"

"你爸爸的情况镇上的成年人都知道的。你爸爸和当时被枪杀的十八个人一起被埋葬在镇兽医站后面的一个大坑里。这个大坟墓很特别很好认，长满了茂盛的野草。镇上的人都说那里经常闹鬼，晚上没有人敢从那里路过。”

成国前兄弟俩听得毛发直竖，连感谢也忘记说一声就茫茫然走出了卫生院。他们绕过卫生院的围墙，来到后山的山坡上。山坡上芳草萋萋，夏天的蚊蚋成群结队地飞来舞去。一棵苍翠的松树在芳草中茕茕孑立。松树上方有个凸起的小土堆，这应该就是妈妈的坟墓了。兄弟俩跪在坟墓前大声哭了起来。约十来分钟后，成国前拉起还在哭泣的弟弟走下山坡。他们回到镇里，走上兽医站后面的土路。走了约四百米，土路右边、正北方向果然有一大片旺盛生长的野草丛。他们走近野草丛，只见野草丛密不透风，长成一个椭圆形，约有三百平方米。野草丛四周有香灰纸钱的残迹，显然有不少人来拜祭过。成国前兄弟俩跪在野草丛前哭了一会儿，站起来，绕着野草丛又走了一圈。

第十章　报　仇

报仇！报仇！一定要向打死妈妈的红卫兵头头报仇！血债血还！不报此仇誓不为人！

成国前、成国进躲在一个无人的角落，含着泪水、握着拳手，小声然而愤怒地重复着上述的话语。他们在一个小伙伴李应东家住了几天，李应东的父亲和他们的父亲是老同事。李应东和父亲的同事把过去的事情摸查了一遍，把打死他母亲的头目的姓名、住址告诉了成国前兄弟俩。至于父亲的死，那时双方用枪对射，谁打死成建军部长就弄不明白了。兄弟俩到仇人傅国红的家观察了一番，回到舅舅家，一边劳动一边思考着报仇的方案。

两个月后的一个雾气浓重的清晨，人们还在深秋的寒冷中沉睡，村里的公鸡还未啼鸣，东方的天空还没有出现少女般的红晕，成国前兄弟俩就背着自己的轻便行李走出了村庄。他们的衣服破旧，蹬着解放鞋，戴着奇怪的帽子，口袋里装着弹弓和石子。他们要离开舅舅的家了，不是舅舅家不好，而是他们认为自己已经长大，应该出去闯一闯了。他们到达龙旗镇，天已经亮了，小镇的街道上有稀稀疏疏的几个行人。兄弟俩拉低帽子，拐进一条小巷，等待着。

七点差一刻，傅国红打开房门，踏上铺着青石的小巷，迈着悠闲的小步向公社办公楼方向走去。突然，一个温和的声音在背后轻轻叫道："傅主任，早上好！"

傅国红以为是一个巴结奉承的人在向自己打招呼，他慢慢转身，站直了身体，睁大眼睛的一刹那，两颗石子如箭一样射来打破了他的眼球。他还没有看清对方是什么人，就永远地成了瞎子。他痛苦地哀号几声，向家门口方向摸索前行。他的哀嚎没有引起周围居民的注意，大部分人还在深秋的寒气中酣睡。即使有人看见了傅主任的悲惨形状，也是不敢或不屑于张扬出去的，这个暴君在镇上可是一个无人敢惹的独夫寡人啊！成国前兄弟俩快速转入另一条小巷，不慌不忙地向镇后的山岗走去，直到消失在丛林之中，也没有人看见他们。

他们在寂静的山岭中奔跑。他们的心脏激烈地跳动着，总感到后面正有大队人马追来，一如战争电影中的坏人被一群民兵追赶着。跳跃、奔走了两个多小时，他们累极了，坐在一条小溪旁，掬起溪水洗脸。清冷的溪水使他们渐渐放松了神经。他们从背包中掏出几只已经烤熟的红薯吃起来。

"哥，我们会被人抓住吗？"成国进小声问。

"不会的。"

"有人看见了？"

"没有人看见的。以后不许在任何人面前说起这件事。"

"知道。"

"把口袋里的石子、弹弓扔掉。"

"唔。"

兄弟俩吃完掏出的红薯，俯下头喝了几口溪水，起身继续赶路。阴暗的天空飘下了雨，时断时续的雨点慢慢地浇湿人的衣服。不远处有个村落，兄弟俩不敢进去，虽然雨点越下越密，他们的衣服差不多湿透，寒冷使他们脸色变青。他们在雨中走了一个多小时，山路左前方出现一角破旧的屋瓦。这是一座废弃的古庙，断垣残壁中只有正中一间房子还有一些瓦片盖顶。兄弟俩走进破庙，坐在有瓦片盖顶的房子地上的一块石头上，脱开淋湿的衣服，让寒冷的秋风吹着。

夜色降临，绵绵秋雨还在淅淅沥沥地下着。破旧的古庙，秋虫唧唧，显得格外寂静。庙外的山岭，阴影重重，似有无数双猫头鹰的眼睛在窥视着。兄弟俩用带来的一条薄薄的棉被盖住两个身子，互相紧靠着躺在屋子的一个角落里呼呼大睡。午夜，成国前醒来了。秋雨已停，晴朗的夜空寒星点点，月亮似一根香蕉挂在南天。成国前睁大眼睛，向四周扫视了一遍，看有没有异常情况。他竖起耳朵，谛听到远处一个如泣如诉的声音。这幽怨的声音一忽儿大一忽儿小，一忽儿高亢一忽儿低沉，一忽儿连亘不绝一忽儿断断续续，如叶落深院，如风过蔷薇，如猫跳孤坟，如鼠窜阴沟。这是鬼哭？成国前心头一紧，打了一个寒战。身旁的弟弟依然呼呼大睡。他回想十多个小时前射破仇人眼球的一幕，不能确定仇人是否已经瞎盲、在瞎盲前是否已经看到复仇者。他越想越害怕，感觉公安和民兵正向自己追来。他一把推醒弟弟，急忙收拾行装，趁着夜色向 D 县的界域赶去。

他们到达 D 县火车站时，天已经大亮。他们把破帽子扔了。成国前独自向售票处走去。他叫弟弟在后面远远地跟着，如果自己被抓，要立刻向另一个方向走开。然而，担心似乎是多余的，一切都很顺利。他们坐进火车座位后不久，火车就启动了。火车越开越快，他们一颗沉重的心也随之越来越轻松。成国前买票时，选择最快到达本站的车次，然后买了该车次的终点站，这个终点站就是他俩的目的地。到了终点站，又到哪里去呢？不知道。到了那里又干什么维持生活呢？不知道。他们只想尽快远离自己的出生地龙旗镇，此外没有什么目的。一个十七岁和一个十五岁的少年，就这样被复仇逼上了绝路。

在城市的桥洞里，他们睡了一个长长的好觉，把几天来的劳累和紧张都释放了。醒来后，他们在街道上无目的地乱逛，企图找一份工作维持生活。那是一九七四年，中国的街道上的食品店、百货店等等商店都是国营的，里面的服务员几乎都是国家工人。没有私营的店铺和工厂，没有私人敢于雇用帮工进行劳动生产。成国前兄弟俩在街道上漫无目的地走来走去，很快引起了街道办里的工作人员的注意。一天，兄弟俩正在街道上站着，两个穿绿色服装、戴着红袖章的中年男人突然出现在他们面前，没容他们反应过来，就一人抓一个，把他们推进了街道办的门。

“你们是干什么的?”一个红袖章喝问。

“我……们……”成国前嗫嚅着。

“是不是反革命的狗崽子?”另一个红袖章拍了一下桌子。

“不是。我们的爸妈病死了，我们出来讨个活计。”

“讨活计？那好，我们的工厂正缺人手。现在就跟我去厂里干活!”两个红袖章扭着成国前、成国进的手，将他们推出门口，往旁边的一条小巷走了五十米，跨进一扇小铁门，把他们转交给了一个中年女人。中年女人倒是和蔼可亲，先是轻声问了他们的姓名和年龄，然后带他们进到一个小车间里，安排他们切割鞋底和搬运材料等一切需要力气的活儿。成国前兄弟俩开始时有点害怕，一两天后，反倒觉得这是天助我也，没有这份天掉下来的工作，也许我们就会饿死街头啊。兄弟俩没有一分钱工资，只要能在车间的小食堂里免费吃饭，他们就不计较。他们整天乐呵呵地，接受任何的工作安排，哪怕女车间主任叫他们洗涤全部女工的内裤，他们也不会拒绝的。他们的衣服破烂了，女车间主任从仓库里拿出绿色的衣服、帽子和解放鞋让他们穿。他们从头到脚是一身军人的打扮，虽然没有军人的肩章标志，但是他们走到街道上，却感觉有军人的威风。他们感觉到了放学路上的女中学生的火辣热情的目光。他们已经进入青春期，懵懂的渴望、迷乱的情怀开始在心中萌芽。

五月末的一天傍晚，成国前站在马路边等一个多次见过的高中女生。那女生脸如一块撒有红豆的白面饼，扎着两条麻花辫，身体健壮得如同一匹牝马。她每次见到成国前都主动投来一个秋波。就为了这个秋波，成国前失眠了几次，连自己的身份和环境都忘记了。一股强烈的冲动迫使他不由自主地站在了路边。还差几分钟就放学了，成国前整理了一下衣服，重新系好鞋带，诚惶诚恐地等待着。五月的春风含着一股热浪在街道里流淌，树木上新抽的叶芽已经转绿，和煦的正午阳光暖烘烘的，早已把寒冷从屋檐下驱逐出去，夏天就要来了。那个麻花辫女生和一个女同学款款走近成国前，成国前大胆地“喂”了一声，那女生侧头向他投来一个清亮的秋波，同时脸上含着甜甜的微笑。她旁边的女同学却是恐惧地瞅了一眼成国前，拉起麻花辫女生就跑起来，似乎有人要对她俩抢劫。成国前看着她们快速消失的背影，兴奋地跳跃了几下，快步走回街道办工厂。翌日，成国前在同样的地点同样的时间等候那个女生，刚站了三分钟，从旁边的一条小巷内走出一个健壮的中年男人，手里握着一根木棒，气势汹汹地向成国前冲过来，举棒便打。成国前突然遭到袭击，肩上立即挨了两棒。他没有多想，撒腿便跑。跑了几十米，那中年人还紧追不舍，口里同时喊着：“敢勾引我女儿，我让你死无葬身之地！”成国前腿力极大，几分钟就把那中年人甩开了。他跑进一条僻静的小巷，镇定了情绪，拍着脑袋也想不明白到底是怎么回事。

第十一章　第一次

日月如梭，光阴似箭。成国前兄弟俩在街道办工厂不知不觉干了两年，除了不被饿死冻死，其他一无所获，但是他们没有什么遗憾，反而觉得很安全很幸福。一九七六年的秋天，全国人民都戴起了黑布袖章。成国前兄弟俩也分得了两个黑布袖章，他们便自豪地别在了手臂上。全厂的人都在礼堂里鞠躬、痛哭，他们也在哀乐声中跟着痛哭。一个月后，整个社会突然被一股异样的气氛充斥着，人与人之间小心谨慎、畏首畏尾、欲言又止的态度开始发生微妙的改变，人们的神情和语调都显得兴奋、奔放起来，好像有什么不寻常的喜事即将降临千家万户。对于习惯在政治影响下生活的平常百姓来说，国家发生的每一件大事都冲击到了他们的神经。一九七六年的确是不平凡的一年，中国社会从这一年开始发生了翻天覆地的变化。

工厂的宣传队解散了，厂区里少了许多旗帜和标语，时不时被抬着游街的大锣鼓闲置在一个角落里，不久便积满了灰尘。过去成国前是宣传队的替补队员，某个队员生病请假什么的，成国前就被吩咐抬大锣鼓游街。前面走着戴高帽或者挂牌匾的反动派、走资派什么的人物，成国前一众人跟在后面拼命喊口号、敲锣鼓，要让全世界都知道：我们永远是无产阶级革命的接班人！如今宣传队解散了，成国前发现自己空闲时间没法安排，日子过得十分无聊。有时，他想再次找一找那个扎麻花辫、有一张白面饼一样的花脸的女生，可是一想到她父亲拿着木棒的凶恶样子，他就畏缩泄气了。成国进瞧见了哥哥的空虚，把他拉进了自己的牌友圈。每天一下班，在厂食堂吃了饭就打牌。工友们没有物品和资金可以赌，也不敢赌，但是搞出了许多令人捧腹大笑的花样：输者要从桌底钻过去，钻不过去的喝辣椒汤；或者，赢者在输者脸上用墨水画鬼符、贴小标语；或者，输者一直跪着打牌，并且在开局时大喊："汪汪汪，本人已经变狗"；或者，输者每输一局脱一件衣服，直到脱光，在大冷天里冻得鼻涕奔流……当局者迷，旁观者笑，日子就这样浑浑噩噩地过去了一年多，成国前兄弟俩还是一无所有。直到有一天，那个女车间主任在办理退休手续时，良心忽然涌现，认为成国前兄弟俩在厂里辛苦干了四年，虽然不是编制内的职工无法发工资，但是也应该通过其他途径补偿给他俩一些东西。意见反映到厂长、厂书记那里，领导们研究了大半个月，终于同意兄弟俩把积压在仓库里的鞋子和衣服帽子搬一些出去卖掉，抵算他们几年来的工资。

一九七八年的冬天非常寒冷，立冬那天街道就被冰雪覆盖了。成国进蹬着三轮车，成国前在后面推着，沿街叫卖衣服帽子和鞋子。这是这个城市久违的叫卖声，隔断了二十多年，市场的叫卖声又回响在街道上。人们好奇地围拢来观看三轮车内的东西，急不可耐地拿起来捏捏揉揉，发现不过是一些过时了的"文革"期间生产的鞋子和衣服帽子，很快人群便走散了。第一天结束，居然一件东西都没卖出。第二天是星期一，兄弟俩上完早班，中午休息时间继续推车上街叫卖，仍然一无所获。连续七天下来，一件东西都没卖出。第八天又是星期天，兄弟俩冒着雨雪蹬车到了郊外，在一个村庄里终于卖出了两件衣服和三双鞋子。成国前怀里揣着人生的第一笔五块钱的收入兴奋不已，弟弟成国进也是高兴得哈哈大笑。回到厂里，兄弟俩却是沉默寡言，一副若无其事的样子，没有透露半点买卖的消息。星期三，厂领导通知年轻人，武装部开始征兵，有志的青年应该积极报名参军。成国前兄弟俩小时候在武装部长大的，对参军那是渴望至极。然而他们没有户口，身份与来历都不明，连报名都不给报，就别提后面的程序了。无可奈何，接下来的两个月，兄弟俩一有空闲继续到附近的农村叫卖。大年三十前的五天，他们卖完了厂领导给的所有衣物，除去吃饭钱，还剩下二百九十五块。在那个年份，这可是一大笔钱哪。成国进一早去了食品站，想买几斤猪肉回来和哥哥过一个丰富的新年。操刀的胖子瞅了一眼成国进手中的钱，一脸的不屑，瓮声瓮气地吼道："我们只要供应票，不要——钱!"说着一把将成国进手中的猪肉抢回摔到肉案上。成国进灰溜溜地走出食品站，踩着嚓嚓响的积雪在街道上转了几个来回，也没看见一家卖肉的店铺。如刀的寒风在街道上嗖嗖地刮着，阴冷的天空堆满了沉重的乌云。他跑进一个百货商店买了三瓶白酒和五斤腐竹、三袋笋干、五斤鸡蛋、五斤苹果、一瓶酱油。女售货员有点惊讶地看着这个毛头小子走出店门口，然后怀疑自己是否遇到了一个高干子弟或者一个抢劫犯：这年月谁有这么多钱买东西啊？东西抱回厂宿舍后，成国前发现弟弟没有买回来肉，于是自己蹬上那辆破旧的三轮车向郊外冲去，来到一个有熟人的村庄，偷偷买了两只鸡，在河边杀了掏干净，用报纸包好拿回厂宿舍。除夕夜，兄弟俩把隔壁的两个中年人刘卫国、陈东红叫过来一起喝酒。四个人都喝得酩酊大醉。这么多年来，第一次有这么丰盛的食品过一个愉快的新年。人生的第一次商业活动，竟然收获颇大，这是兄弟俩没有想到的。

冰封的积雪慢慢地被温暖的空气融化，春天的明媚阳光开始照耀生机勃勃的大地。成国前兄弟俩和工友们在礼堂里全神贯注地看着中越自卫反击战的纪录片，影片一结束，大伙儿立即拿起饭盒叮叮当当地敲起来，兴奋地大嚷大叫，好像今天自己娶了新娘一样喜气洋洋。他们像喝醉了酒一样胡闹一阵，发泄那压抑了许久的不满和愤怒。一轮又一轮的政治运动，同志对同志的打击批斗，雪藏了人民大众最基本的家国感情。人民的心中始终潜伏着的国强民富的意识终于借助一次对外战争找到了坐标。这个坐标有些模糊、有些飘浮，但是随后的社会变革使之逐渐明晰起来了。民众连自己都不明白为什么莫名其妙地兴奋，为什么对政府的每一个举动都翘首以盼，盼望着贫瘠、苍老、苦难的大地永远春满人间。

骀荡春风吹拂着大街小巷。这是一个放风筝的季节。成国前兄弟俩从手艺人那里收购了一批风筝，下班后即站在街边或走街串巷去贩卖。街道上做买卖的人寥若晨星，来往的民众几乎都侧过脸来看一看他们，虽然买的人不多，兄弟俩却攒足了赞赏的眼光。去年冬天卖衣服，街道上人流量少，没有几个人认得了他们。现在春天的街道上人多了好几倍，熟悉这两位外地口音的兄弟的人也就越来越多。当兄弟俩采集来一束束鲜花沿街叫卖的时候，人们冲着那熟悉的声音围拢过去，很快便买完了他们运来的鲜花。这样的好运持续了一个春季，兄弟俩赚了一百多块。夏天的知了开始吱吱叫的时候，几年前在街道上消失的那位有一张白面饼似的脸庞的姑娘突然出现在成国前面前。那姑娘的麻花辫烫成了一个鸡窝头，成国前一下子还认不出来，倒是她主动向成国前打了招呼：

"大哥，还记得我吗?"

成国前仔细瞄了一下她的脸，白面饼上已经没有了红豆豆。他心中一阵惊喜，急忙应道："原来是你。"下一句就不知怎么说了。

"大哥，当年我父亲追打你，你为什么不把他打死呢?"

"打死他？什么话，我怎么能够打死他呢？他手里有木棒，比我凶多了，我不死是命大了。”

“唉——”姑娘长叹一声。

成国前虽然是一个二十二岁的大小伙子了，可是与女人还没有什么纠葛，对女人一点也不懂。这姑娘突然在他面前说出惊人之语，令他不知所措。他木讷地站了一会儿，最后大胆地问：

“你现在干什么？”

姑娘脸色陡变，眼光盯着路边的灯柱，愤愤地说：

“父亲逼我嫁了一个恶棍流氓，我现在天天等于坐牢、受刑！”

“那……你不会逃跑吗？”

“逃跑？逃跑？”姑娘喃喃着，推着自行车慢慢地离开了成国前。成国前望着她的背影，无可奈何地叹了一口气。

曾经的梦中情人已经嫁人，走进了不幸的婚姻城堡。这件事忽然惊醒了成国前：我已经到了谈婚论嫁的年龄。住在厂宿舍左壁的刘卫国，时不时在夜晚和老婆弄出的淫声浪语穿过屋顶的瓦缝传到成国前兄弟俩的住房内，令他们大受刺激，经常夜不能寐。与其这样受苦，不如赶快娶个老婆。主意一定，成国前便开始留意厂里的女工，竟然发现在这个沉默安分的群体中有十几个姿色可餐的女人。当她们脱去工作服，优雅地跨上自行车驶出厂门口的时候，显得是那么迷人。她们是回城的知青，历经磨难而日臻成熟。她们既有农村妇女的勤劳朴实，又有城里女人的温婉优雅；她们把大半青春消磨在了贫穷苦难的僻远农村，回到城里时几乎都入了大龄青年的行列。成国前少年时期在舅舅家生活时，与知青们一起劳动过，对她们有一些崇敬。她们对男人的主动搭讪并不退缩，而是好像更加迫切地回应。很快，成国前搭上了一个比自己大三岁的头发乌黑闪亮的姑娘。这姑娘叫廖丹丹，长得高高大大，和成国前一样嗣承了父亲健壮威武的军人体格。逛了几回马路，看了几场电影，成国前和廖丹丹走进了晚上的公园。公园里若明若暗、若有若无的灯光和四处飘漾的花草的芳香令人心旌摇荡。他们坐在石条凳上刚说上几句说，两把明晃晃的尖刀突然亮在了他们面前。

“别动，动一动老子就剥你的皮。把双手伸到背后！”一个流氓命令成国前，另一个流氓用左手摸了摸廖丹丹的脸。

僵持了几秒钟。

廖丹丹侧头看了一眼成国前。两人迅速伸出两手抓住握尖刀的流氓的手腕，用力向左一扭，两条手臂“啪啪”两声就被扭断了。接着，两情侣一先一后跃起，将两个流氓掀翻在地，踢了几脚。两个流氓“啊哟”几声，爬起来跑快得如一道烟。

“丹丹，你的功夫这么厉害！”成国前赞道。

“跟我爸爸学的。我爸以前在部队，现在公安局里。”

“呵！我爸也是军人。可惜死得早！”

“怎么死的？”廖丹丹问。

“‘文化大革命’时，被造反派打死的。”

两人在公园里转了几圈，重新在石条凳上坐下。夜色越深，公园里越发幽静。夏天花草的芳香随着热风灌进人的胸腔，令人陶醉。两人靠得很近，成国前忍不住伸出右手搂住了廖丹丹的腰。廖丹丹似乎更急迫，用双手抱住了成国前的肩。缠绵了一会儿，廖丹丹不知不觉地把手伸进了成国前的裤裆里。

“呃！”成国前像狼一样叫了一声。

“你怎么了？”廖丹丹温柔地问。

“没什么，难受。”

“我们回宿舍吧！”廖丹丹小声然而坚决地说。

他们走出公园，回到厂宿舍。成国进正在床上酣睡。成国前摇醒他，叫他到隔壁陈东红房间睡。成国进睡眼惺忪地瞧了瞧两人，拿起外衣就走了。成国前马上熄灯，抱起廖丹丹走向自己的床。廖丹丹毫不羞怯地解着成国前的衣服，也解着自己的衣服，而且迫不及待地主动用手将成国前送入了天堂。

第二天一早，天未亮，成国前带廖丹丹走出了男工宿舍，直把她送到她父母的家里才返回。中午，在宿舍的走廊上，陈东红把成国前拦下了，一脸的坏笑："同志，昨晚好勇猛啊！"

"没什么。我弟弟打搅你了。"

"不是你弟弟打搅我，是你打搅我了！那妞叫得太野了！"

"大哥，多多包涵，不要和厂里人说。改天请你喝酒。"成国前又尴尬又气愤。

"同志，厂里人早知道了，今天一上午就议论你和她的事。"

"那……那我咋办?"

"没事。这事要在早几年，你俩非得被批斗游街不可。"

"多谢大哥。我走了。"成国前想赶紧离开这个无赖。可是陈东红一把抓住他的肩膀，将嘴巴凑近他的耳朵，小声然而神秘地说：

"同志，我想提醒你，那妞肯定不是好东西！女人第一次不会叫得那么欢的。你捡到了一个破烂——破烂！"陈东红加重了后面的语气。

成国前被最后这句话击垮了。他站在原地呆呆地不知如何是好，陈东红已经离开了他。他茫然地走回房间，坐在床沿上发愣。"破烂"两个字不断地在他心中回响翻滚，令他整个下午都神不守舍。在车间里，他觉得工友们的目光都在背后盯着他，都在背后小声地议论他，说他捡了一个"破烂"。这是他的第一次男女之事。他读书少，从来没有在书本上接触到性的知识；他看电影不少，可是电影里都是刀枪革命，男女亲密的镜头不登大雅之堂。在他的思想中，是没有不忠和不洁的概念的，从一而终的婚姻与从一而交的性是一体的，是没有背叛和污染的。现在一个结婚多年的中年人突然说他堕入了一场被欺骗的恋情中，他感到了失落和无尽的疲惫。他忘记了当晚的约会，只在房间里呆坐。弟弟成国进把他的晚饭拿回宿舍，他只是草草地吃了几口，将剩下的饭菜倒到了水渠里。自从父母死后，他从来没有浪费过一粒粮食。现在他居然倒掉了饭盒里的大部分饭菜。站在一旁的成国进惊讶不已，怀疑哥哥是不是妖魔鬼怪附身了。

第二天，廖丹丹将成国前堵在厂车间门口，把他拉到一边，小声地责问他为什么昨天晚上爽约。成国前像一个小学生被老师责骂一样难受和委屈，不敢对廖丹丹有半句反驳。夜色来临，成国前按时来到约定的地点与廖丹丹缠绵。后来，因为国营旅馆需要结婚证才能入住，他们走了好几条街道寻找私人小旅馆，两人火急火燎而又怕别人发现的样子实在令人捧腹发笑。幸好这是炎热的夏天，适合野外作战的地方实在太多，他们放弃了到旅馆登记的尴尬和不安，在山坡上、在丛林中……没人迹的地方就是他们打游击的战场。一个多月后，廖丹丹说她怀孕了，要成国前和她去登记结婚。成国前吃惊过后，开始犹豫徘徊，既不去赴约，也不与廖丹丹解释，只是一味地躲避，凡是廖丹丹可能出现的地方都不去。他脑子里无法抹去“破烂”这两个字，他的潜意识里只有与廖丹丹做爱的动机，却没有成婚的打算。邻居刘卫国好像比陈东红厚道一些，没有直接说廖丹丹是个破鞋，却津津有味地谈起当年自己的洞房花烛夜，新娘子是如何纯洁可爱、如何羞怯惊慌。成国前对比着、犹豫着，最后决定不与廖丹丹结婚，并亲口告诉了廖丹丹：

“我……我不能结婚。”

“为什么？”廖丹丹气愤地问。

“不为什么。不想结婚。”

“为什么不想结婚？”

“不为什么。”

“你为什么和我睡那么久？”

“我不能结婚。”

“真的？你再说一遍。”

“我不能结婚。”

“好，你这个无赖，等着瞧！”廖丹丹快速跨上自行车走了。

成国前望着她的健美的背影，感到非常愧疚。其实他是非常喜欢廖丹丹的，只不过是处女情结阻止了他的结婚念头。这个古老的情结很快就让他付出了代价。三天后的一个早晨，成国前正在车间内忙碌，两个戴大盖帽、穿白色制服和蓝色裤子的公安在保卫科长的带领下来到了他的面前。一个公安拿出一张纸，高声宣布成国前犯了流氓罪，立即逮捕。随后成国前在众人的目光下被塞进一辆绿色的吉普车。弟弟成国进气昂昂地冲到吉普车旁，大声问：“我哥哥犯了什么法，公安同志？”

“你是谁？”公安悠然地点起烟，问。

“我是他弟弟成国进。”

“你是他兄弟，你有包庇、纵容的嫌疑，不把你一起弄进去是你的福气了，还在这里丢人现眼。快给我滚！”公安厉声喝道。

成国进一时惊呆了，还没回过神来，绿色吉普车已经呼啸着扬长而去。他气冲冲走到保安科长面前问是怎么回事，科长只说了一句：“睡了人家姑娘又不想娶就是流氓。”然后同情地拍拍成国进的肩膀。成国进没有和女人睡过觉，完全不明白睡觉与流氓罪有什么关系，他猜想一定是廖丹丹有意陷害哥哥。

哥哥是拉扯自己长大的亲骨肉，他决心要为自己的亲人报仇。在下班的路上，成国进一把将廖丹丹拉下自行车，然后就是一阵拳打脚踢。廖丹丹是一副军人体格，又跟父亲学过格斗术，哪里肯示弱。她从地上爬起，挥拳与成国进撕斗。成国进气冲斗牛，很快将廖丹丹打得鼻青脸肿、手折腿断，外衣也被撕开，露出了洁白的肩膀和肚腹。保安和工友围过来时，廖丹丹已经被打昏在地。成国进没有逃跑，他渴望着被捕，以便进去陪伴哥哥。两个月后，他在监狱里实现了自己的愿望，见到了日夜挂念的哥哥。兄弟俩都被判了三年。

第十二章　转　折

一九八一年底，成国前兄弟俩因为劳动积极，政治表现好，减刑半年，被提前释放出来了。呈现在他们眼中的城市已经变得陌生，街道上已经很难看到穿绿色衣服的表情严肃的人，更多的是穿着各式服装的欢笑男女。推着平板车叫卖的商贩多了不少。卖面包豆浆的小摊点也时不时可以见到。小巷深处不时传出歌曲《在希望的田野上》的明媚嘹亮的旋律。他们回到街道办服装厂，工友们热情地向他们打招呼、拉家常，并没有当他们是品德恶劣的坏人或者反革命什么的，至少表面上是如此。食堂里的师傅还特意送了三个菜给他们作告别的礼物。他们吃了晚饭，就离开了工作生活了五年的地方。这个地方曾经给他们安全和温饱，躲过了动乱而恐怖的“文革”灾难，仅此足矣。他们乘火车回到阔别了七年多的龙旗镇，回到了以前的公社大院。镇政府里的老干部有不少还记得他们的父亲、十多年前的武装部长成建军。有一个和成建军一起渡江南下的老干部，迈着健步过来叫成国前兄弟俩到他的宿舍里吃饭，在饭桌上兴奋地说了一大堆往事，然后发誓说要帮助成国前的父亲也即是他的老战友恢复名誉。三个月后，成建军恢复了名誉，成国前兄弟俩得到了二千九百多块钱抚恤金，两人的户口档案又重新建在了镇政府里，并且得到了一个户口本。他们修整了母亲的坟墓，立了一块石碑。为母亲复仇而射瞎仇人傅国红的事情好像已经被湮没，没有人提起这件事的哪怕一丁点线索。他们在街道上不露声色地观察傅国红，看见他戴着墨镜、点着拐杖磕磕绊绊地走路的可笑模样，心里是无法形容的高兴。兄弟俩虽然得到了应该补偿的一切，却上无片瓦，下无立锥之地，过农历新年都是居住在朋友李应东家。其实他们兜里的钱是足够在当地买地置房了的，但是当时谁也没有买卖房地产的念头。谁能想到，二十年后房地产成了最赚钱的行业。元宵节过后，成国前父亲的老战友为兄弟俩都找到了一份工作，大哥去了发电站做看护工，小弟去了供销社当售货员，都是临时工；各人分了单位的房子，二十多年的兄弟同住的情况改变了。

成国前上班的发电站离镇子有七公里多，建在一个河坝旁边。河坝顶部是一条两侧有栏杆的水泥小路，供村民们通行。工友走后，成国前通常把轰鸣的电站机房大小门关好，拿两条钓鱼竿，小心地踩着石级走到河坝底部钓鱼。幽暗的河水深不可测，缓缓地转着令人眩晕的漩涡。幽深的河水里潜游着的大鱼，很轻易就吃了成国前的鱼钩。成国前把钓到的大鱼首先孝敬父亲的老战友，其次是镇上帮助过他们的熟人和曾经寄住的李应东家，余下的兄弟俩再烹食。一次，成国前正坐在坝子底部钓鱼，突然听到坝子上方有嘈杂的人声。他站起来，踏上几级台阶，只见一群村民和他们的孩子正簇拥着一个穿黑色皮大衣的中年人和一个年轻漂亮、披红戴绿的姑娘从坝子上走过。人群后面的几个农村妇女叽叽喳喳地议论着：

“阿炳哥发了，带个小老婆回来，阿炳嫂乐意接受吗！”

“阿炳嫂不接受也得接受。人家阿炳哥现在是万元户，县委书记都接受他呢！”

“县委书记接见他！不得了啦！”

“阿炳现在是大人物——阿炳嫂只能认命吧。”

“阿炳的儿子和儿媳、孙子呢?”

“阿炳的小儿子可凶横啊！我们跟着看戏吧。”

“有戏看啦——”

“嘻嘻嘻……”

成国前被眼前的这一幕情景深深感动了。二十多年后的一天，他开着自己的宝马越野车回到家乡龙旗镇，在狭窄的街道上他看见一个衣衫褴褛的老头吃力地推着自行车孤独地走着。他立刻认出了这个老头就是二十多年前自己仰慕过的万元户。他当年被年轻美貌的姑娘挽过的手臂已经同老树的枯枝一样露出燥裂的外皮，他目光呆滞，面色蜡黄，鼻子旁粘着一块鼻屎，当年那一股威风八面的气概已经荡然无存，真是白云苍狗、岁月弄人啊!

平静休闲的生活不紧不慢地过去了几个月。秋分那天，在准备吃晚饭的时候，成国进带回来一个姑娘一起吃饭，令做哥哥的有点惊讶。席间成国进向哥哥说了准备结婚的事，更令成国前感到突兀：这小子神不知鬼不觉，居然比我还快！成国前给了弟弟一千元，在立冬那天成婚。来贺婚的人不少，但是很少年轻人。成国前这才发现镇上的人和乡下的人大部分都去了外地打工，留在家里的年轻人几乎没有。成国前突然觉得自己守着几台轰鸣的发电机过日子实在是太落后于时代的步伐了，年轻人都出去闯了，为什么自己还留在闭塞的小镇上呢？他和父亲的老战友聊了自己的想法，老人却意外地支持成国前辞职出去闯荡。

在监狱里的两年多时间，成国前兄弟俩结识了不少人，其中有两个是熟练的建筑工匠。兄弟俩经常被派去和两个建筑工做泥水活，掌握了不少建筑技术。成国前出发之前，首先想到了已经被释放出来的建筑工姜国明，这小子比自己小一岁，因为土地纠纷，和父亲一起把邻居打残而进了监狱。姜国明从小跟父亲学到了一套建筑技术，在监狱里是个人人爱使唤的能手，性情也比较随和，如果与他搭档做一番生意，成功率也许大很多。后来的事业进展也的确如成国前所料，两人在工地打工逐渐到小包小揽工程，都十分依赖姜国明的建筑技术。不过，成国前的谈判技术和在工人中的威望、社会关系的疏通方面却高于姜国明，在资金方面也比姜国明丰厚，因此，成国前逐渐成为事实上的工头。转战多地，成国前带领的十人建筑小队来到了李紫芳所在的城市。这个城市正在扩建，在改革开放的嘹亮口号下蓬勃发展。但是这个城市只有两家国营水泥厂，从水泥厂买水泥需要批条。李紫芳的父亲李春明是主管工业的市委常委，有写很多批条的权力。成国前经常进出水泥厂，听到了李春明的名字，打听到了他的住址。他提着一个塑料袋，大着胆子踅进李春明所住的巷子。拍了几次门，没有人回应。他蹲在门口对面的一个墙角下等待。他手提的塑料袋子里有一个刚从乡下捉来的老鳖，足有十多斤重，正在袋子里爬动。成国前松开袋口，看了看里面的老鳖，活泼可爱极了。他抽出一支烟吸起来，眯着眼睛看着李春明屋门前的一株玉兰树。这树两米多高，开着密密麻麻的白色的花朵，浓郁的芳香被春风吹送到巷子四周。烟叶的香味被玉兰花香驱赶得无影无踪。成国前连抽了四根烟，越抽越无味。他等了一个多小时，可李家的人却不见一个踪影。他站起来，伸了伸发麻的双腿。这时，一双高跟鞋走路的声音在巷子里响起来。他看见一个年轻女郎款款走过来。这个女郎戴着眼镜，留着两条麻花辫，穿着一套税务局的工作服。她走到李春明家门前，掏出钥匙正想开门。成国前一个箭步冲过去，笑着说："李小姐你好。我是你爸的朋友，我姓成。这个塑料袋你拿好。"李紫芳犹豫了一下，拿过塑料袋，瞟了一眼成国前，一句话不说就开门进去了。成国前激动地立在门口有两分钟，才抬脚离开。这是他第一次登门找李春明，却幸运地碰上了自己的未来的妻子。其实他与李春明互不认识，更谈不上朋友，他却自导自演了一出话剧。他坚信这出话剧会变成现实，他对人性的把握已经相当精准。他第四次拿礼物上门找李春明家时，终于被李紫芳领进了门。李紫芳沏上茶，他坐在客厅里等了差不多一个小时。李春明回来了，见到这位姓成的“朋友”也不加以否认，只是笑着写了一个批条，递给成国前。成国前连声道谢，轻轻碰上门出去了。一旁的李紫芳看到父亲的态度，真的以为他们是朋友呢。成国前以后的上门，李紫芳就有了殷勤的微笑。两人在客厅里看着电视，谈着闲话，消磨着等待的时光。有时，李紫芳母亲也在家，看到大龄的女儿和这个男子聊得来，不知不觉间竟然想自个做红娘，把女儿嫁给这个男子算了。后来，她确实做了三十多岁的女儿的红娘。李紫芳经历过刻骨铭心的爱情，已经把全部的爱献给了一个解放军战士，可惜他牺牲在了中越边境。她在母亲开始劝说时犹豫不决、扭扭捏捏，最后经不起家人和亲戚朋友的反复催促和提示，只好半推半就地点了头。成国前在成婚前半个月回到家乡龙旗镇办结婚手续和身份证，在熟人和金钱的帮助下成功地把自己改名为“成金鑫”。他用“成金鑫”这个名字与李紫芳登记结婚，是出于两个隐秘的目的：切断以前的犯案污点和成就财富的期望。他在另一个城市与廖丹丹的绯闻也许某一天会传到这个城市，但是，现在他希望自己攀上高枝之时不要出现意想不到的局面。结婚当晚，成金鑫就知道了李紫芳不是处女。然而，他还敢怎么样呢，或者说他还敢奢望什么呢？为求处女，兄弟俩身陷囹圄。此外，李紫芳的人品相貌和家庭背景，没有任何可挑剔的地方。

成金鑫利用批条掘到了第一桶金。他和姜国明拉着十个工人到处承接小工程。一年后，姜国明自己拉起了一个工程小队。成国进也从小镇出来，成金鑫给了他五万元资金拉起了另一个工程小队。三个工程小队时而合并施工时而分散作业，在城市的各个角落打游击战。三个小队说是工程队，其实什么活都干，砌楼房、盖厕所、淘粪道、搬家具、补楼顶、运煤球、送煤气、贴瓷砖、刷墙壁、抬病人、捞尸体……社会上的累活脏活都成了他们的收入来源。成金鑫自己住在李紫芳单位分的宿舍里，姜国明和成国进带着三个工程小队的工人住在郊区的一个油毡纸搭成的窝棚里。那种油毡纸黑乎乎的，四季都在吸热，冷天有保暖作用，热天窝棚里却是一个蒸笼。民工们在窝棚内的地上用砖头或石头垒成床脚，在床脚上架几块木板就成了一张床；三十几张这样的床一张挨一张连亘在一起，上面架着泛黄的蚊帐。民工们下工后，唯一的娱乐就是围坐在蚊帐内打牌。蚊帐外黄豆般大的蚊子像轰炸机一样乱叫，向灯光处冲撞。成国进和姜国明无事可干时，也常常钻到蚊帐内与大伙儿光着臂膀赌几局。他们下的注一般是一块几毛钱，输赢都无碍生计。后来，成国进从哥哥那里弄到一台二十一英寸的黑白电视机，姜国明买来一部天线，在窝棚外的草坪上播放，大部分民工开始兴致勃勃地观赏起了电视。电视里只有两个频道，一个是中央台，一个是省台。零时一到，电视屏幕里便是一片雪花白，民工们只好上床睡觉。第二天，东方的天空刚刚泛出红色，早有轮值的民工起床煮食。一个小时后，一声“开饭啰”，民工们开始陆续起床，舀起水缸里的水洗脸，用牙刷和牙膏漱口的只有几个比较年轻的民工。他们拿起大碗，舀起大锅里的浮着肥肉粒和葱花的粥，或是面条，三三两两走到门口的草地上，或站或蹲，狼吞虎咽起来。姜国明和成国进也和大伙儿一块吃早餐。吃罢早餐，姜国明坐在窝棚门口的一条长木上，拿过一根又长又粗的竹制水烟筒，摁上烟丝，掏出打火机点燃，“吧嗒吧嗒”地喷起了烟雾。三撮烟丝燃完，姜国明把水烟筒传给蹲在旁边的一位民工，这民工要过姜国明的打火机和烟丝盒，抽了几个，传给了下一位民工。

“兄弟们，今天咱们三个队合起来，一起到水厂给他们挖坑道，埋设自来水管的坑道。五个公里，一天干完。中午不带快餐了，我叫一个面包店做了好多肉包子。”成国进站在姜国明身边，一边剔着牙齿一边高声喊道。民工们纷纷回到窝棚内拿工具。姜国明走到草坪尽头，跳上一辆破旧不堪的绿色卡车的驾驶室内，启动汽车。汽车引擎沙哑地喘息了许久，才吃力地发动起来。车厢内站着的三十六位民工挤在一起说笑着，并不理会引擎的嘶叫。

汽车在市区内转了几圈，到达一条林木稀疏的街道中段才停下来。成金鑫站在路边等候着他们。民工们陆续跳下了车，按照成金鑫指着的线路挖掘开去。挖了一个多小时，七月的骄阳开始如火般烘烤着大地，民工们已经是大汗淋漓，但是没有人停下手中的活儿。中午十二点，下班的市民陆续返家。一个中年男子骑着一辆摩托车停在了自家的门前，对突然出现的这条阻碍出入的坑道大为恼火，他伸直脖子大声呵斥：

“在我家门前挖了一条坑，我的车怎么进去？快快把它填平了，否则有你们好看！”

三个工头快步走到这个中年人面前。这个中年人见这三人来势汹汹，蔫了几分，闭上了嘴，但脸上的怒色未减。成金鑫冷静而缓慢地说：“兄弟，对不起了！这是政府工程，我们只是奉命做事。这坑道是使你不方便。你绕几十米，也可以推车进家的。大家通融一下，万事如意！”

“如意个屁！你们要做几天才能填平这里？”

“那要看水厂的管道施工进度，多则十来天，少则七八天。”

“七八天！你们这群人，白天像乞丐，晚上像小偷……”中年人还没说完，成国进已经揪住了他的衣领，举拳就要打。

“慢慢慢!”成金鑫一把扯住了弟弟的手臂，却来不及阻止姜国明一脚踢到了中年人的屁股上。中年人见局面不利自己，嚣张气焰去了五六分，口里只说：“你们等着瞧。”骑上摩托车，轰隆着向另一条街道驰去。

“这恶狗带人来打架？有可能。”姜国明自问自答。

“真的有可能。”成金鑫兄弟俩同声说。

“赶快叫你岳父大人，通知派出所准备警力。”姜国明说。

成金鑫跑到附近的一个邮电所，交了押金，闪进一个电话亭，打了一个电话给岳父，简要说了一下情况，要求警方帮助。岳父立即答应了。可是直到天黑收工，也不见那个中年人带人来报复。姜国明成国进领着民工，警惕着四周，迅速跳上车厢向郊外的驻地驶去。夏夜的街市灯光忽明忽暗。湿润的热风吹拂着民工们沾满灰尘的头发和疲倦的身体。卡车穿过一条条街道，终于停在了郊外的窝棚前的草地上。民工们吃完晚饭，拿着裤子和毛巾走到不远处的江边洗浴。幽暗的江岸顿时沸腾起来，民工们一边泡着江水一边无拘无束大声地说笑着，话题最多的自然是女人。

“四个月不回家了，你婆娘不来找你小弟弟做事?”

“你婆娘为啥也不来?”

“来了又怎样，没个做事的地方。”

“就在窝棚里得了。大伙儿不偷听不偷看。”

“天上的牛郎织女相会你都想看一眼呢。”

“是呀是呀，昨天我看见他戏弄一对在工地上干事的狗来着!”

“王八蛋!”说着话，一个把另一个的头往水里按。

“刘二，你伏在水里那么久，水下面有女尸?”

“不是女尸，是女鬼！游过来吧，蠢猪!”

“我在水里抓到了一只小乌龟！小乌龟!”

“肯定是你自己的小乌龟!”

“这是什么东西? 绕在我脖子上了。啊倒霉，一只长袜子!”

“你有福气啊，一只女人的长袜子。”

幽暗的水面浪花飞溅，湿漉漉的裸体忽隐忽现。打闹声和欢笑声此起彼伏。远处一栋居民楼里传出卡式录放机播出的强劲乐音：“你就像那冬天里的一把火，熊熊火光照亮了我……”

第十三章　民　工

成国进手下有一个民工叫张同，外号张飞，性情凶险，为人好斗，时不时地惹出一些麻烦事来。成国进碍于他是自己老婆的亲戚，没有把他辞退。这家伙“文化大革命”时是一个积极分子，公社领导把他从村里调到公社里做民兵，手上沾了不少的鲜血。“文革”结束后，因为摸了村里的几个女青年的屁股，差点在严打中被枪毙，幸好还有政府领导为他说情，才免于一死，不过还是被判了一年刑。出狱后，他不找个正经的事干，在村里还是做一些偷鸡摸狗、欺压弱小的勾当。村里的人都不与他接触亲近，渐渐地，他成了孤家寡人。他从乡亲的冷漠中悟到了一些处世的学问，决定离开乡村，于是央求表妹也就是成国进的老婆梁冬玲做了个人情，加入了成国进的在各个城市流动作战的工程队。在工程队那群老实木讷的民工中，张同不仅是一个不安分的异类，也是一个令人厌恶的危险分子。一天深夜，大伙儿已经酣睡很久。忽然，张同左手拿着一个手电筒从外面回来了，他推醒与他床相邻的两个工友，叫他们起来帮他宰狗和烹狗，他已经把一条狗拖回到窝棚外面的草地上。两个工友拒绝了他的要求。他推醒了另外两个较为年轻的工友，想不到还是碰了钉子。他想了想，把当天轮值做早餐的工友推醒了。这一次，他成功了。这位工友答应和他一起把狗烹煮了。两个多小时后，一大锅芳香四溢的狗肉已经等待着工友们起床品尝。工友们起床洗漱后，一窝蜂似的踊到了锅前。张同钻入人群中把那四个拒绝帮他宰狗烹肉的工友推了出来。

“你们给我站远点。”张同大声呵斥着。

四个工友尴尬地走到了一边。成国进看见这个情景，赶忙走过来问怎么回事。当他知道事情原因后，掏出了三十块钱塞到张同手里。

“这狗我买下了，人工钱也一起算给你。张同，你不能这样。”成国进盯着张同的眼睛，大声说。

“我不要你的钱。这狗肉是我的，我想让谁吃就让谁吃。”张同不示弱。

“混蛋！这是我和姜老板的地盘，有你说话的份吗？快拿钱滚到一边。”成国进语气冷硬。

民工们议论纷起。姜国明把张同拉到草地上，塞了十块钱到张同手里，好说歹说了一番，张同才不哼声，内心却还有几分不满。他默默地绕过吃早餐的人群走到自己的床前，放下蚊帐，钻进去睡觉了。工程队出发时，成、姜二人没有去叫醒张同，也没有决定扣减当日的工钱。

傍晚时，成、姜二人带领民工们回到驻地，眼前却是一片火海。熊熊大火燃烧着两个窝棚，没有一点扑救的余地。民工们站在火光前，有的骂娘，有的叹息，有的沉默。没有电话可以用来报警，消防队赶到时，窝棚已经变成一大堆灰烬，只有几缕白烟在灰烬中间弥留。消防人员撤走后，成、姜二人带着民工在灰烬中搜寻了一遍，十分不希望在灰烬中发现人的尸体。最后，果如他们所愿，张同不在其中。他们心里撂下一大块石头的同时，也产生了一大怀疑：是不是张同纵火烧了窝棚？要不要报警把张同捉回来查个究竟？三十多个工友的被子、蚊帐、衣服、日常用品，算起来价值不菲啊！夜色早已降临，成、姜二人决定先解决住宿问题再说。民工们爬上旧卡车，姜国明把他们载到一处刚建好二层框架的楼房下，民工们四处找寻木板将四面围住。成国进和姜国明来到城区一个百货店，购买了三十多套草席和被子。是夜，两位工头和民工们挤在一起席地而睡，没有受到深秋寒风的侵袭。不过，第二天却发现有一个五十多岁的民工爬不起来了。他说腰板酸疼，可能是吸了地气。成国进和姜国明把民工们载到工地后，回来把这个名叫马昭勇的民工载到了医院。医院检查完，宣布马昭勇得了严重的肾结石，需要动手术。两位工头给马昭勇办了入院手续并预付了部分医疗费用，然后到公用电话亭打电话给他的亲属。一通电话打完，回说都是这里没有你要找的人。姜国明通过一个回乡的熟人到马昭勇家里打探情况。邻居说马昭勇的老婆和子女已经在半年前去了广东打工，至今音信杳无。无奈，姜国明和成国进只好轮番像儿子一般照顾马昭勇。一个月后，马昭勇出院回到乡里，说尽了姜国明和成国进的好话，鼓动年轻人加入他们的工程队。

在原址再搭一个窝棚，那是不吉利的，必须重新选址搭建一个。姜国明请来的一个风水师，捧着罗盘在江边走了几个来回，披着一件又脏又旧的茄色袈裟坐在地上煞有介事地念叨和计算了半天，最后小声地、神秘地告诉两位老板：这江岸十里内都不适合住人；要保平安发大财，只有住在水上才能消灾降福。两位老板给钱打发走了风水师，然后琢磨怎样把窝棚建在水上。思考了两天，没有一点头绪。最后，成国进似乎醒悟了，大骂这个风水师糊弄人："住在水上！简直是异想天开！那个老骗子把我们当猴耍了一回！"

"唉！你不信可以，但是不要冒犯神灵！"姜国明在旁边小声劝道。

"什么神灵！十足一个骗吃骗喝的老混蛋！"

姜国明不吭声了。此后几天，一有空闲，他便在江边走动，苦思住在水上的方案。这江，在二十年前是一条滔滔大江，除了冬季不那么威猛，其余的日子都是浩浩荡荡、波浪翻滚，水性不十分好的人都不敢下去的。如今，这江如同一个瘦弱的病人，缓缓地流着稀薄的江水，连七岁的童稚都成群结队下水游戏。姜国明沿着江岸向下游走了两公里多，忽然发现一艘两层的旧船停靠在岸边。这船像条小游轮，锈迹斑斑，每层面积约有两百平方米。

“把船租下来，我们不就能住在水上了吗？”姜国明自言自语，快步走回去和成国进说了这个主意。成国进嘻嘻笑了：“我错怪大师了！大师果然是个有道之人！”

随后，他们找到船东租下旧船，经过一番装修，将船舱改造成了宿舍。民工们大都熟水性，住在船上比住在陆上快活几分。在船上洗刷方便，拉秽物方便，扔垃圾也方便。一个地方若聚集了十条这样的船，估计很快成为一个垃圾场。他们在船上住了一个冬天。春节过后不久，春水开始泛滥，江水托高了船体，船在水里摇晃得让人站立不稳了。一天夜里，一个民工起床在船舷边小解，掉进了江里。幸好他水性棒，自己游了上来。三位老板害怕出事，只得再次搬家。这次，成金鑫通过岳母找到一处政府单位遗弃的旧办公楼，稍加整装，便成为一栋舒适的公寓。公寓周围都是本地居民，当他们看见民工们不顾忌附近的男女老少的目光，每天光着身子在走廊里洗澡时，他们愤怒了。居民们报了警，说民工们是一群流氓。成金鑫训斥了一通民工，民工们才知道收敛。然而，民工们的原始行为还是招来了一个寡妇。她四十多岁，长得黝黑而粗壮，一双圆溜溜的眼睛顾盼含情。一天傍晚，她在大伙儿围在一起吃晚饭的时候走了进来。她自个儿拿起碗，舀了一碗饭，站在大伙儿的旁边。民工们纷纷侧头看着这个不速之客，不知如何是好。成国进拿过一把椅子放在饭桌前，叫大家让一让，给这位大嫂坐着吃饭。这寡妇大方地坐下夹菜往嘴里送，一点也不谦让。一个坐在她旁边的五十多岁的民工，大声对她说："嫂子，不要客气，要吃饱啊。吃饱了，哥陪你玩。"

旁边一众男子嘻嘻哈哈笑起来了。这妇人头也不抬，只管吃饭。末了，她用手擦擦嘴，起身走向最近的一张床，放下蚊帐，钻进去就躺下。这床铺是一个二十多岁的小伙子的，还没结婚。看见这一肥壮的黑寡妇钻进自己的床，他脸色通红，尴尬地站在饭桌前。其他的工友早已笑弯了腰，七手八脚将小伙推向他的床。小伙慌忙后退，拼命突围才逃了出去。蚊帐中的女人，不管众人如何哄笑、调戏，始终一言不发，只是平静地躺着，再无其他举动。成国进正在想着打发这个女人的方法，门口走进了一个佝偻着背的老头。他推开众人，走到床前，拉起女人，打了她一个耳光。成国进问她是他什么人，老头只说了一句："她是我女儿！"拉着女人便往外走去。

成金鑫兄弟俩和姜国明带着工程队转战附近几个地区的工地，收入颇丰。在事业顺畅的时候，人往往就会麻痹大意、忘乎所以。一个炎热的夏季，送出了不菲的钱物后，他们承建了一个单位的三幢宿舍楼。购买的钢材和水泥都是低档的便宜货。三幢六层的楼房同时封顶。就在封顶一小时后，楼上楼下的工人们还没散去，其中一幢楼咔嚓嚓地就塌了，是垂直塌陷。楼中的六个民工和成国进就被埋了进去。结果，三个民工殁了，四个重伤。成国进的右腿膝盖以下被截肢，需要拿一根拐杖走路了。除了保险公司的赔偿，三位老板共赔进去二百六十七万，几年的劳动成果几乎化为泡影。由于成金鑫的岳父母的影响，三位老板没有受到政府方面的追责。到了第二年，也就是一九九〇年的二月，成金鑫岳父帮他们又找到了一处建筑工程。在没有资金只有人力的情况下，发包方分阶段预付了工程款，让他们度过了最难的一关。但是更多的是，工程款常常因为许多原因极难拿到手或者永远追不回来。成金鑫不得不结交一些黑恶势力帮助追债。与黑势力觥筹交错的时候，到底谁是黑谁是白，界限开始逐渐模糊，到最后成金鑫也觉得自己就是黑帮中的一员了。他常常担心自己与黑势力的关系被岳父母发现。然而他的担心是不必要的，他的岳父李春明观念复杂得很。李春明在官场混了几十年，虽然没有当上一把手，但是人脉关系纵横交错，是一个有眼光的知识分子啊。

一日，李春明在阳台上来回踱步，反复考虑着一个追债方案。十一个月前，一个企业老板借了他三十万元去做生意，许诺以本金的6%作为月利息每月底转账到他的银行账户，本金一年后一次性还清。但是，这个叶老板在支付了三个月的利息后便失联了。李春明曾多次独自到他的家探访，每次都是他的麻脸老婆以一副冷冰冰的面孔和语气敷衍了事。借钱给他还当了他的龟孙子，李春明越想越气，决定雇人摆平这个叶老板。他考虑了紧紧跟随自己的几个部下，觉得事情闹大始终会牵连到自己，不闹大吧追回钱的几率又不高。正在犹豫之时，他在阳台上看见女儿和女婿成金鑫提着几个包裹回来了。他脑花一个闪亮：为什么不找女婿出面呢？一个女婿半个儿啊！待成金鑫放下东西，他把他叫到自己的书房里，寒暄了几句，便把追债的事情和盘托出，希望成金鑫帮忙。成金鑫自觉受恩于岳父太多，如今岳父有难，岂能不帮！当即应允下来，并且暗下决心：一定帮岳父追回这笔钱！

当晚，成金鑫请一个姓周的小头目吃了顿饭，把欠债人的姓名和住址等情况告诉了他，并许诺以追回金额的20%作酬金。这周大哥第二天早上便领着两个小兄弟带着行李来到叶老板的家门前，觑准叶妻开门的一霎间强闯了进去，叶妻大声喝问你们是谁，周大哥轻声回答说他们是她老公的朋友，她老公叫他们来他家里住。然后径自上楼。叶妻返身跟了上去。周大哥三人把行李放下后，竟然在叶妻和她一对儿女的床上睡起了大觉。叶妻已经感觉到来者不善，料想他们是来追债的，看到他们胡作非为，心中虽然愤怒却也无奈。她下楼出门，到公用电话亭打了一个电话给丈夫。叶老板叫她别报警，一报警就等于告诉全城的人他快完了，那时麻烦更大。叶妻只好忍气吞声，和一对儿女挤在杂物间里睡觉。吃饭时，三个无赖决不客气，都是抢好吃的先下手，吃得又多又快。进卫生间，三个无赖也是一蹲半个小时，还哗啦啦地放半小时的水。电视机前，三个无赖轮流握着遥控器，叶妻和子女连一分钟的选择权都没有……两个星期后，叶妻抱着两个憔悴的儿女失声痛哭，她崩溃了！她冲到电话亭，哭着把一切再一次告诉了自己的丈夫。叶老板在电话那头沉默了许久。一个星期后，他提着四十六万现金回到了家。成金鑫怀揣借条和姜国明、成国进一起来到叶家，点数了一遍现金，当叶老板的面烧掉了借条，胜利而归。周大哥只领了八万元，余下的一万二千元给了成金鑫。李春明给成金鑫五万元，他婉拒了。自此，成金鑫深得李春明的信任和喜爱。想到自己即将退休，但是有了成金鑫这半个儿子支撑着门面，李春明心内十分的欣慰。成金鑫有什么需要帮忙的地方，李春明都利用自己几十年经营的关系和职权进行协调疏通。

第十四章　急　流

船只行驶在幽深湍急的江水中，两岸是遮天蔽日的竹丛。茂密的竹丛里常有小鸟在跳跃吹唱。一条凶猛的青蛇在竹枝上蜿蜒前进，好像扑向什么猎物。

成金鑫和同伙姜国明老板坐在船舷上，凉爽的江风吹得他俩疲劳尽去。船里是六千吨水泥。船身吃水很深，稍有风浪，船只都有倾覆的可能。成金鑫不是没有考虑过风险，但是想到一趟多赚五万元，也就把风险置之度外了，往船上多装了一千吨水泥。他随身带着一只小巧的收音机，听着当地的新闻和天气预报。如果天气异常，他会要求船老大找个安全的地方靠岸，避开风浪。他比船老大谨慎多了，因为他俩的货比船值钱多了。

货船吃力地行驶着，发动机的声音听起来嘶哑无力。

船老大在船舱里叫成金鑫和姜国明进来玩牌。一个船员加进来，四人玩了两局“拖拉机”。船老大拿来一瓶白酒，叫船员到厨房拿来炖鸡腿，四人边喝酒边继续玩牌。船老大提议大家下赌注，这样才够刺激。成金鑫心中立即警觉起来，他用眼色提示了一下姜国明，然后对船老大说：“老大，刚才收音机里说暴风雨就要来了，我们到船外看看吧?”

“不慌不慌。前面五公里处有个泊船的地方。我一个月走几趟这条水道，哪个旮旯不熟悉!”

姜国明放下牌，说："不玩了不玩了，腰都坐疼了！"然后哈欠连连，一副疲劳无比的样子。

成金鑫拿起酒杯，向船老大敬了一杯，然后起身走到舱外。姜国明也跟了出来。

整个天空乌云翻滚，乌云中夹着一阵阵雷声。闪电在乌云的边层擦起一片片白光。江岸的竹丛簌簌作响。田野里的农作物被狂风吹得东摇西摆。一场暴风雨就要来了。

轮船哒哒哒哒地行驶着，像一头老牛喘着粗气，吃力地转动轮机。密集的豆大的雨点砸在水面上，狂风开始在雨中肆虐。船的前方模糊不清，船体四周被一张巨大的雨帘包裹着，两百米外看不到什么东西了。

成金鑫和姜国明躲在船檐下，看着肆虐的狂风暴雨，忧心如焚。船老大说的"泊船的地方"还没出现。而轮船好像在暴风雨中走得更慢了，吃水也深了几寸，船身开始有摇晃的迹象，危险正一步步逼近。什么时候才能到达"泊船的地方"呢？老天爷呀，六千吨水泥沉水，一百多万元就打水漂了！

船老大给两位老板拿来了救生衣。成金鑫一把推开救生衣，恨恨地吼道："如果船翻身了，我这条小命也不要了，还要什么救生衣！"

"老大，你带我们到驾驶舱看看吧。"姜国明急忙说，也没有接过救生衣。

三人来到驾驶舱，只见驾驶的小伙子正盯着前方的雨帘，小心地操作着方向盘。船老大站在驾驶员旁边，默默地盯着前方。成金鑫和姜国明在后面踱步，急得如滚水里的活鱼。暴雨越下越大，雨点砸在船体上是密集的"嘭嘭嘭"声，一声声如铁杵一样捣在人的心上。约莫十多分钟，船老大终于大喊："前面！前面两百米就是泊船的地方，向右慢慢靠过去。"

轮船慢慢向右靠近江岸停了下来。果然泊船的地方凹入江岸几米，水流缓和许多；岸上有几棵大树，茂密的树叶挡住了一个方向的狂风，粗大的树干方便捆住缆索。船工下了锚、捆了缆索，大家才长舒一口气。

暴风雨还是继续肆虐狂扫着。

天黑了，船舱内点起了煤油灯。船内一共六个人围坐在一起吃晚饭。晚饭很丰盛，因为拖在船尾的渔网进了几条大草鱼。六个人猜码行令，轮番罚酒，都喝醉了。船老大和三个船员不断要求下赌注寻刺激，他们知道两位老板身上有钱。成金鑫酒是喝多了，但是，他坚决拒绝下赌注。下赌注意味着他的价值一百多万的货物有可能一瞬间转到别人手里。他曾经为自己立了一个“三不”规矩：在做生意的过程中不赌、不嫖、不惹事。生意做成后，除了杀人放火、吸毒贩枪，什么都可以做。他要求合伙人姜国明也做到以上“三不”，姜国明非常乐意地接受了。为了防止船老大和三个船员借酒闹事，最后他俩偷偷往酒里渗入了少量安眠药。喝着闹着，船老大和三个船员就趴在餐桌上、歪在椅子上睡着了。

第三天到达目的地，货款结清后，除去运费、搬运费、给建筑公司人员的回扣等，两人净赚了十八万。成金鑫出资三分之二，得利润十二万元。姜国明在旅馆房间里乐疯了，把银行卡抛来抛去，像个小孩一样又唱又跳。傍晚，成金鑫和姜国明来到一处按摩中心二楼。在酒红色的灯光下，四张沙发上坐着十几个或浓妆或淡妆的年轻女孩。老鸨笑嘻嘻地说：“姐妹们，站起来！让两位老板看看你们的好身材。这个，波大臀肥；这个，肤白如雪；这个，细腰长腿；这个，樱桃小嘴；这个，轻如飞燕；这个，丰如玉环……”

“老板娘，这些都是人渣。在里面还藏有吗？”姜国明牛气冲天。

“没有啦！有……有两个姿色过人，不过正在包厢里……”

老鸨嬉笑着。

“那我们等等吧?”姜国明问成金鑫。

“刚下来的你就上？蠢猪！不等了。随便找一个好看点的就行了。”成金鑫说完，再仔细瞄了一遍站在面前的十几个女子，拉出一个没有化妆的高个女孩，走进了后面一个包厢。

姜国明这个摸一下那个捏一把，挑选了好几分钟，最后选了一个丰乳肥臀的拉进包厢。

第十五章　柳镇长

成金鑫和姜国明两人一大早骑着一辆摩托车来到 W 镇。安静的街道上只有三个蹲在路边卖青菜的老人在发呆。姜国明问一个老人“镇政府在哪里?”老人并不吭声，只用手指了指一个街口。成金鑫驾车冲入街口，在弯曲肮脏的街道上行驶了几分钟，面前赫然出现了镇政府的牌子。成金鑫和姜国明来到镇长办公室，却没有人在内。两人只好坐在门口值班室一条长长的木板凳上等候柳洪林镇长。值班的中年人穿着一套绿色的旧军装，笑呵呵地向他俩递过烟丝。成金鑫拿起椅子旁的一米多长的水烟筒，摁上烟丝，“嘟嘟嘟”地抽着烟，一股烟雾便在四周迷漫开来。门卫和姜国明聊着当地的奇闻：旺村一个巫师在附近百里很有名气，不但会算命、占卜、风水，还会唱戏、治病，附近的百姓拿他当神仙一样供奉着，各村各户轮流拿出自家的大米、家禽、家畜和其他珍贵之物送到这位巫师的家里。日子一久，这个巫师就真的以为自己不是凡人了。他宣称自己是玉皇大帝派来的一个王，准备建立一个独立王国，需要三宫六院七十二妃嫔。附近农村的农民争先恐后地把自己的女儿送入了他的魔掌。有的男青年的未婚妻被他夺去了，才一怒之下告到政府。政府把他抓起来了。却有几百名村民集体上诉，冲击政府部门，要求释放他们的恩人、父王、神祇。政府哪管这一套，不到一个月就把那个巫师毙了。毙了还不完，为了防止村民祭奠他的尸骨，还得用军车把这个巫师的尸体运到外省一个火葬场烧了，等天黑了秘密地把骨灰当肥料埋入几个隐蔽的地方才完事。

坐着聊着，不断地抽烟，等到十点钟了，还是不见柳洪林镇长的身影。柳洪林是成金鑫的岳父的老部下，在岳父家成金鑫与他认识并成为朋友。前几天他打电话告诉岳父大人，有一笔生意需要成金鑫帮忙，要成金鑫亲自到他管理的乡镇才好说。天还没亮，成金鑫和姜国明就出发了，只是怕镇长一早就出去找不到人，结果还是没见踪影。正郁闷着，值班室的电话铃响了，门卫拿起听筒“呵呵”了两句，然后扭头大喊：“成老板，镇长的电话！”

这是中午时分，七月的骄阳如火焰一样泼向大地，烤得人的皮肤热辣辣的痛。成金鑫和姜国明骑上摩托车向大良村方向出发，柳洪林镇长在大良村等他们。弯弯曲曲的乡间土路坎坷不平，一会儿上高坡一会儿下陡坡，开着大功率的摩托车也感觉艰难吃力。颠簸了大约一小时，在大山中间出现了一片开阔的平原，平原里长满稻谷。在平原尽头的山脚下是密密麻麻的房子。一条小河穿过平原直达村落。村庄里的锣鼓声、唢呐声远远地就能听到了。成金鑫循着器乐声的方向开车，一会儿，几十桌喜庆的宴席出现在了眼前。

在一块低矮的土墙前，成金鑫和姜国明正在停车锁车，一个干部模样的中年人跑到成金鑫两个面前，咂了一下油光光的嘴，高声问道：“是成老板吗？”

“是的。柳镇长在这里吗？”

“两位跟我来。”这个干部快步走在前面，在宴席间七拐八拐，把成金鑫两人引到了宴席中间最大的一张桌子前。柳镇长正满面喜色地与左右两边的老人敬酒。看见成金鑫两人，遂点点头示意在他对面两个空位子坐下。这是大良村村长儿子的婚宴，来前在电话里柳镇长已经叮嘱他了，送的贺礼要大方一点，下面还要村长做很多事。成金鑫和姜国明尝了一盘接一盘的新鲜菜肴，喝了一杯接一杯的本村酿制的浓香米酒，不得不佩服这个婚宴的宏大与丰富、细致与独特。单说鱼类就上了五道菜：鲈鱼汤、蒸鲫鱼、煎塘角、海参煲、炉海虾。

婚宴结束，镇干部和几个村的村干部在村委会里开会商议村小学的建设，成金鑫和姜国明也被特邀参会。这个村小学有点特殊，师生达七百多人，因为附近几个村没有小学，几个村的小孩都集中在这里上学。原来的教学楼都成危房了，不立即建新的楼房替换就会有安全问题。商议的结果，人工由各村轮流出人出力，购买建筑材料的资金却远远不够。

散会时已经是下午五点钟，镇长要求成金鑫和姜国明留下来，继续商议建筑材料的问题。

“两位老板，你们也听到了，购买建筑材料的资金不够。镇政府已经打报告向上级要钱。但是钱不会很快下来。所以我想请两位老板先出资垫付，承建这几幢教学楼的工程就交给你们。待上级拨款下来，再分阶段还给你们。你们认为怎么样?”柳镇长语重心长地说完，拍了拍成金鑫的肩膀。

成金鑫与姜国明对视了一下，良久，成金鑫才说：“柳镇长，我们是信任你的，你的事情就是我们的事情。可是有一个难题，工程结束了，如果你调走了，工程款怎么办?”

“这个工程通过市政府审批通过，所有手续都会理顺的。就算我调走，后任也会按文件拨款给你们的。”

“下任不认上任的帐，这个我们听过多了。”姜国明说。

“放心放心，这个工程不一样。上级有审批，教育拨款不会有差漏。”柳洪林信心满满地说。

成金鑫与姜国明对视一下，沉默了。回到家，两人继续商议：干还是不干。干了有可能收不回钱，也有可能收回钱并且大赚一笔；不干的后果是与柳镇长的友谊可能中断，与政府的诸多关系也可能停滞，因为社会上已经风传柳镇长准备升级为副市长了。

两天后，成金鑫、成国进和姜国明带着工程设计人员来到了大良村。忙乎了大半年，两幢崭新的四层教学楼就竣工了。在落成典礼上，成金鑫、成国进和姜国明被市政府授予优秀企业家称号，还有其他一大堆荣誉。三人心里真高兴啊，高兴得差点忘记了大部分工程款没有收回来这件事。柳洪林果然在工程期间调升了，当了副市长，主管工业，教育线不与他沾边。虽然他竭力帮助追款，可是钱只拨来了十几万元，和总款差得远哩！水泥、红砖、钢材基本上都是依赖熟人关系赊账。可是赊账也有个期限，成金鑫、成国进和姜国明三个是守信用的人，只能拿出自己做生意的本钱去垫付了。竣工后的一年里，是成金鑫、成国进和姜国明三人过得最穷困的日子。一年后，柳洪林副市长介绍成金鑫、成国进和姜国明认识了中国银行的戴行长，并且自己作担保，为三人贷到了三十万元。三人有了这三十万元，继续做起了倒爷的生意。在大良村施工期间，他们就发现农村对电器的需求不亚于城市，于是每次下村，都带去电视机、录放机、盗版影碟、电饭煲、电水壶等等日用品，在周围的农村销售。

柳洪林主管工业，有一个国营水泥厂在他上任前倒闭了，他忽然灵机一动，想把这个倒闭的水泥厂作价抵消成金鑫、成国进和姜国明的工程款。市政府一讨论便通过了。可是姜国明看到寂静的厂房，却不同意这样交换。柳洪林左劝右说，姜国明就是不让步。成金鑫沉默了三天，同时也独自调查了三天这个水泥厂倒闭的原因，暗中走访了水泥厂的部分职工干部。最后，他没有告诉姜国明同意交换的原因，便把银行的贷款加一笔自己和成国进的现金转给姜国明抵作工程欠款，兄弟俩占有了水泥厂。姜国明得到了工程款，自然喜不自胜。成金鑫把十倍于姜国明的喜悦埋在心底，假声假色地在众人面前唉声叹气，说这笔生意亏大了，实在是没有办法才要这破厂。待一切过户手续办完，成金鑫立即把原水泥厂的部分技术骨干和一些勤快的底层工人招回来，将原厂的领导干部和供销科的一帮专吃回扣的腐虫一脚踹开，另外招募了一批人员充实到各个岗位。不久，水泥厂重新开张了，更名为金龙水泥厂。开张那天，锣鼓喧天、鞭炮轰鸣、狮跃龙舞，好一派热闹景象。柳洪林副市长带着工业战线的一帮领导干部到来捧场、剪彩。金龙水泥厂开张两个月，利润就来了。没有了专吃回扣的供销科和看报纸、写批条度日的厂领导，水泥厂很快生龙活虎，生意蒸蒸日上。

成金鑫兄弟俩得到了这个占地五十亩、厂房和设施都完好的水泥厂，自然知道要感谢谁。那年冬至的晚上，寒风呼啸，他俩请柳洪林、戴行长到酒店吃了一顿丰盛的火锅，席间还有两位领导的两位二十多岁的女相好。结束时市政府的司机开车送柳洪林回到他家里。司机走后不到十分钟，成金鑫敲响了客厅的门，在客厅沙发上放下了二十万元现金就摆摆手告辞，一句话也不说。现金用报纸包着，塞入两个装王老吉饮料的空纸箱里。柳洪林也没有说一句话，只是瞥了一眼纸箱，走到门口关上了门。

临近春节，成金鑫备办了三份年货，每份年货包含中华烟两条、五十八度茅台酒两瓶、五十六度五粮液酒两瓶、野生东北人参两根、东南亚水果两筐、活野生乌龟两只、烧全猪一只，分别送到柳洪林副市长、戴行长、李紫芳父母家里。这是目前成金鑫遇到的三位贵人。他要感谢给他带到好运的三位贵人，他是一个知恩图报的人哪！此外，他另办了一份年货送给合伙人姜国明。姜国明也回送了一份给他。

第十六章　巨　蛇

五辆装满木材的改装货车在夜幕中行驶着，因超载过多而显得笨重无力。成金鑫坐在最前的一辆车的副驾驶座上，紧张地盯着前方的路面，唯恐路边突然闪出一群林业检查站的人。这五辆车里的木材是没有采伐许可证的，一旦被抓，就有进监狱的危险。不过成金鑫和姜国明已经试过几回了，周六晚上根本就没有公职人员值守，基本上可以放心偷运木材，一路上畅通无阻。就像日本鬼子当年选择星期天早上偷袭珍珠港一样，选择周末晚上偷运木材是最佳时间。回想起上几次的偷运，成金鑫放松了神经，抽出一支烟点燃，塞进司机的嘴里；再抽出一支烟点燃，自己也吸起来，驾驶室里顿时烟雾缭绕。

山路上除了五辆汽车的发动机轰鸣声，没有其他声音，周围静得出奇。十只汽车大灯射出的强光在黝黑的大山里闪烁飘移，一会儿射向天空，一会儿射向山谷，一会儿隐没在树林中。行驶了两个半小时，五辆车到达山脚下的一条平整的泥路上，泥路一边是密密麻麻的灌木丛。成金鑫叫司机停车，把车灯全熄了，七个人坐在路一边的草地上休息、吃夜宵。现在是夜里两点多，一弯新月悬在高空，田野里迷漫着初春的霜气，寒冷砭人肌骨。

七人吃罢，赶紧上车。后面那辆车却启动不了了。五个司机轮流上阵，折腾了好一会儿，发动机就是不着火。成金鑫和姜国明急得如热水里的泥鳅：如果天亮前不离开这个是非之地，把木材运到贮木场，被林业检查站的人发现，就要付出惨重的代价。最后，只好由姜国明领前面四辆车先回去，安放好四车木材然后到汽车修理厂带师傅来。还有四个小时天就亮了，姜国明来回要跑完一百多公里的村路和山路，而且中间还要卸木材、找修车师傅，情况是多么危急啊！

成金鑫和司机李先达坐在驾驶室内抽着烟，聊着家常。李先达有一句没一句地应着，一会儿便趴在方向盘上睡着了。成金鑫虽然也很困倦，眼睛却瞄着车窗外的树丛和田野，心里计算着姜国明他们到了哪里。树丛裹着一团团黑影，熟睡在路边的山岗上。寂静的田野还没耕种，在微明的月光下朦朦胧胧，雾气混着寒霜在徘徊、游弋。成金鑫无聊地坐着，听着旁边的李先达的呼噜声，睡意一阵阵袭来，终于靠在右边车窗上睡着了。

酣睡了一个多小时，成金鑫的大脑意识渐渐清醒。他睁开惺忪的睡眼，猛然看见一条碗口粗的大蛇盘坐在挡风玻璃前的车盖上。这蛇约有三米多长，身子盘成一团坐在车盖上，头却抬起来与车窗里的成金鑫对视着，似乎随时准备扑过来撕咬。成金鑫感觉血一下子冲上了头顶，头皮一阵阵发麻。他看看两个车窗，还好，窗玻璃已经全部拉上。他用左脚踢了一下李先达，李不醒；他用手推了一下李先达的肩膀，李先达迷迷糊糊地哼了一声，又睡了。成金鑫与蛇对视着，蛇头离他大概不到一米。朦胧的月光照得蛇头十分可怕，蛇嘴里吐着信子。它也许早就看见车窗内的两个人，还可能袭击了多次，但是因为隔着一层挡风玻璃，所以没有得逞。对视了好一会儿，成金鑫倒不害怕了，他相信有玻璃保护着，蛇是伤害不到他们两人的。他摸索出手电筒，对准蛇头，猛然摁通了电源，一束强光直照蛇头。蛇摆动了几下脑袋，向挡风玻璃扑了过来，蛇头撞击着玻璃，整个蛇身贴在玻璃上蠕动着。这时，李先达醒过来了，突然看到挡风玻璃上的巨蛇，惊呼一声便想开门冲出去。成金鑫一把拉住他的手，同时大喊一声："不能出去！"李先达这时也清醒了，用手拉住了车门。两人惊悚地看着巨蛇在离自己面部十几公分远的玻璃上盘旋、冲撞、撕咬、搏击，啪啪的声音在玻璃和窗框上响着。成金鑫摁灭手电，免得再刺激这个魔鬼了。两人在黑暗中依靠在一起，望着月光下乱舞的巨蛇，一阵阵恐惧掠过心头。

巨蛇在玻璃和车顶上威风了一阵，也许累了，身子趴在了车顶上，蛇尾巴贴在玻璃上，一动不动地等待着机会。成金鑫和李先达渐渐地恢复了平静，你看看我我看看你，双方苦笑了一下。成金鑫抽出香烟，递了一支给司机，帮他点燃，自己也燃起了一支。

"哎呀，今天晚上我们艳遇了，可能被一条母蛇缠上了！"成金鑫笑着说。

"真的有可能是母蛇。小时候就听说过公蛇强奸女人、母蛇追踪男人的故事。"李先达也笑着说。他是一个五十多岁的老司机，走南闯北，见多识广。

"我也偶有所闻，只是不知道细节。"

"我小时候，村里有两姐妹上山砍柴。她们砍够柴下山时，一条巨蛇窜了出来，把姐妹俩吓昏了。当她们醒来时，姐姐的内裤外裤全不见了。几个月后，姐姐生下了十几条小蛇。当时全村的人都跑去看，轰动了附近的十里八乡。"

"你亲眼看到小蛇了吗？"

"没有。我那时候太小，人墙太厚，挤不进去。"

"估计就是传说。"

"不可能。那么多人看到。农村人一般不说谎。"

"也可能是真的，就像外星人的传说一样。"成金鑫说，

“那你再说说母蛇追男人的故事。”

“这个我没见过。只是零星听到一点，故事不完整。”

“面前这个不就是吗？”成金鑫指指挡风玻璃上的蛇尾巴，大笑起来。

“听说，蛇和狼一样，最怕烟火。咱们用香烟试试吧？”李先达吃吃地笑着说。

于是他们轻轻摇下左右两边的窗玻璃，大概有一厘米的缝隙即止。然后同时点燃六根香烟，两人各抽三根，向缝隙处密集地吐出烟雾。六根烟抽完，又点燃了六根。两人猛吸猛吐，把驾驶室弄得伸手不见五指。烟雾逐渐散去，挡风玻璃上的蛇尾巴不见了。蛇是不是还盘坐在车顶上呢？两人拿不准，也就不敢贸然开门下车。

“点燃烟盒，往车顶上抛，怎么样？”成金鑫建议。

“这样做不好吧。抛不到车顶，引燃周围的树叶和草丛，麻烦就大了！”

两人无奈地望着前方。前方的地平线上出现了一块微红的云块。天就要亮了。月光开始黯淡。

“车打不着火。可是喇叭还是响的。按喇叭，按喇叭惊走这个魔鬼！”成金鑫突然说。

李先达用力按了几下喇叭。没有任何反应。

“我记得老人说过，蛇没有耳朵，都是聋子。”李先达说，“蛇怕的是激烈的振动。”

成金鑫从工具箱里拿出扳手，向车顶的铁皮用力敲了几下。果然，巨蛇在车顶上摩挲了一阵，訇然出现在挡风玻璃前的车盖上，接着向右边一跃，树丛顿时豁开一条路，哗啦哗啦一阵声响，巨蛇消失了。

李先达盯着树丛仔细搜寻，成金鑫又拿出手电筒向树丛中照了一阵子，确定没有危险了，两人才开门下车，走到路边的一条小溪旁，掬起清冽的溪水漱口、洗脸。

半个小时后，姜国明开着摩托车把修车师傅载来了。修好汽车，天已经大亮。姜国明和修车师傅返回去了。成金鑫和李先达掉转车头，把汽车开进一个树木茂盛的山坳里藏起来。然后把车牌摘下来，拿走车内的证件。两人爬上离汽车不远的一个山坡，在山坡上找了个隐蔽的地方。这个地方可以看见汽车，也可以在林业人员发现汽车时立即逃跑。两人躺在那个隐蔽地方吃东西、睡大觉、聊天、下象棋，以待天黑后再把木材运回去。

风险一次又一次地躲过去了，成金鑫和姜国明成了远近闻名的木贩子。当地人叫木贩子外号为“木虫”，意思是吃树的害虫。无数的树木被砍伐落地，成片的森林瞬间消失。大自然受到的最大的戕害莫过于来自人类的逐利行为了。

后来两人合资的家具厂，是贩运木材的过程中自然诞生的。待售的木材有的卖不出去，就囤积在贮木场里，经过初次加工处理就可以卖个好价钱。初次加工需要购买电锯工具、工程车、聘请木匠。加工完毕，设备和人员闲置了。成金鑫和姜国明干脆挂牌成立了金明家具厂。那是二十世纪九十年代，新扩建的城市和不断涌入的人口需要大量家具，卖出的家具利润丰厚。家具厂成了两个人的重要财富来源。暂时卖不动的家具，就送到某个有熟人关系的单位试用，用到满意才付钱。当然，这单位领导的家里肯定要免费送上一套两套的。

第十七章　有了汽车

一九九二年的春天，全国又掀起一股改革浪潮。民众以经商为荣。大街小巷都在产生“老板”，不管是真老板还是假老板，凡在需要拍拍马屁的场合，都会有高大的声音叫“老板”。当时，政府的官员似乎不那么夺目，被人高一声低一声呼为“领导领导”的风光是在十年之后的事了。那时政府有许多人下海经商。成金鑫的老婆李紫芳在税务局做会计，被浪潮所撼也想辞职下海。她觉得两个孩子有几岁了，自己出去闯一闯也是可以试一试的。想法一提出来，岳父岳母立刻反对：一个大家闺秀出门经商成何体统！不过，成金鑫和岳父岳母商议后，决定让李紫芳参与水泥厂和家具厂的管理，每周稽核两个厂的账目，发挥她的专长，岂不是一举两得：既满足了她的经商愿望，又加强了工厂的资产管理。从此，成金鑫把财务大权交予李紫芳，自己把更多精力用在其他生意。

四月中旬，柳洪林副市长率领本市的优秀企业家到沿海地区考察学习。成金鑫和姜国明坐在中巴车里舒舒服服地逛了十天，见到了不少大场面，认识了不少企业家，学习了不少企业发展的经验。虽然每人出了一万元的差旅费，但是他们觉得这次考察收益很大。眼光锐利的姜国明发现了金发碧眼的洋妞在酒吧里出入；嗅觉灵敏的成金鑫发现街道上成排的无牌的豪车可以开回去。他们两人很想半途脱队去独自探险，可是碍于柳副市长的面子和权威，只好作罢。

回到家里，成金鑫和姜国明立即去学汽车驾驶。一个月后，两人取得了驾驶证。他们乘长途汽车来到海边某城市，一番讨价还价，两人各买了一辆丰田皇冠，孖牌，孖证，一切手续办完，价钱只有正规渠道的五分之一。那时候，通过正规渠道买一辆原装进口车，比登天还难，而且价格贵得吓人。所以，很多人选择了这种来路不明的车辆。成金鑫来买车之前已经和柳副市长商议了一番，回去之后柳副市长帮他俩在公安局里找个官儿做靠山，两辆车的使用就没什么障碍了。两人凭着一股勇气和胆识，运用生疏的技术，在陌生的道路上折腾了三天才把两辆车开到家。在一个偏僻少人的地方，柳副市长里外观赏了一番汽车，连声赞叹不错不错。并于当天晚上约了交警大队的宁副队长（也就是后来晋升为公安局副局长的宁副局长）和两位老板吃了饭。成金鑫和姜国明在饭桌上用茅台酒把宁副队长灌醉了。醉了就是朋友，不醉就是客人，这是当地的一条不成文习俗。是朋友就要互相依靠和支持。所以，成金鑫和姜国明有了这个朋友，就放心地使用车辆了。

除了汽车是当时引起民众钦羡和尊敬的物品，还有一个可以抬高自己身价的新鲜玩意儿：手机，当时俗称“大哥大”。邮电部门借改革的春风引进的先进通信设备，成为每一个权贵手上的必需品。一般的民众，买不起手机也消费不起每月几百几千元的话费。能够消费手机的大部分是政府里的用公款报账的官员和有钱的私企老板。成金鑫和姜国明各花了两万多元买了一部摩托罗拉8500，有三斤多重，和红砖一般大。出入各种场合，像香港电影里面的黑社会老大一样，手里拿着一部砖头似的家伙作为通话工具，是一件令人骄傲和自豪的事情。成金鑫和姜国明感觉到了，每逢办事谈生意等，人们的目光多了许多崇敬、语气少了许多冷漠。不久，摩托罗拉公司推出可以装在口袋里的体积小重量轻的手机，价格也降到一万元左右。但是，成金鑫和姜国明仍然喜欢使用大块头的摩托罗拉 8500，拿在手里的感觉与放在口袋里的感觉是不一样的。成金鑫买了六部体积小的手机，分别送给柳副市长、戴行长、林业局的邹局长、宁副队长、岳父大人和妻子李紫芳。他们都是他生命中的贵人，他要感谢他们哪。姜国明买了五部，分别送给柳副市长、戴行长、宁副队长、林业局的邹局长和一家美容美发中心的大姐。最近，姜国明经常光顾一家名叫丽丽的美容美发中心，这中心的大姐约三十岁，来自北方，肌肤雪白，黑发如云，面容姣好，身材高挑，控制着十六个也是来自北方的二十多岁的小姐。这十六位小姐既做美容美发，也做神女生意。姜国明把十六位小姐拉出台，一个个都玩过了，而且都玩腻了，于是把目光瞄向了好像冰清玉洁的大姐。

“我做生意，但是不做自己的皮肉生意。”大姐淡淡地拒绝，把手机塞还姜国明。

“好姐姐，我真的喜欢你啊！咱们做个亲密朋友也可以吗？跟我出去玩两天，你的店不会受影响的。”姜国明近乎央求。

“跟你出去两天？你一条地头蛇，把我吃了也没人知道。”

“我不是那种人吧。我和你的十六位姐妹都相处得很好，你也是知道的。”

“我也不是你想象中的那种人。”说罢，大姐嫣然一笑，转身走入后面的房间。

姜国明和成金鑫聊起这位大姐，成金鑫大惊失色：“你这小子，真找死。你知道她的后台是谁吗？她已经是别人的情妇。被这位高官知道你的糗事，小心你的狗命！”

“这位高官是谁？你说出他的名字来！现在谁怕谁！”姜国明像一个被激起斗志的公鸡。

“兄弟，不要惹这妖妇，听我的。”

“我就要这妖妇，我就要和那高官比一比、斗一斗！”

“俗话说：红颜祸水。你小子没听说过吗！”

“听说过。那又怎么样？你说出那高官的名字来，我要去找他！”姜国明似乎铁了心。

“我不会告诉你的。你是我兄弟啊！”

“那好，我继续找那妖妇，引那高官出来。”姜国明打开车门，启动汽车走了。

除了和成金鑫合伙的家具厂，姜国明还经营着两家摩托车销售店，有十七八个小伙子帮忙。摩托车是二十世纪九十年代中等收入家庭的首选。随着城乡流动人口的不断增多，摩托车成了城乡交通的重要工具。姜国明的摩托车店生意越做越红火，钱包越来越鼓，腰杆也越来越直，胆子也越来越大。当时社会上流行“家里红旗不倒，外面彩旗飘飘”这句令无数男人竞折腰的口号。这口号是古代男人妻妾成群现象的现代版本，是当代男人的歪理想的原动力。姜国明不但有能力也有胆量践行着这个歪理想，在保证家庭幸福、家人富裕安定的前提下，到外面寻花问柳、追红逐艳。哪里有新开的宾馆，哪里有新开的美发廊，哪里有新开的按摩店，姜国明都要和几个兄弟去打探了解一番。成金鑫有时也和姜国明一起去做这个勾当，只是碍于老婆李紫芳和岳父岳母在市里的威权和名望，不敢太公开太放肆。丽丽美容美发中心是最近在城里开业的名店。所以叫名店，因为店里都是一色的北国丽人，很快引得本市的男人跑来扯裙拉裤。姜国明也不落后，将十六个北妞玩遍，又把眼光投向了领头的大羊。可是这头大羊有一支枪保护着，时刻瞄准着伺机偷吃的豺狼。姜国明不知道枪口已经对准了他，只是一味去纠缠这个美妇人。除了送东西，还经常邀约她吃饭、唱K。成金鑫提醒他，这种女人绝对不值得追求，如果没有保护伞，她早就成为一辆人人可上的公共汽车了，而且或许她以前就是一辆公共汽车。

“管她是私家车还是公交车，这辆车我是上定了!”姜国明的斗志被激起来了。

一日下午，姜国明从丽丽美容美发中心出来，驾车往郊外的贮木场方向驶去。刚刚驶出城区到达郊外的一条土路，后面轰鸣着跟上来一辆货车。姜国明从后视镜中看到那辆车跟着自己的车屁股，就向右边打了一下方向盘，让道让那车先行。谁知那货车不加速超车，反而跟得更近了。姜国明一边加油一边从后视镜中看那车的车牌号，可是这车却无车牌，司机还戴着一顶摩托车头盔。他意识中隐约感到有什么不妙，于是将车驶入路中间，深踩油门，飞一般地向前猛冲。急驶了约三分钟，轿车终于甩开了货车几百米。迎面一辆大货车开过来占据了大部分路面，姜国明只好减速在右边慢行。后面那货车一刹那又跟在了车后。待对面的货车开过，姜国明正准备加速行驶时，自己的车后厢被后面的货车猛烈地撞了一下。姜国明正待熄火停车，后面的货车车头顶着车后厢向前猛冲。道路左边是山体，右边是悬崖。姜国明此时已经明白那货车的意图：把自己撞下悬崖。他一边握紧方向盘，一边玩命加油，以便摆脱货车的追击。那货车猛追猛撞，连撞了几下，轿车的后备厢被撞没了，三厢车成了两厢车，但是轿车仍然飞速行驶。前面道路一个左转急弯，姜国明踩了一下刹车，后面的货车立即冲上来把轿车撞下了悬崖。姜国明感到轻飘飘地飞了几秒钟，“吧嗒”一声巨响，轿车落在了刚刚播完秧的水田里……

姜国明在医院躺了两天。其间，交警队的宁副队长来询问了案情，后来，公安局刑侦队也来询问了案情，后来……后来一点结果都没有。

姜国明死里逃生，终于醒悟了，从此不敢踏入丽丽美容美发中心的门口。

第十八章　音　像

成国进偶然间认识了一个贩卖音像制品的水客。在这位水客的指导下，成国进决定做倒卖盗版光盘的生意。他利用成金鑫岳父的关系办了相关证件，在一条偏僻的小巷里开了家音像店。成国进的老婆梁冬玲坐店管理，雇了一男一女两个年轻的店员，营业时间从上午九时至夜里二时。白天里音像店生意清淡，可是一到晚上，各色人等便络绎不绝地进出音像店。国外新出的大片，成国进一般很快能从水客手中拿到盗版，并租给热情跟踪西片的青年。美国片《虎胆龙威》，成国进买了八十张，不分白天黑夜都有人来租。就这部片子，成国进一个月就收到租金一千多元。还有《真实的谎言》、《侏罗纪公园》等大片的复制光碟，成国进也是不计成本地大量进货，不是租出去就是卖出去了，让他赚得盆满钵溢。跟踪西片的青年，比成国进知道的消息还多，常常提示成国进哪部片火爆、哪部片冷清。成国进和梁冬玲因此结交了几个热爱西片的青年。其中一个叫徐力雄的，留着络腮胡子，喜欢戴一副墨镜装酷，开一辆二手破“林肯”，来到店门口却不想下车，大声喊店员拿某某片子送到他手里，拿到光碟后呼啸着扬长而去。有一个脸色苍白、留着长发的青年，骑一辆崭新的日本自行车，每次来租碟都要梁冬玲经手，如果梁冬玲不在，他一定不租，看一看就走。“变态啊变态，可怕啊可怕。”每次这个青年空手走出店门，店员小容都咕嘟几句。但是更多的租借西片的青年却是健康而阳光的，小容喜欢他们的到来，像喜欢春天的阳光一样。一个高大英俊的小伙子，侠肝义胆，在小容值班的时候，凛然抓住两个正在偷光碟的青年。两个小偷拼命反抗也逃不脱，直到警车到来把他们抓走。有一个追星的女青年，每次来租借的都是世界各地的影视歌明星的光碟，不管有没有中文，看见封面有个明星头像就租回去。欧洲古典音乐专柜，经常可以看到一个瘦瘦高高的长发披肩的男青年来浏览，他只买不租，他说租回去的光碟不干净，可是，他钱不多，东挑西拣好一阵子才选中几张光碟，末了又畏首畏尾地砍价，梁冬玲一般以最低价格卖给他。如果他吞吞吐吐地再砍价，梁冬玲只好按进货价格卖给他。

一天，一个五十多岁的中年人走进店内，高声问有没有《东方红》这个光碟，然后在一排一排的音像制品前浏览。

小容走到中年人身边，确定了他要的光盘名称，随后东翻西寻，在一大堆碟片中找到了《东方红》。

“太感谢您了，真是太感谢您了！我到了好几个城市，找了一百多家音像店。现在终于找到了这首伟大的组诗！年轻人，你知道这光碟里面的内容吗?”中年人兴奋地问。

“不知道。”

“这《东方红》反映了近代中国无产阶级革命的伟大历程……”中年人开始滔滔不绝地讲起来。小容一脸平静，似乎很专心地听，其实不知所云。末了，她找出更多的红歌光盘，抬高价格卖给了中年人。中年人也不还价，照单全收，付钱的时候还“感谢”不停。待顾客走后，小容把多收的钱塞进了自己的腰包。

管理这个库存几千张光盘的音像店，梁冬玲的能力是有限的。她根本无法知道销量和存量，只能相信员工的道德品质是可靠的，从而推测账务没有问题。后来，成国进在店内安装了摄像设备，可是也不能拍摄到一些死角。小容就是利用一些视频死角偷钱而不被发现。和小容轮流值班的阿勇却在一次清理货品时发现了这个秘密。他没有告诉老板，而是向小容作了暗示。小容害怕了，问阿勇怎么解决。阿勇是个经常看黄碟的结婚才一年多的家伙，没有片刻思考就提出要性贿赂。小容犹豫了几天，最后还是趁男朋友不在家，给了阿勇一次。阿勇乘胜追击，还要第二次第三次。小容只得辞职走人了。

梁冬玲聘了一个娘家的表妹做店员。这表妹广东打工回来的，在老家结婚生子后就不想到外省去了。她长得人高马大，为人厚道朴实，把表姐的生意当自己的生意来做，音像店的利润滚滚而来。一年后，成国进的音像店成了本地区规模最大的批发零售店，来该店购买音像制品的小商贩越来越多。为了进一步拓展市场，每逢乡镇圩日且工程队无工作的时候，阿勇开一辆三轮摩托车，车后座坐着跛脚的成国进，车斗里搁着几个纸箱和摆摊的用具，到圩集上销售光碟和影碟机。除了“爱多”、“新科”VCD碟机外，其他低价的山寨影碟机他们也带上几台。因为大部分农民只对价格敏感，对品牌不太感冒，所以山寨机比品牌机好卖。光盘也是一样，盗版的比正版的好卖。这些光盘，古今中外什么内容都有，载着一些光怪陆离的信息撒向世纪末的中华大地。这种传播的方式是传承还是摧毁了古老文化的基因，估计要过几十年才能得出结论。现在唯一可以肯定的是，许多农民多了一个娱乐的途径——广播、电视之外一个特殊的信息途径。

成国进和阿勇在圩集的中心地段停好车，在车旁撑起一顶圆形的帐篷，支起两张桌子，摆上光盘和影碟机，接上电瓶和一台小小的电视机，开始播放一些场面激烈的枪战片、打斗片吸引过往行人。一会儿，电视机前便站满了赶集的农民。看了一会儿，有的农民便掏钱买碟子。有的说在家里不会放，叫阿勇教如何使用影碟机。有的想买影碟机而和成国进砍价。忙碌几个小时，他们通常能卖出几十张碟子和几台影碟机。在销售过程中，必定有工商所的员工慢吞吞地走过来收管理费和摊位费。成国进一般比其他摊位多给几块钱，遇到态度“严厉”一些的人员，再多给几块，免得激起他们保护版权的意识。一次，成国进给多少钱都无法引诱两个年轻的工商员工放下手中的光盘，而所有的光盘最后都被他们搬回了工商所内。成国进只好打电话给成金鑫，成金鑫找到岳父李春明，李春明很快找到了工商局的领导说情，工商局的领导打电话给工商所长，工商所长却怎么也找不到两个年轻人了。其时已经是下午六点多钟的下班时段，两个年轻人早就跑得无影无踪。无奈，成国进和阿勇只好在圩上的旅社住了一夜，第二天早上才把光盘领了回来。

一个盛夏的中午，烈日泼火，大地如烤箱。成国进和阿勇在帐篷下汗流如雨。围在电视机前观看香港枪战片的人群却没有减少的迹象。看客多，顾客少，成国进既感到高兴，又感到无奈，唉，赚农民的钱真不容易！当然，他也知道，农民赚钱更不容易。自己的老婆梁冬玲就来自农村，改革开放十多年了，家里的父母冬天里连件暖和的棉衣也还没有。正郁闷着，一个少年用力拨开人群，挤到成国进面前，喘着气问：“叔叔，有没有英语教学光盘？”

“你要正版还是拷贝版？”

“正版。”

“许国璋英语？”

“对啦。”

“下个圩日你再来吧。下个圩日我们一定拿来给你。”

“太好了。全套多少钱？”

“三百六十块。”

少年沉默了。

成国进犹豫了一下，把少年拉出人群，低声对他说：“一百五十块，我只收你一百五十块。怎么样?”

少年点点头，应道：“下个圩日你拿来吧，我一定来买。”然后转身走了。

第三天，成国进和阿勇又来老地方赶集。午饭时候下了一阵急雨，把围在摊前的看客赶跑了。空气难得的清爽宜人。成国进坐在车上打起了盹儿。阿勇坐在电视机前看一部片子。走近摊位看片的顾客三三两两，再也难以形成蜂拥围观的局面。

一会儿，一个少年走近摊位，悄声问阿勇：“我要的片子，带来了吗?”

“什么片子?”

“大哥，我前几天不是和你预约，那种专业找金银宝藏的片子呀。”

“扯淡！你什么时候和我预约？没有找宝藏的片子。能找出宝藏的人，他自己不会去找吗？还肯出片子告诉你?”阿勇显得像个智者。

“唉！你们老年人就是太聪明，所以永远找不到宝藏。算了算了。我到书店买书，这类书可不少。”少年说完，转身走了。

日头挂在了西边的山顶，夕阳铺满了整条东西走向的街道。圩上的小商小贩已经陆陆续续收拾东西回去，圩上的行人越来越少。成国进瞅了一眼圩西边一条拐入山里去的小路，那个要英语光盘的少年的身影还是没有出现。成国进和阿勇低头收拾东西，全部放在了摩托车的边斗。阿勇启动摩托，车轮刚刚转动，身后却传来一个少年的喊声：“叔叔，等会儿！等会儿!”成国进掉头一看，只见那个少年骑着一辆自行车，正向他们冲过来。成国进叫熄火停车。那少年气喘吁吁地站在他们面前。

“叔叔，对不起。我刚放学。下课铃一响，我马上往这里赶了！”少年一边抹着汗珠一边谦疚地说。

“不急不急。阿勇，下车。”成国进说完，拄着拐杖，绕到车斗旁，翻出那套英语教材，递到少年的手里。少年兴奋地看了几眼教材的封面，将教材塞进书包，付了钱，骑上车走了。

第十九章　人参酒

四周都是包厢、桌椅围着的舞池里只有两对舞伴在跳舞。音乐是中国西北风格的民歌，高亢而热烈。两对舞伴随着音乐的节奏起劲地扭动腰肢和屁股，脚步整齐而优美。魔球灯飞速地旋转着，向各处射出忽明忽暗、五彩缤纷的光束，令人目眩眼花。两首西北风歌曲播完，开始播放一首软绵绵的情歌，两对舞伴贴着身体轻柔地舞动起来。

现在是晚上八点三十分，来娱乐的人还不多，舞厅里比较冷清。成金鑫、姜国明和姜国明的两个朋友坐在舞厅最偏僻的一个小包厢里品着啤酒。

“成老板，如果你能帮助从银行贷到一百万元，我们给你百分之十的酬金。”姜国明的一个朋友叫吴大猛地说道。这人穿一件花格衬衫，留着浓密的络腮胡子，脑袋却像个电灯泡。

“百分之十?”成金鑫吃惊地反问。

“不错，百分之十。”吴大猛平静地应道。

成金鑫看到他们冷静、自信的态势，立即后悔自己问了这一句话。这话显得自己太小家子气了，和这类人打交道，要大牌，不大牌也要装大牌。

“钱到手，马上给你。”姜国明的另一个朋友叫林伟达的说道。这人戴一副黑框眼镜，像个学者。

成金鑫转头瞟了一眼姜国明，心里轻蔑地说：你小子，今晚约了两个骗子来玩我。姜国明似乎觉得情况不对，马上打哈哈叫大家喝酒：

“贷款的事改天再议，改天再议。咱们喝酒、喝酒!”

不料，成金鑫却用轻松的口吻说：“百分之十，够意思!我能帮你们贷到一千万。”

“一千万?”吴大猛和林伟达同时惊讶地问。

“不错，一千万。”成金鑫若无其事地说。

“太好了太好了!”林伟达露出了他轻浮得意的笑容。自入座以来，他一直是一副严肃的学者模样。

“给银行方面多少酬金?”成金鑫平静地问。

“百分之二十。”吴大猛也平静地说。

“百分之二十五吧。这个数没有官员不接受的。”成金鑫加一句，“有钱能使鬼推磨。”

吴大猛和林伟达对望了一下，似乎马上达成了默契：一千万元，总共给你三百五十万元，我们还得六百五十万。空手套白狼，何乐而不为!

“二十五就二十五。君子一言驷马难追，就这么定了!来，为咱们的生意干杯!”吴大猛举起了酒杯。

“干了!”众人碰杯。

来跳舞喝酒的人越来越多。舞厅的灯光越来越暗。姜国明早已预定了四个舞女。四个男人在舞池里抱着衣着暴露的舞女胡乱地转了几十圈，回到座位继续喝酒。四个舞女坐在他们身边，喝了一杯，然后要求服务员端上鸡翅、鸭脖、炸薯条等小吃，津津有味地大嚼起来，显然她们饿了。几首舞曲播罢，节奏明快强烈的迪斯科舞曲响了起来。四个男人拉着四个舞女走进舞池里欢蹦乱跳。舞池里的男女摇头晃脑，在闪烁的光束里飘荡沉浮。第二支迪斯科舞曲响起不久，吴大猛的舞伴已经和一个身材修长、染着金发的男青年捉对斯舞。两个青年人合着节拍舞出优美火热的动作，引来了身边众人赞赏和羡慕的目光。吴大猛独自跳着，脸色越来越难看。他冲过去一把将正在热舞的男子推倒，拉起自己舞伴的手就往舞池外走去。舞池里混乱了一会儿，很快恢复正常。

八个人在小包厢里继续喝酒嚼零食。一刻钟工夫，包厢门口突然冲进来几个气势汹汹的男子，手举铁棒便往吴大猛身上猛打。姜国明几个人操起椅子奋力抵抗。现场顿时大乱，哭喊声、撕打声、音乐声混成一片。保安和警察赶到制止打斗的时候，已经有一个青年躺在了地上。

这个青年被抬到了医院，但是永远站不起来了。到底是谁打死了他，混乱中只有天知道了。

吴大猛被判了五年，林伟达三年。姜国明被判了一年，他只坐了半年就出来了，不过他花了很多钱。成金鑫没有参与打斗，打斗一开始他就从另一个门逃走了。一个追打他的青年的证词救了他一把。

贷款的事最后当然成了一个泡影。然而，这次未遂的贷款事件引发了成金鑫对银行业务的高度兴趣。他知道借贷的人是不准备还钱的。可是，借贷人没有任何抵押也能够从银行里扛出几麻袋的钱，管理银行的人是一些什么低等动物呢？他推断，如果管理应该最严格的银行都出现这种普遍的贪腐现象，那么其他政府机构也必定是百病缠身、弱不禁风。没有关系和金钱不能攻破的堡垒。拓展银行的关系与拓展政府的关系一样重要。因此，成金鑫时不时地约柳洪林介绍认识的戴行长出来玩耍，以培植感情和增加信任。出行次数多了，成金鑫便熟悉了戴行长的爱好：抽烟、喝酒、好女人。戴行长抽的烟是外国产的，国产的一般不抽。当时黑市里外国香烟比较多的是美国的“万宝路”、“555”。成金鑫买了一箱十二条装的“万宝路”送给戴行长，想不到戴行长高兴得像个小孩一样手舞足蹈、感激涕零。戴行长喜欢喝的酒却有些另类，既不是进口的红酒，也不是国产的白酒，而是土法蒸制的药酒。直径达三厘米以上的东北野生人参，装在玻璃瓶中加入土产的五十度以上的白酒，浸泡三个月后，戴行长把这瓶人参酒搁在汽车后备厢里，有宴会即吩咐司机抱出来与尔同乐。戴行长与当地的官员和商人喝多了自制的人参酒，人家便送他一个外号“人参酒”。戴行长知道人家背后都叫他“人参酒”，心中不但不恼，反而有几分骄傲与得意：市长大人外号是“茅台酒”，我是“人参酒”，彼此彼此嘛！后来，他听了成金鑫的建议，人参酒中加入鹿茸、枸杞、巴戟等药材，酒力和药力空前威猛，戴行长逢友必饮，逢饮必醉，逢醉必淫。成金鑫和成国进、姜国明轮番上阵和他斗酒，全部落荒而逃。

一日，成国进弄到一条二十多斤重的野生大鲶鱼，成金鑫和姜国明在柳洪林位于江边的一处隐秘住所里烹饪完毕，邀请戴行长共餐。七人依尊次坐定。两位着白衣白裤、操外省口音的女子陪坐在柳副市长和戴行长身边。三位做生意的老板临时做服务生，调火温、加菜、加汤水、配料、添酒，全部由三人动手，两位领导只管享受美食和美色。酒过三巡，柳洪林有些醉了，命身边的女子表演一个节目与大家娱乐娱乐。那女子站起来，走到窗边，轻启朱唇，唱出一首曲调华丽的情歌：

春意盎然繁花似锦的三月啊
我来到物阜民丰的大都市
盛世的华光照耀着大街小巷
在一个雨雾蒙蒙的早晨
我遇见了匆忙赶路的你
——遇见了令我心慌意乱的你

柳条飘飘荷叶田田的六月啊
我来到车水马龙的大都市
盛世的华光照耀着大街小巷
在一个骄阳如火的中午
我遇见了汗水淋漓的你
——遇见了令我辗转难眠的你

秋果累累红叶漫山的九月啊
我来到了高楼林立的大都市
盛世的华光照耀着大街小巷
在一个彩霞满天的黄昏
我遇见了静静候车的你
——遇见了令我朝思暮想的你

北风呼啸雪花纷飞的十二月啊
我来到了灯火如海的大都市
盛世的华光照耀着大街小巷
在一个寒风刺骨的晚上
我遇见了抱着女儿的你
——遇见了令我痛哭失声的你

女子唱完，众人鼓掌。柳洪林却听得动了情，痴痴地望着坐回身边的女子。那女子脸色酡红、星眸点点，显得比平时美丽多了。柳洪林伸手抱住女子的肩膀，往女子脸上亲了一口，“啵”的一声，众人都听到了，都忍不住大笑起来。笑完，成国进和姜国明赶紧添酒，说是奖励女子的，叫女子干了。女子与众人碰了杯，仰起脖子果然一口把酒干了。

“二妹，轮到你了。你拿出什么好节目赏我们？”戴行长拍拍他身旁的女子的手说。

“行长大人，我不会唱歌。我给各位领导、老板说个笑话吧。”女子依偎着戴行长，娇声如莺，“说的是‘文革’时期，有个干部随手扯了张报纸就跑到卫生间，蹲下后一看，报纸每个版面都有大人物的照片。他吓出一身冷汗，左思右想都不敢用这张报纸。没有第二个人走进卫生间来帮助他。他只好一直蹲着，一直蹲着，一直蹲着……”

“就这么一直蹲着?”戴行长问。

“就这么一直蹲着。”女子坚决地说。众人被她的坚决态度逗笑了。

“这故事不好笑。罚三杯——”戴行长拿起一个盛满酒的酒杯举到女子面前。女子仰起脖子，一口把酒干了。众人齐声说“好!”

“再说一个，保证让你们笑疼肚子。”女子红着脸，高声说道。

“免了免了。还是罚酒好。”戴行长故意发难。

“让二妹说让二妹说。罚酒暂免。”柳洪林赶忙解围。

“一个农民工去找小姐，小姐问他身上有多少钱，民工说有五十块，小姐说五十块只能进去一半，民工答应了。完事后，小姐要加收五十块。民工说，我确实只进去了一半，是后一半。”女子说完，众人大笑。戴行长照着刚才柳洪林的模样，搂过女子在她脸上“啵”的一声用力亲了一口。众人笑得更欢，继续猜码行令，觥筹交错。

第二十章　桃源酒店

在广州街道上熙来攘往的人群中，不时闪出一个背着小孩子的妇女问成金鑫和姜国明要不要发票。成金鑫和姜国明各提两个皮箱，匆匆忙忙穿过街道，拦停一辆出租车，往机场方向驶去。到达机场，把四箱手机电池托运手续办完，两人轻松地坐上了飞机的客舱。这是他们第一次坐飞机，心情是无比的激动。当飞机起飞后抖动着向上爬的时候，他们紧张得心都快跳出来。当飞机平稳地飞翔在白云上面的时候，他们伸长脖子，欢快地观赏着机翼下面的流云和山岗。成金鑫不禁感慨：如果我像以前一样是一个穷光蛋，怎么能够坐上飞机呢。有钱多好啊，钱真的可以改变大部分生活！

到达目的地，手机电池交到买家手里，拿到货款，成、姜二人邀请邮电局的领导到当地最高档的餐厅吃了个“满汉全席”。第二天，两人飞到广州，三天后收购满四箱手机电池，又登上飞往西部城市的飞机。这样倒运商品，虽然成本高了许多，但是比以前坐火车快了许多，客户非常满意，而且比以前花费同样的时间，得到的利润高出许多。这样，两人倒卖电池长达一年多时间，直到无钱可赚才罢手。他们又专心做起了传统的建材、家居、摩托车生意。

生意越做越大，招待的客户和政府官员的次数越来越频繁，开支的餐饮成本也越来越多，成金鑫于是考虑开个餐厅。

“兄弟，我也有这个想法，你却首先提出来了，真是狗熊所见略同！”姜国明笑道。

“那咱们找人、找铺面吧。”

“现在的老板吃饭，喜欢找个妞陪着。咱们先找个妈咪谈谈。”姜国明喜欢泡妞，就首先想到了这一点。

“那个不急，遍地都有。先找个场地。”成金鑫吐着烟雾。

他们在城里慢慢地开着车浏览了几个热闹的街区，没发现有空闲的铺面。到了傍晚，他们约柳副市长出来吃饭，说起了开餐厅的事情。

柳洪林深思了一会儿，环视了一下周围，缓缓地说：“这倒是一个好主意。现在公款吃饭、公款招待越来越多，个人商务宴请也是无日无有。做饮食生意是容易发财的。”

“柳市长，你看应该怎么做好。”姜国明一副谦恭到死的模样。

柳洪林瞅瞅成金鑫，欲言又止。

“在公开场合，你绝对不能叫我‘市长’。在政治圈里，叫错职位会出人命案的。这里就咱三，也没外人，没关系。明说吧，开的餐厅一定要上档次、上规模，这样政府的人才会来，埋单的人才有面子。”柳洪林还是缓缓地说。

“那是那是。”姜国明赶紧点头。

此时，成金鑫脑子灵动起来了，他略一思索，也不和姜国明商议，就说：“我和姜国明事先商量过了。想拉几个政府的人进来一起做，这样场子才大、生意才旺。”

“是呀是呀。”姜国明附和。

柳洪林低头喝汤水、吃菜，成、姜二人也跟着做。沉默了一会儿。柳洪林还是缓缓地说：“宁副队长是从警官学校毕业的，人聪明能干，将来前途不可限量，拉他进来保证没错。邹局长管林业，对你们的木材生意帮助很大，你们也应该帮帮他。”

“柳市长也参股才对，做我们的董事长，大家一起发财。”姜国明兴奋地说。

“唉！声音小点！”柳洪林瞥了一眼姜国明，继续喝汤。

股东名单确定后。不久，柳洪林告诉成金鑫和姜国明准备资金和资料去参加一个拍卖会，拍卖会上将有一栋供销社的楼房拍卖。当成、姜二人看过竞拍内容，感觉很无奈，因为他们俩的资金只有二百万可用，而那栋楼起拍价四百万。他们去观察评估了那栋楼，一致认为最多值三百万。这就奇怪了，起拍价远远高于评估价，谁敢去竞拍？

“奥妙就在这里。你们只管去办竞拍手续，其他的不要管。”柳洪林说。

成、姜二人只好硬着头皮去做。竞拍那天，没有一个人举牌，流拍！流拍之后，再次竞拍，还是没有人举牌。第三次竞拍，还是没有人举牌。最后，供销社以一百五十万卖给了成金鑫。姜国明这次也和上次水泥厂抵债变换一样，是自愿中途退出。他第二次就对竞拍反感了，第三次竞拍没到场。而成金鑫的意识里却有对政府领导言听计从的本能，有对官场哲学的更深层次的体会，比如早年不松懈地拜访未来的岳父大人，他早就明白：好处都在官员的文件夹里呢！楼房过户后，根据柳洪林的吩咐，成金鑫送给了供销社主任五万元作为回报。

这是一栋建筑面积达五千二百平方米的楼房，附有一个一千八百平方米的停车场，三至六层是五十个房间，每个房间都配有卫生间，做宾馆最佳；一二层担空，天然地是个做餐厅的所在。原来计划做餐厅现在改为做酒店，而且准备申报为四星级酒店。总股本四百万元，成金鑫占40%，姜国明占25%，柳副市长占15%，邹局长、宁副队长各占10%；邹局长和宁副队长各拿来十万元，其余的资金窟窿由成、姜二人均平填实。

开业那天，桃源酒店挂满了庆贺的条幅，酒店内外人山人海，酒店四周车水马龙、水泄不通。当地电视台的记者录下了这个盛况并于当晚播出，桃源酒店一夜间声名鹊起。成金鑫至此才明白和官员合作的巨大好处。回想起酒店的装修和筹办过程，那种一路开绿灯、人见人爱、呼风唤雨的感觉真的如临仙境。三个官员在后台做了什么，成金鑫不是很清楚，但是，他感觉得到有一股强大的威力在帮助和保护着自己和姜国明，使他们在很短的时间内高效地、低成本地完成了所有工作。来参加开业庆典的人有许多是他们不认识的，然而，凭衣着和举止谈吐，可以看出来者非富即贵。柳副市长和邹局长、宁副队长也站在宾客群中，没有半点股东的作风和姿势，纯粹是个食客的模样。成金鑫在内心里是彻底佩服这些官员的修养和作为了。庆典结束，收到三十多万元礼金。当天晚上，姜国明拿礼金给邹局长和宁副队长各十万元，算抵消了他们的股本金，但是股权犹在。成金鑫拿了礼金十万元给柳副市长，柳洪林佯作拒绝。

“这是你的名誉和声望赢来的，柳副，请收下吧！”成金鑫一脸诚恳。

“真应该是我的?”

“真应该是你的，你不要天理难容、天理难容！”

“哈哈哈……好一个‘天理难容’！”柳洪林大笑着将钱扔到了茶几底下。

“幸得柳副长期以来的关照，我和姜国明才有今日。你的大恩大德我俩是化成灰也不敢忘的！”

“化成灰？哈哈哈……”柳洪林又大笑，笑完才说，“还有一件事，我忘记提醒你了。做酒店涉及许多税务出入。邹局长和税务局陈局长是铁哥们。你叫邹局帮你们疏通疏通。我就不出面了。财税那一块不归我管。”

“邹局已经和陈局沟通了。我们的酒店是最低征税。”

“哎呀，你又说错话了！在公开场合，千万不能说‘我们的酒店！’”

“这个明白，这个一定牢记、一定牢记。”

客厅上方的水晶吊灯射着雪亮的光。柳洪林躺在沙发里，闭上眼睛，沉思起来。成金鑫坐在另一张沙发上，静静地削着水果。削完一个，递给了柳洪林。柳洪林吃完一个，又要了一个吃起来。吃完水果，成金鑫递给去一条湿毛巾。柳洪林擦了手，接过了成金鑫递过来的雪茄，依旧躺着，向空中吞吐着烟雾，一股淡香的烟叶味便在客厅里弥漫开来。

成金鑫小心地服侍着柳洪林，颇像古代的太监服侍皇帝。柳洪林也确实是成金鑫的主子，没有柳洪林的皇恩浩荡，我成金鑫能有今日的辉煌吗？

成金鑫离开柳洪林的家时已经是零时，天空中一盘满月倾泻着银光。四周静悄悄的，偶尔一两声狗吠从远处传来。

第二十一章　狼　狗

成金鑫的儿子成小谊牵着一条黑背狼狗在草地上奔跑着，后面跟着跑的是司机李先达的儿子李焕铭和他牵着的一条金毛犬。两个少年和两条狗欢快地嬉戏着，笑声和呼叫声回响在家具厂周围的草地上。姜国明坐在藤椅上看着这个情景，心生无限感慨：我要是有个儿子就好了！老婆肚子不争气，连生了两个女儿。什么时候我才有个儿子传承家业？我辛苦打拼了多年，为的是什么？

“女儿也是传承人嘛！”成金鑫说。

“你是饱汉不知饿汉的馋。我父母亲为这事不知说了我多少回。我弟弟一事无成，因为有两个儿子，父母就把他当祖宗供着。你说气人不气人？”姜国明说完，猛地跳了起来，样子滑稽可笑极了。

“简单得很，另找个女人生男娃不就行了，发什么火？”成金鑫一脸淡漠。

“使不得，姜老板。计生局会罚得你倾家荡产；法院会判你重婚罪。”李先达咧着嘴笑，“叫老婆继续生嘛。”

“还是成大哥厚道，为小弟指明了革命的方向。”

“计生局和法院，大哥帮你摆平。些小鸟事，不足挂齿。”成金鑫站起来，向旁边的狗棚走去。他打开七个狗棚的门，放出了四条黑背狼狗和三条金毛犬。其中一条母狼狗和两条母金毛犬，拖着沉重的肚子，迈着蹒跚的步子，显然快生崽了。

“李师傅。母狗快生了。生下的狗崽要精心饲养和训练，待长到几个月大，我们要把狗崽送人。”成金鑫吩咐道。

“知道，老板。我一定精心饲养、训练。昨天，有个狗贩来到这里，问我们要不要藏獒崽。”

“这种狗太过凶猛，而且这里的气候不适宜养这种狗。”成金鑫说。

姜国明却说：“藏獒可是一等名犬，对主人忠诚无比。很多富贵人家都喜欢。我们养两条试试吧，成哥？我们的场地够大。”

成金鑫沉默了一会儿，点点头：“那就先养两条试试吧，记得要一只母的。——李师傅，你儿子在武术学校读书，是吗？”

“是的。书没念好，天天与人打架。”

“武术学校的教练你认识吧？”

“认识。”

“你约他出来，我想请他吃个饭，想和他交个朋友。”

“好哩。”

第三天，成金鑫和姜国明在桃源酒店设下丰盛的酒席款待了武术学校的杨教练。李先达称赞这教练是宋朝杨家将后裔，十八般武艺样样精通，尤其擅长刀剑。这杨教练一脸平静，不喜不怒，制止了李先达后面的话。

“成老板、姜老板，你不要信李师傅胡说。老夫虽然姓杨，但不一定是杨家将的后代。杨家将千古英名，岂是我一介匹夫可以妄称的？”

“敬佩敬佩！现在大家都在作假，每个人都恨不得往自己全身贴金贴银。您老人家却淡泊名利，拒绝虚名。实在敬佩。来，我敬您老人家一杯。”成金鑫说完，举起酒杯与杨教练干了。

几杯酒下肚，两个主人脸色都酡红了。杨教练连说“好酒好酒”，五个人连喝了六瓶茅台酒，可杨教练和他的随身徒弟还是没有醉意。成金鑫叫换大杯。李先达干了一大杯，自个儿躺到旁边的沙发上了。酒席尾声，成金鑫说出了自己的需求：杨教练帮挑选几个武艺高强、精明能干的小伙子给成、姜二人使用，按月给工资，杨教练也有一份。可是这老头听了不答应，说学武之人应当专心习武，不能介入世事纷争。成、姜二人只好失望而归。第二天，成、姜二人还是吩咐李先达叮嘱他的儿子李焕铭在学校里秘密物识人才、等待召唤。

这时，发生了一件震动当地的案件，林业局邹局长的十二岁小儿子邹健华被绑架了。人质失踪了五个小时，绑匪才用街上的公用电话机打来电话，称要一百万赎金，两天后交付，否则撕票。就在公安、武警和亲朋好友为此事做足功夫、竭力搜寻人质和绑匪的时候，邹局长的儿子却自己回来了。问他原因，他摸着身边的黑背狼狗大笑着说：“是它救了我！”天啊，原来如此——

邹局长家里养着的黑背狼狗发现小主人中午放学没回来，几小时后家里就来了一帮人，忙忙碌碌进进出出，气氛十分紧张。狼狗偷偷跑出去，沿着小主人放学的路一路搜索，它一边迈着碎步，一边东嗅西闻，跨过一条条车水马龙的街道，穿过一个个喧哗繁忙的集市，来到郊外的一条大江边。它沿着江水向下游跑了约六百米，发现了一座宏伟的钢索桥。桥上有两辆警车横在中间，正在对过往车辆和行人进行盘查。它悄悄地踏上钢索桥，沿着桥栏杆飞奔起来。过了大桥，它在公路的辅道上跑一会儿、停一会儿、望一会儿、嗅一会儿，断断续续跑了约一个小时，右边出现一条小路。它跑上小路，跑了约七百米后一座四合院出现在路边。它轻轻地走到四合院门口，发现大门紧闭。它钻进大门对面的一个灌木丛中隐藏起来了。它闻到了小主人的气息，它断定小主人就在里面。

黄昏的一抹夕阳在墙头上消失后，黑夜很快降临了。狼狗躺伏在灌木丛中，竖起尖尖的长耳朵聆听着四合院内的动静。它判断院里除了小主人，另外只有一个人在看守。一个人太容易对付啦！可是院墙太高，跃不过去，只有等待大门打开才能冲进去救人。深秋的夜晚有点冷，露水也开始飘零。可是，它躺在树丛中觉得好舒服好温暖，不知不觉沉沉地睡着了。它半夜里醒来了一次，站起来看看头顶上一颗颗钻石似的寒星，又趴下睡了。

清晨，院里的一声公鸡啼鸣惊醒了狼狗。它从来没有听过公鸡啼鸣，它是城市里的一条狗，对其他动物见识太少啦。它吃过不少鸡，而且是以前的主人成金鑫扔给它的活蹦乱窜的生鸡。这些生鸡从来没有“喔喔喔”叫的。里面那家伙叫得太好听了，待会真的要冲进去会会那只“喔喔喔”叫的怪物。

太阳在东方放射出万道金光。院里有个人开始走动。同时，小主人的声音在说：“我要撒尿！拉我去卫生间。”狼狗钻出灌木丛，轻轻走近大门，等候着战机。里面忙碌了一阵。一个中年男子大声打了两个喷嚏。听到了脚步声移向大门。门锁响了一下，铁门渐渐打开。就在中年男子出现的一刹那，狼狗扑了上去。一阵撕咬声和哀号声过后，周围片刻的宁静。小主人这时急忙喊道：“宝贝，快来咬断绳索。”狼狗跑到小主人身边，舔了舔他的脸和手，咬断了绳索。狼狗定睛看了一眼在地坪上昂首挺胸的公鸡，扑过去唬了一下它，它并没有“喔喔”地叫，只是腾起来飞到一边去了。狼狗满腹疑问、犹犹豫豫地领着小主人走回了家。

自此，邹局长的夫人就待狼狗如同恩人和神主，倒把自己的老公当狗一样服侍了。邹局长也不介意，反正在家待的时间也不长，有小蜜在外面恭候着自己呢。

自此，成金鑫和姜国明就下更大功夫去驯养小狗，以期达到看家护院、救急消灾的目的。更大更隐秘的目的，是通过送狗，结交更多的权贵和朋友，为自己的生意拓展更阔的前景。另外，他们已经深深意识到：除了养狗护主，也需要养人护主。财产越来越多，人身就越来越不安全。稍有思考不周的地方，就有可能赔上自己的性命。上次姜国明被货车撞下悬崖，就是一个深刻的教训。钱多还要势众，才能成为一方豪强。出入前呼后拥、威风八面，才能让那些无视政府和法律的小混混先自惧怕三分。成、姜二人平时喜欢看一些香港黑社会的片子，尤其是十年前热播的香港电视剧《上海滩》，反复看了多遍，从中肯定悟出了"不少灼见"。所以，他们开始在武术学校中物识打手、在社会上物识行家。除了专业技术上的行家，可以用到企业经营中去，还有一种手眼通天的行家，其能力是一些高级别官员也没法比的。

李先达的儿子在学校了解打听了一些同学，但是，李焕铭毕竟是一个十七岁的孩子，其眼光和判断力是不成熟的。成金鑫指使李焕铭把同学叫出来吃饭，在饭桌上成、姜二人不断试探和观察，最后，选取了刘小帮、王朋、周大健、袁明亮、曾建红五人。李焕铭和他们五人一有空就溜出学校，跟成、姜二人喝酒、打牌、打麻将、开车、游泳……熟悉形形色色的场所、结识三教九流的人物，增长他们的见识，磨炼他们的意志，提高他们的能力。武术学校放暑假的时候，他们立即被送到军营进行射击、体能、野外生存等多项训练。

人在抓紧训练，狗也在抓紧调教。李先达请教了一些犬类养殖场的师傅，自己也找来一些养狗的书籍，开始有声有色地当起了狗司令。训练都是花钱耗力又劳苦的事情，只有配种可以带来收入。这些收入李先达可以任意支配，他拿入自己的口袋也是没有人去计较的，所以，李先达对配种这件事很上心。每有客户牵狗来，他都像迎接自己的情人一样兴奋，好像干事的是他而不是狗。有时两狗迟迟不能入港，他还人工帮忙助兴。一次，一个女老板牵条母金毛犬来，问价格多少。李先达说五百元。然后二话不说，立即放出一条健壮的金毛公犬去执行任务。那母狗却是一副不领情的样子，在草地上躲躲闪闪、闪闪躲躲，拉锯了两个多小时才同意。末了，女老板向李先达要钱。

“我的姑奶奶，应该是你给钱我，不是我给钱你。”李先达哭笑不得。

“哎！公的给钱是一条铁的规律，怎么你想造反？”

“这是狗生意不是人生意，谁要配种谁给钱。”李先达大怒。

“狗和人是一个道理，谁主动谁给钱。刚才你的公狗主动上了。”女老板红着脸嚷道。

“你主动牵狗来，怎么说成我主动？”

“是你的狗主动，不是我主动。”

“是你要配种，不是我要配种！”李先达也声嘶力竭地嚷起来。

两人越说越激动，越说越离题。最后，李先达累了烦了，叫女老板牵狗混蛋了事。后来，成金鑫和姜国明听说了这件事，笑了好几天。

第二十二章　为了后代

既然大哥成金鑫已经提示了，那他的提示就是建议，我还有什么理由不勇敢地去实现我的人生理想呢？啊，古人妻妾成群、子孙满堂的光辉传统我一定要发扬光大，否则怎么对得起我的汗水我的财产！姜国明心里自言自语，漫无目的地在街道上开着车。华灯初上的街道两旁，霓虹灯和各色广告灯箱闪熠着诱人的光芒。服装店、发廊、百货店、音像店、发廊……发廊最多，从门口一掠而过，就能看见长沙发上一条条肉色光鲜的大腿，个别的腿上穿着黑丝袜，大部分是光亮亮一条，横七竖八地伸展着，正在明目张胆地宣示它们的欲望。

姜国明突然想起在茂盛路的一家小发廊有一个刚来的发廊女，长得亭亭玉立，眉清目秀，长发飘飘，清纯可爱。她曾经向姜国明暗示，自己有意开个发廊做老板，而不想给人家打工。如果付一笔钱给她开个发廊，将会有什么结果呢？想到这里，姜国明调转车头往茂盛路开去。到达那间小发廊，却不见那女孩子的人影。老板娘三缄其口，不愿说出她的去向。姜国明在发廊里坐了一个多小时，等老板娘走出去买香烟的时候，才从一个发廊女口中得知，那女孩子已经离开这个发廊到开明路一个发廊去了。

“老板，你要洗发、剪发、按摩在这里就行了，那货什么也不会做，你找她干吗？我们老板娘叫她接客，她说自己还没开苞，这种事情是万万不干的。那老板娘为什么白养她？她不混蛋谁混蛋！”发廊女平静地说。姜国明一听，别提多高兴了，马上赶到开明路一间接一间发廊地去查找。他只知道她叫阿萍，真实姓名无从知晓。也许她到另一家发廊时已经更改称呼。直找到零时，也不见踪影。姜国明只好回家，决定明晚继续寻找。

第二天晚上，华灯初上，姜国明便来到开明路继续寻找。刚驶入开明路口，便看见几辆警车闪着警灯停在路边，两边商铺前面的街道上都有走动的警察，不知道执行什么任务。一看到这情形，姜国明便停车在路边静静地观察，他知道：这时候贸然走进任何一间发廊都是不安全。他放下车窗，点燃一支烟，边抽烟边观察等待。一会儿，前面三百米的一家发廊里突然冲出两个男子，往姜国明车前跑来。街道上的一个警察大喊：“抓住他们！就是这两个人，快追！”姜国明关上车窗的一瞬间，杂乱快速的脚步声便从车旁响过。几辆警车立即呼啸着追赶而去。街道渐渐恢复了往常的平静。姜国明从车上下来，沿街道信步而行，眼睛却搜索着每一间发廊里的面孔和身影。灯光暧昧的发廊里溢出一股股香水和烤发的气味，被骀荡的春风裹挟着在街道上游逛。这条街道上栽的都是柳树，柔软的枝条在春风里摇晃着，拂弄着行人的衣服和头发。姜国明在柳树下驻足一会儿，又走到下一棵柳树下驻足观望。每次驻足，发廊里都有女人向他招手进店。姜国明走到第二十棵柳树下时，终于看到了他寻找的人。她还认得他，但不肯上他的车，只站在柳树下和他谈。姜国明直截了当地说明了来意，她低着头想了一会儿，说：“明天中午你来请我吃饭，再谈。”姜国明知道这女孩子在抬自己的身价，心中有几分不悦，可是想到她也许是个处女，也就放弃了慢慢推进的念头，决定早下手早出结果，晚了也许就成了别的土豪的下酒菜了。他在桃源酒店里定下一个豪华的大包间，连续请方萍萍及其老乡、闺蜜吃了五顿，方萍萍才开始温情款款地答应姜国明为其租赁铺面装修发廊。姜国明问方萍萍还是不是处女，她一脸娇羞地说：到时候就知道了嘛。姜国明知道自己遇到了一个不见兔子不撒鹰的厉害货色，只好掏钱装修。发廊开业那天，姜国明请来自己和成金鑫企业的部分员工和李焕铭武术学校的同学共六十多人，在发廊里外热闹了一天。晚上酒足饭饱的客人散去，姜国明的“洞房花烛夜”就正式开始了。方萍萍坐在沙发上迟迟不肯上床，姜国明以为她害怕、害羞，就温存地抱着她说了一会儿话，然后宽她的衣解她的带……

当早晨的阳光射在新挂的窗帘上，姜国明醒来了。他有点嫌恶地看了看旁边的身体，快速跳下床穿衣洗漱，然后驱车来到桃源酒店的总经理室，坐在写字桌后抽烟。餐饮部经理看见他来得那么早，有点惊讶，便令厨师煮了一个鱼片粥送到姜国明面前。姜国明慢慢喝完粥，泡了一壶普洱茶，自个儿喝茶看报纸。约一个小时后，成金鑫进来了，看见他闷闷不乐的样子，马上走出去找旅业部和餐饮部两位经理，交代了一些事情。一会儿返回来，用桌子上的话机打了几个电话，问了水泥厂和家具厂的一些情况。最后，坐在姜国明对面，倒出茶壶里的茶水慢慢喝起来。

“兄弟，新婚快乐！”成金鑫举了举茶杯。

“唉！别逗了，兄弟！我用买一个钻戒的钱买了一个银戒，亏大了！做生意十多年，没有亏过这么大的！”姜国明一脸无奈。

“怎么亏了？”

“又是一个二手货！”

“二手货也不打紧，给你生男娃就行。”

“你是饱汉不知饿汉的馋！你老婆是大家闺秀，我的老婆是二婚的；你有了男娃，我的还不知在哪里！我以前穷得像个叫花子，所以娶了个二手货。现在我有钱了，却找不到原装全新的！”姜国明的无奈似乎转化成了悲伤。

“看看这个能不能生男娃，如果不能生的话再找。满大街都是无着落的女人，不怕找不到合适的。”成金鑫安慰道。

姜国明听了成金鑫的话，一股豪情壮志又被激发起来了。他像个发情的公狮，日夜要求交配。几个月来，方萍萍被他搞得身心俱疲，很想退出这场不公平、不光彩的交易。可是，俗话说吃了人家的东西嘴软，拿了人家的东西手短，自己理亏在先，哪里有中途退场的理由。光阴不知不觉间已经过去了七个月，方萍萍既没有赚到大钱，也没有怀孕的迹象。在一个傍晚，姜国明去做生意应酬的时候，方萍萍带着银行存折和一些随身衣物消失了。她走前写下一张收据，将发廊的财产权、经营权转让给一名女员工，转让费五千元。姜国明看着收据发呆了几分钟，最后无可奈何、一言不发地离开了。婊子无情这种事，终于由他经历验证了。他其实不很在乎女人的无情，他在乎的是自己的几万块钱打了水漂。

安静了几个月，姜国明打起了女学生的主意。

市区与郊区的接合部有个职业技术学校，里面的学生大部分是来自贫困家庭的穷苦孩子。每到周末下午五点，一辆辆小汽车便排着长队停在学校门口，一个个衣衫单薄的女孩子陆陆续续钻进小汽车里。载了女学生的小汽车威风八面地扬长而去。没有接到女学生的小汽车心急火燎地按着喇叭四处张望。车水马龙的职业学校不久便名扬大街小巷，多少有钱的土豪或者没钱的混混，都开着小汽车来一揽春光。市政府在开人大、政协会议的时候，有女委员严正指出了这个严重腐化的问题。学校内部进行了严格的整治。周末出来创收的女生被禁止出校门了。停在学校门口的小汽车被交警轰赶了几次，也渐渐稀疏了。可是，惯于偷腥猎艳的男人们已经知道这片水域有鱼儿，时时变着法子往里面抛钓。姜国明是后知后觉，这片水域平静了一段时间才想起往里面下钓。他认识职业学校的一个保安，于是送了一个寻呼机给保安，另外预备了一个存放在保安口袋里。保安在学校里执勤时，同时帮助寻找姿色可餐且愿意被包养的女孩子。两个星期后，寻呼机被送出去了。姜国明用手机呼叫了两次，几小时后，一个电话回复了："你是谁?"

"美女、你好。我是送你寻呼机的大哥。"

"啊吓，原来是寻呼机大哥。你这破玩意儿像条臭虫唧唧叫，不好玩，我把它上缴给老师了。你能送台手机吗?"

"美女啊，那寻呼机一千多元，你交给老师，够狠!"

"你这个泼皮流氓，癞蛤蟆想吃天鹅肉。本小姐决不接受你的小恩小惠，穷死也不接受。王八蛋，混蛋！王八蛋，混蛋!"电话挂断了。

想不到自己竟然被一个小姑娘骂得狗血淋头，姜国明气得肺都要炸了。他打电话责问收了他钱物的保安，保安唯唯诺诺地解释说，小姑娘当时确实是答应了的，不知为什么会出现这种情况，下次，下次一定帮大哥物色一个温柔漂亮的。这事闹起来他的饭碗是保不住的。云云。

一个星期后，第二台寻呼机被送出去了。一个身材高大健壮但略显忧郁的女生出现在相约的地点。姜国明把她载到一个僻远地方的小饭馆吃了一只喷香的盐焗鸡。吃完饭，女生说天黑了，她要回学校了。姜国明无奈，只好送她回校，却连姓名也忘记问了。如此反复两次，这个女生只是出来吃饭，连姓名也不肯说。姜国明是个老江湖，发现此女生连姓名也不敢造假，肯定是个实实在在的货色。第五次送她回校，在路上姜国明停车抱住了她。她没有反抗，也不激动。姜国明问她姓名，她沉默了一会儿，说："黄晓芬。开车吧，学校快关门了。"

“今年多大了?”

“十七岁。”

“读几年级?”

“今年七月毕业。”

“呵。毕业后到我公司来做吧。”

“你公司做什么生意的?”

“卖摩托车。”

“到时候再说吧。我要回校了。”

姜国明把黄晓芬送回学校，心想着嫩肉很快入口，高兴得吹着口哨往回开车。初夏的风在车窗外轻狂。路灯的光温暖而迷人。

黄晓芬在领到毕业证的那个夜晚上了姜国明的床。一番折腾后，姜国明拿起一团带血的纸巾仔细端详。啊！这是有生以来第一次得到的神圣之物。他把它轻轻折好塞进一个塑料袋，放进一个抽屉里。第二天，他找了个在医院里有点官位的熟人带路，到医院化验室去化验，看究竟是不是处女血。主管化验的女医生四十多岁，人长得娇小玲珑，却是异常地凶猛，一听到同事说外面的土豪要怎么着，气得大发雷霆，立即把那包纸巾扔到卫生间的蹲盆里冲掉了。姜国明只好灰溜溜地走出了医院。

自己的女人挺着个大肚子的时候，是姜国明感觉最幸福的日子。想到即将香火永续、子孙满堂、光耀宗祠，他有时兴奋得彻夜难眠，在灯光下长时间地注视着酣睡的黄晓芬臃肿的身体，竟然流下了感激的眼泪。前几天，他花了几百块钱，找了上次医院那个老熟人，陪黄晓芬到 B 超室做了个性别检查，居然是个男孩！终于得到了一个男孩！姜国明高兴得差点叫出声来了。孩子出生满月，姜国明在桃源酒店摆下丰盛的佳肴，请来了所有亲戚朋友喝弥月酒，却不收任何贺礼。

几个月后，黄晓芬开始参与摩托车店的运营管理。她建议姜国明从家具厂退出，集中资金扩大摩托车的经营规模。她不相信成金鑫的老婆李紫芳管理家具厂的账务对合伙人是公平公正的，甚至有可能挪用资金或者隐瞒利润。姜国明叫她把这些话永远收藏起来，不能再胡言乱语。但是，对娇妻的溺爱不得不令他重新掂量一下与成金鑫的合作关系。他决定采纳黄晓芬的建议，以一种委婉的方法从家具厂退出。

“大哥，我想在其他市区和乡镇多开几个摩托车店，在本市区搞个旗舰店。你说好吗？”姜国明问。

“那肯定好。如果销量不错，那就赶紧做。”成金鑫说。

“可是资金有点紧张。”

“我借你二十万。”

“不不，我想……”

“想什么？”

“想……哎！大哥，你别骂我。我想退出家具厂。”

成金鑫愣了一下，说：“退就退吧，遮遮掩掩干什么。亲兄弟有时还合不拢呢，分开经营是对的。”

沉默了一会儿，成金鑫说：“我给你一百万，你退出。”

“哪值那么多？大哥，咱们请人评估一下家具厂的资产总值，再说吧。”

“好吧，评估之后再说。”

“还有，我原来带的工程队人员归并给你吧，我没有太多的精力管理了。”

“那更好！”成金鑫不假思索地应道。

金明家具厂成立之初的资金主要是由成金鑫出资的，当时也没有协议什么的，只是口头协商定夺，分红也没有严格的标准。经过几年的合伙经营，产权的界限越来越模糊，要分出各人的权重实在难了。姜国明的非婚妻子黄晓芬来到家具厂观察了一番，在枕头上警告姜国明，以她十分精准的评估力，这个家具厂少说也值五百万。

“五百万的五分之一就是一百万。你拿一百万走吧。”成金鑫对姜国明说。

姜国明似乎也没有太多的犹豫，照做了。

成金鑫自此对姜国明有了防范和戒备之心。

第二十三章　儿　女

姜国明从家具厂退出股份后，成金鑫成立了金辉实业公司，统一管理自己的水泥厂和家具厂，人员和资金都可以互拨了。另外，成金鑫也把多年来跟随自己的三个小型建筑工程队整合成一家大的建筑工程公司，名叫金辉建筑工程有限公司，业务主管和财务主管都由自己的同胞兄弟成国进负责，自己的老婆就暂时不介入。李紫芳是个精明的财务总管，钱在她手上越滚滚多，自从管理两厂财务以来，已经积攒下九百多万的利润。她把这九百多万存入自己的账户，并且用一部分钱购买了三块临街一线的地皮。姜国明退出一个月后，她建议成金鑫在其中一块地皮上起房子，因为儿女都在逐渐长大，需要更大的休息和活动空间。成金鑫选取了黄道吉日，在一块坐北向南的三百平方米的临街空地上建起了一栋六层的住宅楼。楼房外观一般，里面却用最好最贵的建材进行装饰。二楼客厅正上方装了一个三万多元的水晶灯，灯下是一圈越南进口的紫檀料十二件套座椅，雕龙錾凤，古朴而典雅。入门右边墙前摆放着一台电视机。入门左面墙前放置着一尊镀金的释迦牟尼佛像，佛龛前有个铜香炉，成金鑫回家时总要点燃三支香插上去，其他人是没有这个习惯和兴趣的。客厅四个角摆了四个景德镇生产的仿宫廷大红瓷罐，每个罐一米八高。

李紫芳带着儿女入住新居后，前所未有的幸福和喜悦充满了她的心田。当年她选择嫁给穷小子成金鑫没有错，至于有没有爱情，那是次要又次要的问题。她爱过，爱得死去活来、刻骨铭心，那个解放军战士带着她的爱到了天堂。此后三年，她都在清明节这天到中越边境哭祭那位英雄。婚后，她不去中越边境了。成金鑫从旁人的口中知道一些李紫芳和那位英雄的往事，却从不敢计较和嫉妒。李紫芳是他的恩人，没有她的大方好客，他一个叫花子一般的粗人，是万万不敢屡屡登门求见她的父亲的。见不到她的父亲，他的第一桶金是掘不到的。婚后两人言谈虽少，但在居家养儿等生活细节上配合得还算默契。没有争吵，没有拳头，这类婚姻就是不错的婚姻。女儿成小曼两岁时儿子成小谊出生了。一对儿女令李紫芳忙得不亦乐乎，很少有时间关注成金鑫。成金鑫在外面打理生意、花天酒地，李紫芳从不过问。她认为自己出身高贵，又是大学毕业，与出身寒微、仅有小学文化的成金鑫计较任何事情都是徒劳无益的。忙完政府里的工作和金辉实业公司的财务管理，她专注于育儿带女，儿女每天的吃饭、作业、活动、休息成了她的主要生活内容。她为儿女的成长设计了详细的教育方案，几乎每天带着儿女赶这个培训班那个训练营。

一日，李紫芳开摩托车去一个英语培训中心，接女儿成小曼所谓“中心”，也不过五间教室而已。下课时，小学员一窝蜂似的从里面跑出来，直到走出最后一个，也不见成小曼的身影。李紫芳急问教辅老师，回答是看见成小曼已经和小伙伴一起走出去了。李紫芳只好沿着回家的街道一路往回找。她眼睛搜寻着街道上的行人，胯下的摩托车却没有减速行驶。一个中年妇女横过马路走到李紫芳的车前。李紫芳的摩托车前轮轻轻撞了一下这个中年妇女的小腿。那中年妇女一下抓住了摩托车的车把，喝问李紫芳为什么故意撞人。李紫芳又急又恼、又羞又气，但是她没有和这个妇女争论，掏出三百块钱塞到这个妇女手中，然后重新启动摩托车赶回了家里。一会儿，成小曼翩翩而到。李紫芳抓住她的胳膊正要发威，转念一想，便松开了手。

“你为什么擅自跑回来了？没看见妈妈在门口等你吗！”李紫芳颓然坐下来。

“我没有看见你呀！妈妈，那么多家长挤成一堆站在那里，我没看见你啊！”成小曼急出了眼泪，“妈，我已经十二岁了，以后我自己走路来回得了，不用你接了。”

“晚上的培训，你一个人绝对不能自己走路，妈一定要送你、接你。现在的社会呀……”

成小曼坐在李紫芳身边，把头靠在妈妈的臂膀上。李紫芳摸了一下成小曼的头，说：“没什么了！去练钢琴吧。”

成小曼不情愿地、慢慢地站起来，疲惫地走上五楼，入了自己的房间。一会儿，房间里传出了肖邦的钢琴曲《幻想即兴曲》。

李紫芳走进厨房，把午饭需要的米洗好倒进电饭煲。回到客厅里坐下，听了一会从上面传来的琴声。琴声显得疲倦无力、节奏拖沓、没有激情。李紫芳走下一楼，启动摩托车，去接练习书法的成小谊。成小谊在培训班门口正与几个小伙伴玩耍，看见妈妈到了，立即跳上车后座，嚷嚷着要买一把玩具冲锋枪。李紫芳拗不过他，只好带他进入一个百货超市。李紫芳看着玩枪的儿子，昔日的情人的身影倏然涌上心头。唉！如果他还活着，一定陪着我和儿子到商场买玩具枪。这个成金鑫心中只有钱罢了，哪里懂得一些人间温情。想到这，她摇摇头，企图把这不洁的念头甩掉。

晚饭是在父母家吃的。外孙们的每次到来令李紫芳的父母都很高兴。为了减少退休后的寂寞，父母希望李紫芳把孩子交给他们照管。李紫芳没有完全把两个孩子交给他们，生怕给年迈的父母增加负担，只是隔三差五地带孩子来吃饭，或者由父母带孩子们到公园、游乐场等地方玩耍。但是，李紫芳出门旅游的日子，孩子就不得不完全交给父母照管了。李紫芳有几个税务局同事，热衷于旅游，每年有大约五分之一时间在中国的大地上奔跑。他们怂恿李紫芳和他们一起行动。李紫芳顾及两个儿女，起初只是偶尔和他们去一回两回。随着儿女的逐渐长大，不知不觉地李紫芳出游的次数逐渐增多了。旅游长知识、锻炼身体，那是次要的理由，主要的还是排解心中的寂寞。那种寂寞是父母和子女都无法消除的孤独。李紫芳不明白，自己有一个富裕的家庭、有一对可爱聪明的儿女，为什么孤独感时不时袭上自己的心头？在旅途中，看到一对对亲密的夫妻和情侣，一股嫉妒和辛酸的情绪就折磨着她。一次在夜间的火车软卧上，睡在她对面的一对年轻夫妻居然在黑暗中亲热。她看得面红耳热、心跳剧烈。她是一个四十多岁的人了，为何却像一个小姑娘一样害羞？是她的出身和教养引起的？有部分原因。更大的原因却是与丈夫的长期性冷淡，女人的热情得不到释放而形成了的心理障碍。这种心理障碍不是病，但有时比病更可怕，会使人歇斯底里或者忧郁而死。每次出游，她都在心中暗暗渴望着领队的导游是个男的。当那一次旅游的导游是个女的，她都不太计较行程的好坏而一律评差；反之，如果导游是个男的则评好。这个不正常的情况，她的一个女同事注意到了，但不知如何开口劝导。

学校放暑假和寒假，李紫芳都带着一对儿女出游，父母也经常一起同行。这时，她大度的气质和理性的光芒就显现出来了。她的不慌不乱、快慢有度、文雅礼让、扶老爱幼的行为给子女以最好的示范。无论景区有多挤，无论导游有多蛮，无论路途有多艰，她都不发半点怨言，准时出发准时回来。她知道景区的货品价格奇高，一对儿女要买的时候她没有半点犹豫。

不过，事后她还是提醒儿女，他们买的东西价值不符。渐渐地，两个孩子也不想买什么东西了，除非很稀奇的特产。成小曼、成小谊都是好学好钻的家伙，到了哪里都有一颗猎奇心去探探究竟。在陕西的秦兵马俑陈列馆，他们居然跳下去想摸摸兵马俑。在华山小道，他们尝试着两个人并行，想验证是不是“自古华山一条道”。在北京故宫，他们用手敲敲这个铜缸摸摸那个玉雕。所有这些不正当的行为，李紫芳都小声地加以喝止。在四川峨眉山，成小曼自己走入一条清幽小路，鬼使神差地在密林中晃悠了一个多小时才回来。李紫芳问她在密林中为什么行走了那么久，成小曼痴痴地回忆着刚才的情景，说是好像有一个白衣人吹着竹笛在前面引着她往密林深处走，她的脑子一片混沌，身体也轻飘飘的如同喝醉了酒。密林中流动着山岚，有一只喜鹊在树枝上叽叽叽地叫，一直在参天的大树上叫。她在幽静的密林中走走停停，停停走走，也不知走了多长时间，眼前出现了一条小路，她就顺着这条小路走到了众人的眼前。

“姐姐，有个词语叫‘鬼迷心窍’，还记得吧?”成小谊站在李紫芳旁边说。

“小混蛋，你才是鬼迷心窍!”成小曼嬉笑着追打成小谊。

李紫芳看着漫山遍野的游客，想起每个景区的人山人海，感慨中国近些年来变化实在太多太快。一九七七年九月末，自己和两个知青游长城，只看见不到十个游客。古老雄伟的长城似乎只与她们几个人对话，塞外的秋风呼啸在空旷的城墙间。二十年来，中国人的心灵一直在躁动、扩张、奔腾。人们走出乡村、走出小镇，为了商业、工作、求学、旅游……奔走于祖国四方。也许再过二十年，中国人就会奔走于世界各地!

第二十四章　金刚队

李焕铭和刘小帮、王朋、周大健、袁明亮、曾建红从体校武术班毕业了。成金鑫和姜国明为他们在桃源酒店举行毕业宴。姜国明有四个二十岁左右的乡党，也被邀请来参加宴席。这四个人分别是陈一才、宁三郎、宁有富、肖剑锋，都是游手好闲之徒、鸡鸣狗盗之辈。十个人分别互报了姓名，自我介绍了几句。宴席开始了，首先上来的是一锅蛇猫鸡汤，别号“龙凤虎”汤。众人喝了汤水。站在旁边的女服务员在每人面前放了半打冰镇的青岛啤酒，给酒杯斟满酒后，退出。成金鑫拿着酒杯，站起来，朗声道：“各位兄弟，今日有幸请到大家聚在一起，是我们的缘分。为了我们的缘分，我成金鑫先敬大家一杯！”

众人都站立，把酒杯举起来，干了。姜国明斟满酒杯，举起来，大声说：“各位兄弟，为了我们的友谊和事业，干杯！”

众人都干了。一只烤全羊和其他佳肴端了上来。大家边吃边喝。十个年轻人在两位老板的引领下，互相敬酒攀谈，加深了解。三个小时后，晚宴散了，一个组织也成立了。这个组织名叫“金刚队”，没有纲领，也没有口号，但是有一个心照不宣、永久保密的目标：为两位老板充当助手，必要时就当打手、杀手。两位老板为他们每个人配送了一台诺基亚手机，以便随时接收指令。平时，李焕铭六个从体校毕业的年轻人给成金鑫的公司当保安，陈一才等四个乡党给姜国明的公司当保安，有行动时另外支付报酬。众人把各人的手机号码都记录下来了，在手机里都录在“金刚队”这个组，以便集中行动时快速联络。

酒席散后，姜国明开一辆十二座面包车过来，把大家载到一所本市最高档的 KTV 门口。成金鑫和姜国明走在前面，十大金刚围成一个半月形跟在后面，大摇大摆地走入 KTV 大门。大门闪耀着黄色、红色、蓝色的灯光。个个服务员满面堆笑、点头哈腰；领班的经理扭着滚圆的屁股小心翼翼地在前面带路。哈！这是一种帝王的感觉，一种指点江山的气概。小吃和饮料刚送进来，成金鑫的手机响了，柳洪林召他去商议一件事。

成金鑫打的回到家里，开着新买的丰田佳美往柳洪林住处疾驰。柳副市长的临时住所离他自己的家有十公里远呢，位于江边一个小区的最僻远处。成金鑫的车在小区里七拐八拐，在一条小路尽头减速，然后转了一个九十度的拐弯，在浓密的树荫下前行二十多米，眼前出现一栋三层小楼。成金鑫轻按了一下喇叭，小楼右侧的车库门升了起来。成金鑫驱车入库。从车库旁的楼梯上到三楼。三楼卧室的门打开着，柳洪林裹着白色的浴巾正在为床上的一个女人穿内衣。这个年轻女人脸色潮红，口角却冒着白色的泡沫，双眼似睁非睁，好像昏迷过去了。

“金鑫，你马上带她去医院。刚才她服了一些兴奋药——到医院后告诉医生，洗胃，然后……由医生治吧！”柳洪林一边给女人穿上外衣一边说。

成金鑫二话不说，抱起昏迷不醒的女人就往车库跑，柳洪林趿着拖鞋紧跟在后。到了车库，柳洪林拉开车门，成金鑫把女人放进后座，启动车子往市第一医院方向急驰。到了医院急诊室，医生问成金鑫那女人吃了什么兴奋剂，成金鑫支吾着答不出来。在医疗协议书上，成金鑫签上了自己的姓名，亲属关系是：丈夫；至于病人的姓名，因为没带身份证，他信手就给她造了一个名字。

成金鑫坐在走廊的长椅上等了两个多小时，医生终于喊他进去看望病人。这女人已经清醒过来了，不过还很虚弱。医生建议留在病房继续治疗，多待几天。成金鑫预付了医疗费用后便驱车回到柳洪林的住处，当面向他汇报了情况。当时，已经是夜里三点，成金鑫为什么还要跑十多公里的路到柳洪林那里呢？打个电话报告一下情况不就行了吗？其实，他们早有约定：机密的事绝对不在电话里说，以防窃听。万不得已要在电话里说，也要使用暗语。刚才匆匆忙忙救人，忘记拟定暗语了。

经历此事，柳副市长更加信任成金鑫了，凡是私人机密要事都交给成金鑫去办，而不是交给政府派给自己的司机。成金鑫从此得到更多的好处。柳副市长消费不完的名烟名酒自不必说了，就是别人送的几万元的瑞士名表，成金鑫也得了两块。成金鑫有从深山大岭或者从外省外国得到的山珍野味，必定首先孝敬柳副市长，滋补滋补他老人家劳累的身体。柳洪林尽力将市政工程批给成金鑫做。有的大的市政工程项目也实行招投标，然而大家心知肚明，里面猫腻多得很，项目给谁做在招投标前就定下了。有的市政工程项目，比柳洪林官大的官员的代理人要做，柳洪林也只能顺水送人情，照应各方面的关系。成金鑫是知道许多官场规矩的，并不要求这要求那，只是顺其自然，所以一直闷声发小财。虽然在市政工程方面赚得不多，但是成金鑫像一头狼一样有耐心，他在等待，等待像金龙水泥厂那样的肥肉出现在眼前。

成金鑫把成立“金刚队”的事告诉了柳洪林，柳洪林沉吟了半晌，然后一字一句地说：“你的队伍不管怎么样，要永远记住我的话：千万不要与政府作对，不要与政府的司法权力作对。如果狂妄自大，疏忽了这点，你就完了。”成金鑫连连点头称是，又将姜国明从家具厂分离出去的事说了。柳洪林又沉吟了一会儿，然后文不对题地说：“我以前看过一部美国电影叫《教父》，感觉很不一般，很有社会洞察力。你找找这部电影的光碟，也看看吧。”成金鑫又是连连点头，把削好的一只苹果递给了柳洪林。

柳洪林坐在前后摇晃的一张做工繁杂的竹椅上，闭着眼睛吃完了苹果，继续慢条斯理地说：“我大儿子后天出发到英国留学，你帮我送送他。后天省委的领导来视察，我走不开。”

“这小事一桩，你放心好了。”成金鑫说，开始沏普洱茶。这年头流行品尝普洱茶，据说可以健脾壮阳、清滞养气。柳副市长的客厅一角堆放着几十盒普洱茶砖。临走时，柳洪林送了四盒普洱茶砖给成金鑫。成金鑫启动汽车离开柳洪林的住处几百米，突然想起了什么，他立即停车，打了个电话给李紫芳，叫她马上打电话给她在中国银行的朋友预约换汇，明天他要四万英镑。李紫芳也不问为什么，只应了一声“好的”。

第二天下午三点钟，银行方面还没有消息，成金鑫打了个电话给在黑市混的朋友，今天晚上也许需要四万英镑，叫他先打点好，如果到时需要，他晚上送上门来。一个多小时后，中国银行打电话来说可以换汇了，成金鑫一颗悬着的心才落地。当晚，他把这四万英镑送到了柳洪林家里。

第三天天刚亮，成金鑫车里载着柳洪林的大公子和他的女朋友，姜国明车里载着柳洪林的老婆和他的小姨子，一行六个人向机场方向疾驰。

第二十五章　瓷瓶爆了

成金鑫的家具厂安防有问题，至于什么问题，消除队没有具体说明，只叫成金鑫上门交罚款。成金鑫来到消防队的大院内，遇到了后来做他的二老婆的郭翠翠，他被这个美丽成熟的女人迷住了。他通过副市长柳洪林和公安局宁副局长（已经从交警大队副队长升任）的关系，当晚请了消防队的几个领导吃饭喝酒，郭翠翠也参与了。第二天，他和郭翠翠的事情都解决了，他们也成为朋友。经过成金鑫的一番强硬进攻，郭翠翠做了他的二奶，并且生下了儿子成小龙。

成金鑫不顾忌妻子李紫芳和她的父母吗？妻子和岳父母是他的恩人，没有他们的帮助他成金鑫可能还是一个穷光蛋。据说有位国王曾经说过：在我死后，管它洪水滔天！强势人物的寡廉鲜耻，常常使他们踏着众人的尸体甚至喝着亲人的鲜血称霸世界，几个亲人的怨恨又算得了什么呢？随着财富的增加，成金鑫的仁义之心也逐渐磨灭了，他忘记了他小时候和弟弟在老家龙旗镇吃百家饭、睡屋檐下的往事，也忘记了舅舅和舅母在最困难的岁月里哺养他们兄弟的恩情。虽然在掘到第一桶金后，他和弟弟曾经回到龙旗镇宴请救助过他们的街坊，但是，这不过是瞬间的证明自己已经发达起来的企图而已，炫耀的本能居多，感恩的成分很少并且不持久。人心开始冷漠，感情逐渐淡泊。年迈退休的岳父岳母的利用价值越来越少，顾忌他们的感受似乎没有这个必要了。岳父大人的老部下柳副市长正与自己打得火热，正在帮助自己一步一步攀登财富的阶梯。攀登的力量需要很多因素组合，包二奶正是当下成功男人的风气，没有个年轻漂亮的情人陪同出席商业活动，简直没有一点老板的面子。成金鑫摸着自己日益饱满的肚皮，放松了一节皮带扣，踌躇满志地环视已经装修完毕的准备给郭翠翠母子居住的房子，觉得自己亲手设计的建筑完美极了。他掏出一根雪茄点燃，一边抽着烟一边细细察看房子的每一个角落，希望能挑一些毛病出来修改。末了，他决定由郭翠翠自由选购种植的花草和室内的日用品，他给了她十三万元筹办这一切。入住房子的那天，没有邀请亲朋好友举行庆祝仪式，郭翠翠带着儿子和保姆悄悄住进了新居。入住的当晚发生了一件奇怪的事情，约夜里三点，楼上的人正在酣睡，一楼的一只高一米八高的大红仿古花瓶嘭的一声开裂了。成金鑫和郭翠翠下楼察看，只见一地碎片，却查不出花瓶破碎的原因。老鼠？一只老鼠是撞不倒一只三十公斤的花瓶的。四面门窗紧闭，外面的撞击物也飞不进来。那么是什么导致了花瓶的破碎呢？这个疑问一直困扰了他们俩好几年，始终没有答案。第二天登门拜访的覃小玲一边在厨房忙碌着，一边神秘地说：“这是上天回应翠翠的开心事，爆个花瓶当是祝贺吧！”

“哎，但愿如你所说！”郭翠翠眉开眼笑。

一会儿，饭菜备好，七个人坐到饭桌前。巨大的水晶灯下满桌的山珍海味。保姆给每人盛上一碗野生老鳖海参汤。成金鑫给每人面前的酒杯斟上半杯法国原产红酒，然后说道：“感谢各位光临，本人不想搞什么入住庆祝之类的事情。既然你们找上门来了，那就权以薄酒相敬了！大家干了！”

众人碰杯、喝酒。成国进和他的老婆梁冬玲、姜国明和他的小老婆黄晓芬在碰完第一杯酒后，先后双双向郭翠翠敬酒并喊她“嫂子!”郭翠翠喜得满面泛光、嘴巴都合不拢来。坐在旁边的覃小玲羡慕和嫉妒到了极点，只是不停地喝酒以冲减心中的不平。席间，保姆抱出半岁的成小龙让来客欣赏，众人褒奖一番后都从口袋里掏出一个约两公分厚的大红封包塞到孩子的怀里。大家吃喝谈笑正在兴头上，黄晓芬却喊肚子痛得厉害。她跑进卫生间，出来时脸色已经铁青，众人连呼不好，姜国明赶紧把她送到了医院。医生说是食物过敏，十有八九是老鳖海参汤引起的。黄晓芬却不这样认为，她悄悄地暗示姜国明，是不是保姆给她端的汤与别人的不一样，她喝的汤水下了毒？姜国明一声吼叫制止了她。黄晓芬却还是在心里埋下了一个疑问：是不是自己的家具厂散伙、工程队撤并建议惹恼了成金鑫，成金鑫起了杀意？其实，成金鑫深知合伙的生意不好做不长远，姜国明的退出正合了他的心意。等资金更加充裕，他计划下一步合情合理地把姜国明从酒店生意里打发出去。酒席散时，已经是二十二点。覃小玲酩酊大醉，借着酒劲，她抱着成金鑫要求亲热亲热，而且不断地说不回去了不回去了，今晚就要和成国进结婚。成国进的老婆梁冬玲却不计较，还帮郭翠翠把烂醉的覃小玲抱上了床，盖好被子。

包了二奶，成金鑫挣钱的欲望更强了。他当年娶李紫芳之后却是懒散了好长一段时间。这也许是不同类型的女人引发了不同的心理反应。郭翠翠爱钱，李紫芳拜权。成金鑫无权可弄，斗志也就激发不起来了。幸好还有姜国明和成国进带着工程队东征西战，否则成金鑫差点窝在李紫芳的怀里不想出来了。郭翠翠的出现奔着钱来，整天说的和做的都与钱有关，成金鑫的财富梦再一次被点燃了。他更加频繁地与各类官员、商人接触，企图获取更多的信息与资源，拓展已有的建筑、水泥、家具和酒店业务。在柳洪林家里，他结识了后来的土地局长廖云凯。此人戴一副无框眼镜，塌鼻梁，胖乎乎的脸，健壮高大的身躯。在桃源酒店里免费混了五个晚上之后，他称呼成金鑫为“成哥!”那时的他还是一个规划科的科员，手里的权力不大，但是信息很多，人脉很广。成金鑫从他嘴里得到信息，炒了两块小地皮，赚了十几万。成金鑫投桃报李，送了他一百吨水泥修建他老家农村的房子。后来他每次回老家，都借成金鑫的车子使用，成金鑫都是爽快地答应。随着交往的密切，廖云凯开始向成金鑫小额或者大额借钱，成金鑫从不要他写借条。时间一长，成金鑫就记不起来借给他多少钱了。不过，记起来也没有什么用处，因为廖云凯从不还钱。直到廖云凯做了科长，他才把一块一百二十平方米的地皮免费转让给了成金鑫。另一方面，成金鑫从廖云凯的“朋友”那里也买了两块远低于市面价的地皮。地皮成交当天，成金鑫当着廖云凯的面递给了廖云凯的小情人何小丽一个金手镯。这小妮子也不客气，赶紧塞进了挎包里。廖云凯微笑着拉起小情人的手走进了电梯。成金鑫独自从旁边的楼梯走了下来。廖云凯包养情妇的住房是成金鑫找的，而且每月替他付着三千多元的房租和物业费。但是总的算起来，成金鑫与廖云凯的交易是赚的比亏的多。成金鑫进一步确信与实权人物的交往“利”大于“弊”，平时与他们紧密交往和深度沟通是非常必要的，用金钱和利益作为诱饵几乎是无往不胜的!

一天傍晚，成金鑫派李焕铭去接廖云凯和他的小情人到一家酒楼吃饭。李焕铭开车到达何小丽居住的楼下时，听到楼上传来砰砰砰打砸碗碟的声音。李焕铭按了几下喇叭。一会儿，廖云凯捂着额头，衣衫不整，一副气急败坏的样子，匆匆忙忙地钻进了汽车。李焕铭问：“嫂子呢?”

“什么嫂子？是婊子！开车!”

“要不要先到医院处理一下?”

“不用了，止血了就没问题了。”廖云凯一边整理衣衫一边哭丧着说。

开业庆典的酒楼门口人山人海。李焕铭和廖云凯穿过人群时，廖云凯被三个西装革履的男子拦住了。这仨男子热情洋溢，非要和廖云凯喝几杯才放人。廖云凯只好叫李焕铭离开，自己和仨男子上了酒楼。李焕铭走进包间，成金鑫问：接的人呢？李焕铭解释说廖科长一会儿就到，在隔壁包间和几个朋友先喝上了。成金鑫、姜国明两人和他俩的小老婆、覃小玲、司机李焕铭、陈一才共七个人，都是熟络了的，开始猜码行令、吃菜喝酒。酒过三巡，李焕铭出去了三次，才把廖云凯拉过来，廖云凯此时已有几分醉。郭翠翠和覃小玲两人灌了他两杯茅台，他脸色越发难看，语无伦次地开骂起来："这酒，喝起来难受、难受。是哪个混蛋送、送、送来的，肯定不是东西、不是好东西！"

成金鑫扶着廖云凯。姜国明拿起桌上的酒瓶仔细看了一会，连说：假货假货。成金鑫叫李焕铭下楼到车后备厢拿酒上来。一会儿，李焕铭拎着四瓶茅台酒回来了。服务员换了酒杯，重新斟上酒浆，众人继续猜码行令，喝酒聊天。

"小玲，最近生意好吧？"姜国明问覃小玲。

"哎，托你的福，还行。你和你朋友来的次数太少了，你要把你所有的猪朋狗友带到我们那里才对，才够朋友！我那里最近来了不少美女啊！"覃小玲瞟了一眼姜国明的小老婆黄晓芬，她知道这小女子是个没见过场面的醋坛子。

"成老板去了就是我的朋友去了，我的朋友就是成老板的朋友。吃菜吃菜。这红烧兔肉香极了。"姜国明尴尬地支开话题。想不到覃小玲蹦出的最后一句，把自己的隐私公之于众了。黄晓芬却好像没听见，只管把好吃的往嘴里塞。

李焕铭和陈一才一边划拳一边大声喊着口令：一定中啊，三蚊鸡啊，六叔公啊，二妹靓啊，狗粉肠啊……

廖云凯硬撑着，一边和成金鑫不断碰杯，一边喃喃地说："我要杀了她杀了她杀了她……"成金鑫已经猜到他说的是什么意思，为了在众人面前替他掩饰，成金鑫也装醉，附和着说："廖科长，不用你动手，我以前杀过猪，我帮你把你老家的猪、猪、狗、狗全杀了、全杀了！"

"你帮我全杀了？全杀了？那么多猪猪狗狗，你杀不完的杀不完的。"廖云凯把头凑到成金鑫的耳朵边，沙哑着说，"那头母猪很勇猛有力的，我干不过她，你也干不过她！"

成金鑫把廖云凯抱起来，放在饭桌旁边的沙发里，让他平躺着。廖云凯打了个响嗝，放了个响屁，然后挥舞着双手，嘴里喃喃地说："我要杀、杀、杀，杀母猪杀母猪……"成金鑫大声喊服务员拿条湿毛巾和一张被子来，可是包厢外的走廊上人声喧哗，没有服务员答应他。姜国明和黄晓芬离席走过来。黄晓芬建议马上送廖云凯回家。成金鑫叫停还在猜码行令的李焕铭和陈一才。由身材高大的陈一才背上廖云凯，李焕铭和姜国明扶着，成金鑫在前面开路。四人把廖云凯弄上汽车，送回了他大老婆家。成金鑫没有把廖云凯送回他包养情人的住所，因为他早已知道廖云凯与何小丽已经闹翻了，两人到了动刀动武的地步。刚才廖云凯嚷嚷着要杀的其实是何小丽。何小丽怀上了廖云凯的孩子，逼迫廖云凯离婚娶她。廖云凯不敢向在市政府某科当科长的妻子提出离婚，只想用钱了事。可是何小丽不依不饶，说要到主管部门和纪委去告他的状，让他声名狼藉、身败名裂。廖云凯恨得咬牙切齿，多次对成金鑫说过他想杀了何小丽，了却这段孽缘。成金鑫带着郭翠翠和覃小玲上门多次劝说何小丽，无奈何小丽执意要生下小孩而且要廖云凯离婚，没有半点让步的意愿。日益临近的产期是廖云凯心中的一颗定时炸弹，搅得他寝食不安、神思恍惚。他常常在休息时间来到桃源酒店成金鑫的经理室独自喝茶抽烟。因为成金鑫和姜国明经常不在经理室，服务员知道他是贵客和熟人，他一来到便开门让他独自在里面休息。他喝茶抽烟之后便躺在沙发上看电视，一看就是几个小时。他的眼睛看着屏幕，脑子里多半想的是如何处置何小丽这个烫手山芋。在苦思冥想一个多月后，他决定人工清除这个障碍。他犹豫了几天，终于在一天晚上把自己的想法告诉了成金鑫并请求雇人出手。成金鑫一声不吭，默默地盯着桌面上的一盆塑胶牡丹花。这盆塑胶牡丹花是酒店开业时一个生意场上的朋友送的，形态和颜色都十分逼真，猛一看去，仿佛就是一株生机勃勃的牡丹。他从抽屉里拿出一把剪刀，将塑胶花一枝接一枝剪下来。最后他打电话叫李焕铭到了经理室，只说了一句："你跟廖科长出去办件事。"

李焕铭开着车，静静地听着后座的廖云凯的诉说，自始至终不发一言。下车的时候，廖云凯把五万块现金放在了车后座上。第四天早晨，何小丽醒来的时候觉得小腿上痛得厉害。她掀开被子一看，小腿上包扎着白色的绷带，绷带中间还渗出一片血渍。老天爷，谁在我小腿上做了手术，我怎么连自己被手术了也不知道？她强忍着痛苦下床，却惊讶地发现拖鞋上放着一小块肉，这肉有点像猪肉，也有点像驴肉，但是那皮却像人皮！自己小腿上的肉不就是这样的么？她哀号了一声，赤着脚奔出了卧室。在客厅里，她惊恐万状地坐在沙发上哭泣起来。良久，她抬起头，看见沙发前面的桌子上放着五沓百元的大钞。

何小丽自己一个人到医院做了人流手术。在病房里住了一个星期后，她永远地离开了这个城市。

三个月后，廖云凯升任土地局局长。

第二十六章　毒　品

柳洪林一个电话把成金鑫催到了身边。坐在写字桌前的柳洪林脸色红润光泽，笑容可掬。他叫成金鑫坐在写字桌前的一只红木凳子上，然后掩上了门。

“成老板，今天有事忙吗？”柳洪林笑着问。

“不忙不忙！柳市长有事只管吩咐。”

“你我多年朋友，怎么说‘吩咐’两个字呢？唉，上次我都提醒过你们，不要叫我‘市长’，我是副市长，人家听见不是留下口柄吗？”柳洪林佯作不悦。

“现在官场上的人都传说你就要做市长了。我提前恭喜你啦！”成金鑫点上一支雪茄，递给柳洪林。

“哪里哪里！社会上的流言不可全信。”

“无风不起浪啊。”

“不过，这回倒是有点真的！现在，只有一个前不久从外地调来的副市长与我竞争这个岗位！”

“他上面的关系很铁吗？”

“听说一般。不过，他是名牌大学毕业，又是海归。这两点比我有优势。就这两点，可能就把我压下去了！”

“原来有这么回事。”成金鑫低头吐出一股烟云。

沉默了一会儿，柳洪林把嘴凑近成金鑫的耳朵，悄悄地说：“帮我把他压下去。”

"怎么压？我不在官场呀！"

"你不在官场，就是最好的帮手。"

"此话怎讲？"

又沉默了一会儿，柳洪林吐了一口烟后，语气有点凶狠："制造事件，把他搞臭！"

"历史书上不是说过吗，日本鬼子当年发动'九一八'事变，就是制造一个炸毁铁路的事件；发动'七七'事变，制造一个士兵失踪的事件。"柳洪林补充说。

"对了，把他搞臭，不难。"成金鑫不懂历史，但懂得现实。

"有什么方案吗？"

"比如，叫一个老板带着摄像机送钱给他；或者，叫一个美女去勾引他……"

"这些小动作，岂得迷得住见多识广的陆永廷。"柳洪林吐出一口烟，摇摇头。

"他叫陆永廷？"

"是的。他三个月前从D市调来。我们只知道他的简历上的东西，其他一概不知道。"

"那你怎么知道他'见多识广？'"成金鑫追问一句。

"他开会讲话，经常引经据典，理论一茬一茬的，把我们这些土渣子都唬住了。"

"这种人往往是书呆子。对付书呆子，就要了解书呆子。我不读书，真无法了解。"

"书呆子往往认死理，不变通。极力掩饰内心的焦虑，外人很难发现他的弱点。"柳洪林微笑着说。

"这样吧，我让小兄弟们跟踪他一段时间，再商议。"

"很好。"

成金鑫离开柳洪林的住处，回到桃源酒店，立即招来李焕铭及其他五个人安排跟踪事项。陆永廷每天下班之后的一举一动都被记录下来了。柳洪林和成金鑫将他三个星期的行踪记录分析了几遍，只得出了一个结论：此人活动非常贫乏，生活相当枯燥；想找出他的破绽，给他致命一击，比当上总统还难。不过，柳洪林决定逆势而动，主动出击，将陆永廷人性中黑暗的一面找出来。覃小玲的美容店里一个姿色可餐的北国丽人被派去勾引陆永廷。这北国丽人名叫那菊萍，百分之百的满族血统，长得高大健硕，丰满美白，红唇皓齿。她卸掉艳装华裙，换上一套职业西装，略施粉黛，扎一束整齐的发髻，拎一个黑色的公文包，迈着军人的步伐走进市政府办公大楼。秘书通报后，陆永廷沉思良久，却怎么也想不起有这么一个老同事。他叫秘书打发她走人。三个多小时后，陆永廷下班了，他和秘书走到一楼大厅，一个穿西装的美丽女人迎上来叫他陆市长。陆永廷怔了一下，旁边的秘书说这个就是刚才找你的那个老同事。那菊萍笑容如花，紧接着秘书的话介绍自己是 D 市文化局属下的一个文艺演员，一次演出结束后和陆市长吃过饭，还握过手谈过演出心得呢。陆市长真是贵人多忘事啊！陆永廷被眼前这个漂亮女人弄糊涂了，不自觉地说上车再谈吧。那菊萍跟在两个男人旁边走下石级，钻进汽车。在汽车里，那菊萍说了一些 D 市的名胜古迹、文化名人的名字。这一招果然奏效，拨动了书呆子陆永廷的神经。他开始与那菊萍一桩接一桩地交谈起来。汽车到了市委宿舍大院门口，陆永廷才发现自己忘记问那菊萍的名字和此行的目的。那菊萍报了姓名后拿出一本封面桔红色的书请陆永廷签名。陆永廷一看封面，是自己五年前编撰出版的一本管理学论文集，不禁大喜。他飞快地签了名，并且应女人的要求留下了自己的移动电话号码。那菊萍依依不舍地下了车，留下一缕馨香在车厢内。当晚，那菊萍向柳洪林和成金鑫陈述了结交陆永廷的经过。柳洪林听后哈哈大笑，连赞美人计奇妙，确信胜券在握。可是，此后那菊萍打去电话却没有人接，到市政府办公室找陆永廷也被挡驾。陆永廷好像已经感觉到危险正在逼近自己，开始排斥一切不熟悉的人和事，专心等待着市长的宝座落在自己的屁股下面。眼看着考察期快要结束，柳洪林心急如焚，马上和成金鑫制订了第二套方案。一天早晨，陆永廷的奥迪车在上班的路上被一辆大卡车撞扁了，司机和坐在副驾驶座上的秘书受到重创，而坐在后排的陆永廷毫发无损。

“天啊，难道有神仙保佑着他?”柳洪林来回踱步，在成金鑫面前丝毫没有掩饰自己的焦虑和丑恶。一个手握大权的副市长，为了一己之私而无视国法到了何等程度!

成金鑫默默地注视着桌子上的茶杯，心情是十分的沉痛和无奈，自己的几十万元赔偿金打了水漂。

“第三套方案！第三套方案!”柳洪林一边狠狠地抽烟，一边狠狠地嚷道。

“第三套方案是什么?”成金鑫问道。

“我们想想，想想，办法总会有的。”柳洪林坐回书桌前，仰头看着天花板。

几分钟的静寂。

“他的秘书和司机刚送到医院不久。”柳洪林慢悠悠地说，“明天陆永廷肯定去看望。叫那菊萍守候在市医院里，这个美人就有机会接触他了，怎么样?”

“在悲痛的场景里，估计陆永廷不会理睬那菊萍的。就算理睬，也不过是打个招呼。下一步就很难发展了。”成金鑫说。

又是几分钟的静寂。

“有了，”柳洪林突然兴奋地说，“只要那菊萍和陆永廷说上话，大戏就可以开演了！哈哈哈……”

“怎么开演?”成金鑫疑惑地问。

柳洪林走到成金鑫身边，俯身在他耳朵边悄悄说了一番话，最后一句声音高了一点：“今晚我就约宁副局长。”

第二天清晨，那菊萍穿着一套淡雅清新的便装出现在市第一人民医院急诊科重症室外的走廊里。走廊里医护人员和病员、家属来来往往，多如过江之鲫。她在走廊的一张条椅上坐下，从挎包里拿出一份报纸阅读起来，娴静仿若处子。九点四十分，走廊一头走来一群人，前面中间那个是陆永廷，他的左边是一个穿着白大褂的医生，他的右边是一个穿着警服的警察，后面跟着几个政府和医院的人员。他们从那菊萍的面前匆匆走过，走进了重症监护室。那菊萍好像在专心阅读，实际上乜斜着重症室的门口。约半个小时，陆永廷和随从人员走了出来。那菊萍立即站起来，面向陆永廷走过去。快要走近陆永廷时，那菊萍甜美响亮地叫了一声“陆市长，早上好!”陆永廷认出了那菊萍，停下脚步，问道：“小那，你来医院干吗?”那菊萍笑容如花，走到陆永廷身边，柔声应道：“我的母亲得了脑膜炎，正在这里治疗。”

“老人的病，要及时治疗。细心看护，按时用药。”陆永廷说道，转头看了一下周围拥挤的人群，移动了脚步，“实在对不起，公务繁忙，改日再聊，再见!”

“再见!”那菊萍爽朗地应道。

陆永廷一群人走到走廊尽头的电梯口。一会儿，电梯到了，他们下到一楼大厅，向门口走去。他们刚刚走下石级，两条挂着颈圈的黄黑色的大狼狗便冲了过来，后面跟着两名警察。两条狼狗扑向陆永廷，咬着他的上衣不放。其他人惊恐地躲向四周。两名警察跑过来，奋力拽拉两条狼狗。两条狗的嘴却死死咬住陆永廷的上衣不放，直到把他的上衣口袋咬破，一包白色的东西从口袋里掉下来。一名警察拿起白色的塑料袋，闻了闻，大喊：“这是毒品!”

随后几天，整个城乡及至省城都流传着陆永廷副市长随身携带毒品的重大新闻!

后来，陆永廷使出浑身解数保住了副市长的职位，却丢失了市长的宝座。

柳洪林如愿当上了市长。陆永廷做了他的副手。

第二十七章　菊萍死了

柳洪林当上市长之后的第五个月，那菊萍离奇地死了。

那菊萍协助柳洪林搞垮陆永廷之后并没有离开本市，本市没有人劝她离开，她也没有受到任何威胁。她拿着酬金和几个姐妹到其他城市和名胜古迹旅游了一番，回来后继续在郭翠翠的美容中心做美容师，遇到豪爽的大款，偶尔也出台捞一笔。

那菊萍和两个姐妹合租一个三房的公寓，轮流买菜煮饭，一起上班下班。三姐妹的衣服、化妆品都交换着用，男朋友也偶尔交换着玩。收入比柳洪林市长在工资卡里领的还高，日子过得甜蜜畅快。她们真心期盼姐妹们永远年轻漂亮，幸福的好日子永远没有尽头。然而，一个酷热难耐的夏日中午，突然出现的噩耗打碎了她们的美梦。先起床煮好饭菜的一个姐妹，把另一个轰起床后，接着拍那菊萍的房间门。许久，房间里一点声音都没有。

“今天凌晨我明明听到那姐回来了的，怎么房间里没人回应呢。”一个说。

“我也听到她回来时弄出的声音。难道她出去了？”一个说完，马上拨打了那菊萍的手机，手机铃声却在那菊萍的房间里传了出来。两人又高声喊了几句，并用力拍门，里面始终没有回应。她们开始翻寻那菊萍房间的钥匙，却找不到。一个姐妹打了覃小玲的电话。一会儿，覃小玲和锁匠来到，折腾了好一阵子，锁匠终于打开了门，眼前的情景令他们惊恐万分：房间的空调还开着，那菊萍穿戴整齐、没有盖被子躺在床上，脸色铁青，眼皮上翻，嘴角一抹白色的泡沫，四肢僵硬地平放着。显然，那菊萍死了。一个生命已经结束，一朵鲜花已经枯萎，一抹晚霞已经消失。两个姐妹悲哀地啜泣起来。覃小玲给了钱锁匠，叫他马上离开；然后拨打了120和110。

医生很快走了，警察在房间里忙碌了好久。两个姐妹到刑侦队录了很长时间的笔录。覃小玲通知那菊萍的亲属赶到时，已经是第三天了。经家属同意，尸体被解剖化验，证实是氰化物中毒。那么，那菊萍是自杀还是他杀呢？家属和同寓的姐妹都认为没有自杀的可能，因为死前没有任何不正常的表现；然而他杀的确凿证据在哪里呢？始终找不到。

那菊萍死亡的前一天晚上在南国美容美发中心忙碌了前半夜，后半夜她钻进一辆无牌、黑色的轿车后消失了。夜里二时，两个姐妹都听到了她回到公寓的声音。不过，当时两个姐妹睡在自己的房间里，一个说，只听到客厅里响起一个人的脚步声；另一个说，听到客厅里有两个人的脚步声，而且，那个陌生的脚步声听起来不正常，好像是个瘸子的。那么，关键是找到这辆无牌轿车，还有打给那菊萍的电话号码。电话号码是一个偏僻地段的公用电话亭打出的，始终找不到打电话的人的线索，公用电话机上连指纹都没有留下。那辆无牌轿车，警察们找了几年，踪影全无。

既不能证明是他杀，也不能证明是自杀，那菊萍的命案成了悬案。最后，那菊萍的死对谁最有好处呢？——南国美容美发中心！北国美人那菊萍的蹊跷死亡事件，经过大街小巷无数闲人的添油加醋和枝节裁剪，成了一个传奇故事。为了体验这个传奇故事发生的环境，无数的有钱人和无钱人都跑来南国美容美发中心消费娱乐。郭翠翠和覃小玲赚得盆满钵满。两位女老板善心大发，给那菊萍的亲属转去了二十万元，算是告慰死者之灵。

柳洪林当上市长后，投桃报李，将市里的大部分市政工程批发给了成金鑫。成金鑫将利润高、风险低的工程留给自己做，其他工程转手批给与自己有关系的老板，从中也赚得盆满钵满。为了拓展金辉建筑工程公司的业务，成金鑫招聘了十几名建筑专业毕业的大学生和五十多名正当壮年的建筑工人。断了一条腿的胞弟成国进管不过来时，李紫芳除了管理金辉实业公司的财务，也开始插手管理金辉建筑工程公司的财务。李紫芳经常把账目报表拿回家里给父母做，李春明和妻子退休后仍没有闲下来的意愿，很乐意帮助女儿管理公司的账务。随着公司业务的扩张，两位老人累得不行了，李紫芳才建议招聘了四名会计专业的毕业生。四名会计也兼任出纳，某人这个季度做会计下个季度就做出纳，轮流上岗，避免差错和窝案。两个公司的银行账户都掌握在李紫芳手里，李紫芳非常开心，成金鑫相当放心。家族事业如日中天，李紫芳本来想辞掉公职专心协助丈夫管理公司，可是两个老人坚决反对，他们的口头禅是：公家的是长远稳固的，私家的是短暂脆弱的。而且，两个孩子都在大学里学习，不需要花费太多精力去照顾了，何必辞掉干了二十年的公职呢？退休后的退休金及其他国家福利，哪是多好的一份晚年保障呀！李紫芳思索再三，觉得两个老人说得很有道理，也就依了他们。

成金鑫买了一辆宝马越野车，换下的旧车给了李焕铭。郭翠翠要求买一套红木家具时，成金鑫发现自己的流动资金出现了瓶颈。郭翠翠建议他卖掉囤积的地皮，多渠道募集资金，成立房地产开发公司；充分利用已经掌握的人脉关系，在风生水起的房地产业一展宏图，打造实力雄厚的商业王国。成金鑫听了郭翠翠的话，暗暗吃了一惊，惊的是这个女子竟然有如此见识。他想起了小时候听说的不识字的汉高祖刘邦，当上皇帝后开始读书习字的故事。“不读书，没见识呀！”他平生第一次踏进新华书店的大门，独自一人在里面东翻西看。他不知道自己要寻找什么书，因为书面上的字对他来说太陌生了，平时他接触的字不超过两百个。一个销售人员走近了他，问：“老板，你找什么书？需要我帮忙吗？”

“呵！我也不知道找什么，随便看看，随便看看！”成金鑫少有地感到尴尬。

“看您的气质，您是做生意的吧？”

“是的是的，做生意的。”

“那您到这边来。这里是市场营销管理方面的书籍。”销售员拿起一本厚厚的书，平展在成金鑫面前，“这是日本松下集团的创始人松下幸之助的传记，建议您看看。”

成金鑫以前倒卖电器和音响、音像，知道松下公司的名声，却不知道公司的创始人是什么“助”。他慌忙掏出钱来，问销售员多少钱？销售员笑了，她指了指收银台：“您到那边交钱。”走出书店，借着路灯的微弱光线，他翻开书页，只认得几个字，却读不下去。成金鑫回到车里，叫李焕铭往李紫芳住宅开去。在二楼客厅，成金鑫叫女儿成小曼读这书给他听。

“爸爸，你怎么突然变成爱书的人了？太阳从西边出来了、冷风从南边吹来了！”成小曼惊讶不已。

“别问了，爸爸想学点东西，把生意做得更大。”

“天哪，这是一本松下的传记，是本好书啊！你从哪里得来的？二奶送的？”

“别耍贫嘴了，快读给我听。”

无奈，成小曼一字一句、一行一页地读了起来。成金鑫一边专心地听一边悠闲地抽雪茄。听了一个多小时，女儿累了，他也累了。第二天，成金鑫来到李紫芳住宅吃晚饭。吃完饭，他又要求女儿读书给他听。如此几天过去，三百多页的松下传记读完了。

“宝贝，辛苦你了，爸爸奖励点什么给你好呢？”

“不用了。你赞成我去贵州支教就行了！”

“你还是坚持要去支教？”

“是的。”

“唉，鸟儿长大了就要飞走了。看来爸爸不赞成是不行的了！”成金鑫看着女儿的美丽端庄的面庞，第一次感觉到父爱在心中撞击成了痛苦。

“你一个人去？”

“不。去贵州支教的有三个人，我和一个女同学、一个男同学。”

“什么时候去？”

“后天。”

成金鑫沉默了一会儿，从手提包中掏出三沓大钞递给女儿：“你先拿着这个。到了贵州你在当地银行开个卡，告诉我卡号，我转账给你。”

“爸，我不需要这么多钱！”

“爸也只能这样支持你了。偏远地方条件艰苦，该花钱就花钱，我的宝贝不要自找罪受。做个一年半载就回来吧。”

“那说不定。爸爸，我会保护好自己的。你看我个头差不多和你一样高了。”

“好、好。爸爸有事要出去了。后天我来送你到飞机场。”成金鑫拿起了手提包。

“我们不坐飞机。那里没有飞机场。我们坐火车。”

“啊啊。”成金鑫口里应着，同时一只脚跨出了门槛。

第三天，天刚蒙蒙亮，启明星还在东方的橘红色的云彩边闪耀。成小曼和同学曹芳菲、杜孟拖着行李走进了候车室。火车七点整到站，七点十五分离站。现在离七点还差六分钟，爸爸怎么还不出现？他说过一定来送行的啊！成小曼嘀咕着，一股惆怅之感袭上心头：也许他还睡在他二奶的床上没醒来吧。

他们扛着行李过验票口的时候，身后响起了成金鑫洪亮有力的声音："小曼，爸爸来了，爸爸来了！这是三个军用睡袋，你们带上，肯定用得着！"话音刚落，一个大编织袋已经递到了杜孟手里。

成小曼扭头看了一下父亲兴奋的脸，含着泪光，逐渐消失在月台上。

第二十八章　房产开发

成金鑫的金辉房地产开发公司悄悄地挂牌了，开业当天没有大张旗鼓地搞庆典，也没有请来达官显贵、富商巨贾捧场造势。柳洪林制止了成金鑫的冲动，叫他低调、低调再低调。

“我的周围狮豹环伺、虎视眈眈，一不小心我就会成为别人的盘中餐。”柳洪林缓缓地说，“我死了，你也活不长，是不是?”

“老大说得极对。本人从此小心行事，一切听从你的指挥。”成金鑫诚恳地说。

柳洪林哈哈笑了几声，继续向成金鑫和自己的茶杯里倒茶水，一股清香溢满书房。

“这是什么茶叶啊？好味道!”

“这是特级龙井。难得、难得。北京的一位朋友送的。有钱也难买得到。”

“老大，京城里有不少朋友?”

“那当然。”

“早知道你老大爷有北京的朋友就好了。前两年，我儿子考大学，想到北京找一所名校读读，却没门。”

“到北京读个名牌大学，不难。”

成金鑫近期发现柳洪林对自己说话的语气傲慢了一些，也许是官升了一级的缘故，以前嘻哈玩笑的情景在两人之间再也没有出现。不过，因为更大的权力需要借助更隐秘更可靠的路径进行寻租，成金鑫是自己的多年密友并且有商业技能，所以其实柳洪林内心是更加依赖成金鑫了。成金鑫也感觉到柳洪林傲慢的语气下面是更迫切的利益需求。柳洪林手中的权只有通过成金鑫的运作才能化为钱。没有钱，不可能“更上一层楼”，只能“白日依山尽”啊！我柳洪林才五十又三，将来混上个部长当当也是有可能的嘛！房地产开发是城市化的主要内容，也是人民群众的迫切需求。动辄亿元以上的资金投入，拉动多少内需！拉动多少 GDP！我这个市长的业绩多么快地升上去！成金鑫搞房地产开发是迟了一点，但正当我时！正当我时！

“金鑫呀，你儿子大学毕业还可以到国外留学嘛！只要你这个当爹的有钱，没有办不到的事！我们还是聊聊其他吧。”柳洪林一边品茶一边缓缓地说。

“对了，昨天我和土地局的廖局长到城南看了一块地，一百二十亩，位置很好，铺一条路过去就是一块风水宝地。”成金鑫说。

“那块地，我和廖局长早就看过了。过几天建设局就会整出规划方案。你准备资金竞标吧。”

“好哩!”

“不过，省城有个房地产开发公司戴着京城的帽子来抢地盘。此人名叫韩世豪，到市政府找过我。你要小心啊。”

“强龙来压我地头蛇!”成金鑫狠狠地呷了一口茶，“我找人收拾他。”

“不过，他只是戴着一顶大帽子吓唬吓唬人，却不是真龙，不要怕他。”

“我什么时候怕过！我只是不知道收拾他以后，会不会引发其他不良的反应。”

“唉，这个你就多虑了。怎么做也不用我教你，你做得干净利落就行了。”

成金鑫听了柳洪林的话，好像吃了定心丸，回到桃源酒店，立即召来姜国明、李焕铭、陈一才三人商议对策。在经理室旁边一个开着空调的小会客厅内，四人一边喝茶一边讨论，直至夜里二时才散去。

土地开拍竞标的前一天晚上，省城来的韩世豪和他的三个助手在饭店里刚刚坐下准备吃饭时被人要求让出他们坐的桌子。韩世豪一拍桌子正要发火，旁边的一位助手拉了一下他的衣服下摆，并在他耳边咕哝了几句。韩世豪瞟了一眼十米开外九个手执铁棒的年轻男人，把喷到嘴边的火焰吞了下去，向三位助手挥了一下手，四人起身向门口走去。经过收银台时，一位助手狠狠地掷出几张百元大钞。四人悻悻地走出了饭店大门。

韩世豪四人驱车到另一个饭店吃饭的时候，陈一才带着两人来到了韩世豪下榻的酒店。陈一才出示了警官证，要求到某一个房间查房。服务员不敢怠慢，领他们到了韩世豪住的房间并打开了门。陈一才三人在房间了摸索了几分钟，空着手出来，临走时警告服务员：我们正在查案，不准告诉住客我们进过他们的房间。但是二十二点后，李焕铭带人来到酒店停车场准备轧汽车轮胎时，却发现韩世豪的车不在。他们马上到酒店总台查询，结果是韩世豪已经搬走。

开拍竞标的那天上午，陈一才命人开一辆大卡车守候在去往拍卖中心必经的一个路口，韩世豪的车出现时给它致命一撞。陈一才坐在一辆轿车里守望着，左等右等不见目标出现。开拍的时间十点刚到，陈一才接到了李焕铭的电话：韩世豪出现在了拍卖中心。李焕铭布置在拍卖中心一楼大门口的五个人也守了个空，韩世豪及助手四个人不知从哪条路进入了位于六楼的拍卖中心。看来从大城市里来的人物还是不简单。陈一才和李焕铭在拍卖大厅外的走廊里商议对策的时候，拍卖中心里的拍卖已经在紧张地进行着，很快就要拍到成金鑫垂怜的那块风水宝地：36 号地块。姜国明和郭翠翠坐在成金鑫身边，三人都是一副无奈、焦急的脸色。李焕铭和陈一才做事出了什么漏子，竟然把唯一的竞争者韩世豪放了进来？正纳闷着。突然，拍卖大厅的灯光一下子全灭了，扩音器没有了声音，消防警报同时凄厉地鸣叫起来。大厅里慌乱的人群如一股洪水冲向门口和楼梯，推搡咒骂和桌椅倒地的声音此起彼伏，主席台上的主拍和书记员逃遁得无影无踪。成金鑫和郭翠翠回到车里，刚关上车门，郭翠翠就忍不住放声大笑，笑得眼泪都出来了。成金鑫则轻声地叹道：两小子这一招干得漂亮！干得漂亮极了！

韩世豪气冲冲地赶回了酒店，等候拍卖中心的消息。第二天，拍卖中心的工作人员打来电话，未中标的标的物推迟到下一场竞拍，下一场拍卖会后天举行。想到回家路途遥远，还要在当地等候三天，韩世豪就气得牙痒痒。他决定暂不回家，带三个助手在当地游山玩水、喝酒泡妞和深入调研。虽然当地政府的关系该走的已经走通了，当地的经济状况、风土人情、民俗民风还是要多多了解和熟悉，以后卖房子才能精准营销、快速售罄。他们走名胜、访古迹、逛酒吧、钻歌厅、遛旧巷、品小吃、观演出、赶集会……三天下来玩得不亦乐乎。拍卖会举行的前一天晚上，他们快乐而疲惫地回到酒店，发现参加竞标的所有证件和资料都不翼而飞了。他们找了大半夜，找遍了四个房间和汽车车厢，结果都令他们悲痛。他们在第二天早上到派出所报了案，并把前几天九个可疑的年轻人在饭店里挑衅的事情陈述了一遍。报案结束，不远处举行的拍卖会也已经到了收官阶段。成金鑫以底价中标第 36 号地块。

柳洪林市长不断发力，36 号商住地块的建筑容积率扩大了 0.7；通过拆除周边路障和违法建筑、拓宽道路、填坑挖岭，

36 号地块面积扩大了 5 亩多。为了施工方便，从城市的马路到工地修建了一条宽阔平整的泥路，这条泥路在楼盘竣工后就会建成一条柏油路。当售楼中心成立，沙盘造型设置好后，蜂拥而至的市民惊奇地发现这个楼盘北倚公园、南临大江、西接市中心、东连机场路，是个不可多得的投资项目。一个月不够，这个名为塞纳河畔的楼盘便销售一空，均价每平方米八千元。

什么，这个不伦不类的“塞纳河畔”卖出八千元？拆迁补偿价才两千多元！已经搬走的几十户拆迁户不知什么时候集合起来一起声讨不公，迅速地在还没有动工的荒地上拉起抗议的标语、搭起了几十顶帐篷。部分拆迁户住进了帐篷，走上了硝烟四起的维权之路。帐篷周围不断堆积垃圾，腐臭和病毒开始漫游。成金鑫、郭翠翠及其开发团队近几天忙于销售中心的事情，无暇顾及即将动工的工地上发生的问题。待他们反应过来，工地上已经建成了一个难民营式的维权中心。

“老大，怎么办?”成金鑫问。

“又出现了一群刁民！已经谈妥补偿完结的事情还要翻脸，真是一群不讲信用的刁民！开队伍过去，把帐篷铲了、铲了!”柳洪林气急而愤怒，“我明天就召集开会，部署这件事情。”

第三天上午，成金鑫和柳洪林、公安局宁副局长、土地局廖云凯局长等十几个政府官员站在 36 号地块附近一栋楼的楼顶上，注视着地面的城管、公安、消防人员清除帐篷的情况。宁副局长左手拿着一副望远镜，右手拿着对讲机，专心地指挥着地面的行动：

“陈队陈队，叫手下人克制点，尽量避免暴力、避免暴力。把人抬出来，马上叫推土机开过去把帐篷铲了……南边有一个帐篷起火了，刘队刘队，赶快叫人拿灭火器过去……把扔石头的抓起来，扣上手铐，押上警车……”

柳洪林拿过宁副局长的望远镜注视了一会儿，把望远镜递给了身边的一个副市长。这名副市长看了一会儿，把望远镜还给了宁副局长。宁副局长的对讲机里传出一个气喘吁吁的声音："宁副宁副，有一个帐篷门口站着一个彪形大汉，拿着一根铁棒，我们进不去，不知里面有没有人，所以不敢铲掉这个帐篷。"

"一条大汉？一条大汉就能把你们警校出来的精英镇住了？"宁副不解地问。

"宁副宁副，是这样的：这人手中的铁棒耍得像孙大圣手上的金箍棒，我们无法靠近。"对讲机里的声音清晰有力。

几个领导对视了一下，一时想不出什么好法子应付这个情况。宁副局长拿起望远镜再次观察现场。只见空旷的工地上还有一顶帐篷在屹立着，几十名公务人员团团围着这个帐篷，帐篷门口有一个赤膊的大汉在嚷嚷着什么。五辆警车、六辆城管车、两辆消防车停在工地旁边的平整地带。

"刘队刘队，这个人叫什么名字，有什么来头？"宁副再次对着对讲机喊话。

"宁副宁副，他叫张德龙，是本地一个村民，习武出身，据说是少林弟子。"

"妈妈的！"宁副骂了一句，放下了望远镜。

成金鑫和几个职位低点的官员一直在默默地观看，此时大家都忍不住低声地议论起来，共同商讨应对方案。成金鑫想起了一年多以前自己与张德龙的一场纠纷，自己和公司员工差一点被拖入一桩疑似谋杀案中，因而心有余悸。吉祥路那块地虽然收回了，但是张德龙扬言一定要找成金鑫报仇，这成了成金鑫挥之不去的一块心病，害怕自己或家人冷不防被他袭击一下，后果不堪想象。

柳洪林背着手踱来踱去，嘴里振振有词："这个刁民大大的坏大大的坏！我们要把他抓起来，关到牢里去！"

“我们的干警抓不了他，不是他对手，怎么办?”旁边的宁副局长提醒道。

“用高压水龙头，将他喷上天去。”成金鑫灵感突发，不禁脱口而出。

众人纷纷说好，宁副局长深思了一会儿，嘴巴凑近对讲机：“梁队梁队，把消防车开过去，用高压水龙头将他射开，然后清场。”

只见地面上一辆红色的消防车鸣着警笛开了过去，围着帐篷的人群迅速散开。消防车停在了帐篷前。全场静默了几分钟。消防车上的一个警察端起高压水龙头，一股白色的水柱射向站在帐篷前面的大汉。大汉被水柱冲倒在地，他刚站起来，踉跄着还没站稳，一股水柱又射向了他的身体，他再次被冲倒在地；他再次站起来，向上伸直双臂，嘴里大声吼叫着。他每一次站起来都被水柱冲倒，最后被强大的冲力冲击，整个人腾空被冲出几米远，重重地摔在了地上。他疲倦地躺在地上时，几个公务人员跑过来，给他上了手拷，推拉着塞进了警车。另有几个公务人员走进帐篷察看了一番，推土机便开过来推倒了帐篷。

第二十九章　吕艳红

“塞纳河畔”的成功销售，使成金鑫们、柳洪林们赚得盆满钵溢。他们集体到欧洲旅游了一趟，见识了真正的塞纳河畔。回来后便着手第二个楼盘的开发。在廖云凯局长的指引下，成金鑫很快选定了一处山水美地。这美地占地约二百亩，是一处长满灌木的坡地，后靠一座奇峰突兀的大石山，前面是一条弯弯曲曲的小河，左边是农田，右边是十几间农房；拆掉农房，建一条一公里的宽阔马路接通城区，一座美轮美奂的“山水名城”就将屹立在神州大地了。为了避免上次的拆迁纠纷，柳洪林要求实施村民能够乐意接受的拆迁补偿方案，即每五口人分配一套一百平方米的商住房，另每人补偿一万块钱的安家费。方案公布，村民果然皆大欢喜，没有出现闹事的“不法分子”。入城道路路基筑好后，工程车开始日夜奔跑，石山前的工地一片繁忙。

建筑工程有条不紊地按进度完成着。成金鑫的个人生活此时却起了波澜。郭翠翠掌握着金辉房地产开发公司的财务大权，但是郭翠翠居然以此要挟他放弃与一个年轻女孩的恋情。成金鑫内心悔恨与愤怒交织，却不敢把情况向其他股东通报。他苦恼了几天，最后只对兄弟成国进和柳洪林市长说了声再见，便带着女孩到华东地区泛舟喝酒去了。

夏天的西湖，碧波柔柔，杨柳依依。成金鑫和新结交的女友吕艳红坐在小船中，由船夫把他们带到湖中各个景点。有些景点到了，吕艳红也不想下船，在花伞下娇柔无力地依偎在成金鑫怀里，一副贵妃出浴的样子，令成金鑫陶醉、沉迷。无日无夜地花天酒地、无休无止的性爱，并没有摧毁成金鑫强壮的体魄，反而使他精神百倍地愉悦和松爽。有时走得确实累了，手脚僵麻，吕艳红给他按摩。她娴熟精准的手法令他恍惚进入了一个按摩院享受着服务，于是他怀疑吕艳红以前做过按摩女郎。他故意问了一些中医方面的知识试探她，她的回答与中医学院出来的学生差不了多少，令他无从估测她过去的经历。在高级商场里，吕艳红显得淡定从容、落落大方，绝不为某件商品的珍贵华美而眼睛发亮。这反而激起成金鑫购买的欲望，以图千金买一笑。成金鑫的大方激起了吕艳红似火的热情，她以床上的温柔缠绵和激情四射回报成金鑫。一个清幽的夜晚，搂抱着赤裸的吕艳红，梦中的他脑子里浮现起自己四十多年前的苦难生活的景象，如雾如电，飘飘忽忽：他和弟弟成国进蜷伏在龙旗镇的街道屋檐下，月明星稀，冷风砭骨……太阳升起来了，温暖的阳光照射着他俩冻僵的身体……革委会的傅主任端着一支步枪追赶着兄弟俩，兄弟俩在树林中跑呀跑呀，背后的枪声不断……步枪的枪声变成了冲锋枪的，“哒哒哒……哒哒哒……”，父亲成建军被一梭子弹击中了，他踉跄了几步，强撑着高大健壮的身躯，怒目圆睁……一颗步枪的子弹呼啸着飞过来穿透了父亲的小腿，父亲成建军缓缓倒了下去，嘴里呼喊着妈妈的名字：“谭晓红……谭晓红……孩子都好吗?”——成金鑫被梦中的呼喊声惊醒了。他慢慢坐起来，背靠着床头，望着窗外皎洁的月光，想起了死去的父母的点点滴滴往事。他决定回老家修一修母亲的坟墓；父亲与其他死者合葬的大墓，在征得其他死者家属同意后也要修整修整。

噩梦惊醒了几乎沉沦的他！

游了西湖，游了拙政园，游了中山陵……所有的著名景区都去了一遍，成金鑫暂别吕艳红兴冲冲回到家里。李紫芳简单向他陈述了实业公司和建筑公司的财务状况，然后走进了厨房。成金鑫吃了李紫芳做的盐焖土鸡，出门后驱车到了郭翠翠住处。四岁的成小龙扑过来喊爸爸，这是成金鑫感到最高兴的几分钟了。成金鑫和小儿子玩了一会儿，郭翠翠便叫保姆带小儿子上楼洗澡去了。成金鑫坐在电视机前胡乱地按着遥控器，不知道自己喜欢看哪个节目。

"小姑娘喜欢看肥皂剧。你也应该看看，以便于深入交流、细致探讨。"郭翠翠走过来，坐在成金鑫身边，半是嘲讽半是戏谑地说。

"哪个小姑娘？"

"还装什么蒜！全城的人——恐怕全中国的人都知道你成老板带了个小蜜去旅游。就差不登上《时代》杂志了！"

"有这么回事？"成金鑫还佯装惊讶。

"少废话啦！买了什么宝贝给小姑娘，也给老娘一份吧！"

"真没买什么东西。就一盒法国进口的化妆品，叫什么夏奶奶。"成金鑫说完，脑子里迅速闪过买入一条二十多万的翡翠项链的情景。

"是夏奈儿。脑袋不好使了，被掏空了吧。"郭翠翠笑着说，同时用手摸着成金鑫的皮带扣，两眼挑逗地瞪着成金鑫。

成金鑫站起来，想走。郭翠翠从后面抱着他的腰，温情款款地说："和小妖精玩了几个月，该收手了吧。难道你不要老娘啦？老娘想你了！"

成金鑫犹豫了一会儿，掰开郭翠翠的臂膀，大步走出了门口。他驱车来到桃源酒店，召集所有主管询问经营情况。客房部经理说前天居然有派出所的人来查房，不知什么原因。

"哪个派出所的？"成金鑫内心一阵惊讶和恼怒，却不好发作出来。

“他们穿着警服，却不出示证件，挺凶。”

“好。下一个说。”成金鑫问完所有主管，待他们走后，马上拨了个电话给宁副局长。

“成老板，你放心。狗崽子，敢在太岁头上动土！我叫他吃不了兜着走！”宁副局长在电话里恶狠狠地说。

两天后的下午，两个着悠闲装的年轻人来到桃源酒店的经理室，轻声说要找成老板。服务员让他俩喝茶看报，等了两个多小时，成金鑫才出现在经理室门口。

“成老板，您好！”两人站起来同时向成金鑫微微一躬。

“你们找我干吗？”

“我俩来向成老板赔罪。我俩有眼不识泰山，前几天到贵店打扰了，实在是无知、无知！请成老板原谅。”一个年轻人说。

“请成老板原谅！”另一个年轻人紧跟着说。

成金鑫在宽大厚实的写字桌前坐着，摆出一副不买账的样子，脸色阴沉无光。两个年轻人不知所措地站着。一个女服务员进来往两个年轻人的茶杯里加茶水。女服务员出去的时候，成金鑫叫她把门关上，然后低头在写字桌的抽屉里弄了一会儿。

“兄弟，咱们都是在社会上混的人，彼此多多关照！”成金鑫站起来说，同时左右两手分别将两个黄褐色的牛皮信封塞给两位年轻人。

“不敢不敢……”两位年轻人赶紧推让。

“叫你们拿你们就要拿。我会在你们领导面前说好话的，你们放心。成大哥在本地是一个讲义气的人。”

“我们都要讲义气。”

“也讲团结。”另一个说。

“那么再见了。祝你们好运。”成金鑫挥了挥手。

两位青年人轻轻拉开厚重的木门，踮着轻轻的脚步走了出去。一会儿，厚重的木门又被推开，吕艳红款款走了进来。她坐在成金鑫对面，满面喜色，眼睛熠熠发光，却不言语。成金鑫正在查看一些账目，不时用计算器核算一下。最后，他惊喜地发现桃源酒店上个月净赚了三十六万，自己收入十八万。他站起来，伸了个懒腰，大声说：

“艳红，我真高兴！今天晚上，想吃什么东西？”

“什么都不想吃。”

“唉呀，怎么不想呢？和我去吃——蛇汤。城东五路有个新开张的蛇馆，听说味道一流，咱们去尝尝吧。”

两人坐进汽车里。汽车行驶在铺满晚霞的水泥路上。

“艳红，我看你满脸喜色，又不说话，有什么事情瞒着我？”

“你猜。”吕艳红年轻姣好的脸上春光荡漾。

“我猜不着。”成金鑫像对自己的女儿一样说道。吕艳红确实和成小曼一般年龄。

“你做的坏事，有结果啦！”

“什么意思？”

“你要做爸爸啦！”

“啊！”成金鑫兴奋地叫了一声，侧转头看了一眼吕艳红的腹部。沉默了一会儿，成金鑫突然冷冷地问；“是不是我的？”

“你这个混蛋。不是你的我告诉你干吗？”

“可能有人知道我有点钱，叫我帮他抚养儿女呢！”

吕艳红举起小拳头打了一下成金鑫的肩膀，做出生气的样子。成金鑫不管这个，继续问；“你和我第一次时，是不是处女？”

“我不想和你废话。把车开到医院，我去做人流！”吕艳红嚷道，眼含泪水，脸色发白。

车到了蛇馆门口，吕艳红不愿下车。

“好啦好啦，我错了！我向您老人家赔罪！下车吃饭吧。”

吃完饭，他们回到了成金鑫送给吕艳红的二百六十平方米的套房里。吕艳红还是和吃饭时一样冷峻着脸不说话。成金鑫像哄女儿一样哄了多次，吕艳红才破涕为笑。这笑容让成金鑫想起了第一次在销售部里看到她时的情景。那时她大学刚毕业，被招聘到金辉房地产开发公司做业务员，第一天上班，按例公司老板要和每个新员工见个面、吃个饭，互相熟络熟络。成金鑫下午五点到销售部，新员工站成一排与他握手。其中一个女孩长得比所有女孩都高，染着金黄头发，肤色雪白。成金鑫与她握手时，用老外说中文的腔调问：“你是俄罗斯的?”

“不，中国的。”吕艳红调皮地用老外的腔调回答。在场的所有人都笑了。

“你可以熟练使用外语，把我的房子卖给老外吗?”

“那绝对没问题!”吕艳红清脆地回答，同时露出了自信和优雅的笑容。就是这个笑容，令成金鑫念念不忘，不断邀请吕艳红出去吃饭。吕艳红没有一丝忸怩作态，每次都是落落大方地随同成金鑫赴宴。不久，吕艳红成了成金鑫的女秘书。不久，成金鑫成了吕艳红的男床伴。成金鑫铭记着那个美好、浪漫的晚上，第一次与吕艳红上床时的情景。吕艳红不再大方、自信、优雅，显得那么羞涩、害怕、温柔。成金鑫听到了惊魂未定的喊声，见到了洁白纸巾上的血红。这是前面两个妻子从未出现过的情景，这情景令他终身不忘。他决定对这个女人倾出自己的真心去怜惜和珍爱，因此，对前面两个女人逐渐冷漠。

郭翠翠看在眼里，急在心上，可是也没什么办法阻止事态的发展，周围的每一个人都不支持她，反而希望成金鑫像个皇帝娶够三宫六院。郭翠翠最要好的老乡覃小玲还说她自己做贼却要阻拦别人做贼，令她又气又恼。

李紫芳也听说了吕艳红这个和她女儿一般年龄的女孩，她只是一笑置之。她非常清楚这个社会里的人有奶便是娘，只笑贫不笑娼，绝对不会同情落泊者。

然而这种事算不得大事，最大的事是抓紧时间赚钱。两个女人虽然抱怨自己的男人，但是，她们不分昼夜地为这个男人做好后勤和管理，都为不断开发的楼盘忙得不亦乐乎。现在增加一个帮忙的女人，也许也不是什么坏事。

第三十章　成小谊

成金鑫的大儿子成小谊读到大学二年级就不想读下去了。他以美国戴尔电脑公司的创始人为榜样，决定离开暮气沉沉的学校，自己去创建一片天地。其时，微软公司刚刚发布视窗2000，整个数字产业呈现一片生机勃勃的景象。成小谊觉得在这个数字的春天，及时把握机遇去挣钱发财，比在大学里浪费时间划算得多。李紫芳虽然极力反对，但是成小谊已经退学，把学习和生活的用品全部搬回了家，她也就无可奈何地默许了。成金鑫一直疏于儿女的管教，此时面对这个事实，除了惊讶就是沉默。

成小谊在热闹的街区租了一个铺面，雇了两名电脑高手组装电脑向民众销售，一招一式地学习戴尔公司的原始套路。不久，顾客源源不断地进出这个三人组合的电脑公司，公司生意日渐红火。成小谊日夜在公司里忙碌，很少回家。李紫芳心痛儿子，经常提着大包小包好吃的东西上门看望。看到儿子和两名员工在狭窄的工作间忙得汗流浃背，她忍不住流下了眼泪：想不到从小没吃过苦的儿子为事业如此拼命！她决定投一大笔钱给儿子扩大公司规模。在一条科技公司云集的街道，她花一百一十万元买下了一栋占地一百二十平方米、高四层的楼，然后若无其事地交给了成小谊。成小谊在楼房顶部竖起一块巨大的电子牌匾：大东亚电脑公司。增招了六名员工。把一楼改装成销售部、二楼为维修部，三楼为培训部，四楼为写字间和休息室。

电脑生意如火如荼。上门购买电脑的客户络绎不绝，打电话来要求处理电脑故障的客户也是源源不断。其时，计算机等级考试正热，各个单位和公司的职业招聘及晋升都要求计算机等级证书。李紫芳利用政府里的人脉关系，将大东亚电脑公司运作成了等级考试的指定培训单位。政府的各级行政机关的人员一批接一批来到大东亚电脑公司培训，大东亚电脑公司给了他们优质专业的服务，并且让他们轻松地拿到了等级证书。这些机关工作人员成为了电脑销售的主要客户。他们主动找到成小谊，双方秘密商定价格，然后虚开发票，通过单位报账中饱私囊。成小谊没有收过他们的贿赂，但是已经协助犯罪。他有时也隐约感到这是一个危险的动作，弄不好会身败名裂，甚至锒铛入狱。然而，一切都是那么平静、和谐、美好。他有时都不敢相信这一切都是真的，真得让人陶醉，陶醉在金钱的流光溢彩中。

大东亚电脑公司的销售额直线上升。员工的收入增加了许多，积极性更高，经常是起早贪黑地加班。成小谊买了一辆走私过来的美国野马轿车，通过成金鑫的关系上了牌。桔黄色的亮丽的车身让众人纷纷瞩目，更吸引了一些拜金女郎。成小谊的女朋友渐渐多了起来，出去玩耍、谈情说爱的时间越来越多，管理公司的时间越来越少。虽然他的手机全天二十四小时开着，时刻监控着公司的业务情况，但是这种管理者缺位的情况还是令做母亲的十分担忧，担忧管理不善导致倒闭。一日早晨，李紫芳来电脑公司探视成小谊，见不着儿子，她就在电话里教导儿子一番。成小谊只是默默地听，并无怨烦之言。放下电话，他瞥了一眼还在床上酣睡的女朋友，从烟盒里抽出一支烟，踱到阳台上，点燃，平静地吸起来。阳台外的马路上车水马龙，汽车喇叭声此起彼伏。马路边的一棵大树下，坐着一个长年在那里乞讨的乞丐。这个城市里的很多人都认识这个乞丐，因为他是一个泼皮的儿子，长年在城市主要街区装扮成乞丐行骗。大树边的一个小公园里，十几个中老年妇女正在跳健身舞，舞曲的声浪冲击着四周的耳朵。

成小谊穿戴完毕，来到酒店后面的停车场，启动“野马”驶向大东亚电脑公司。马路上车辆虽然很多，而且几乎每辆车都急匆匆的样子，好像每个司机都有什么重要急迫的大事等着去办，但是当成小谊的野马吼叫着在马路上穿行时，几乎所有的车都给它让道。成小谊很喜欢这种百车谦让的场面，心里有股霸气在回荡。他坐在总经理室的写字台前吃了早餐、喝了咖啡，闭上眼睛小憩了十几分钟。睁开眼时，他看见维修部的主管陈伟松坐在对面的转椅上，正低头阅读《计算机世界》。

“陈主管，有事吗?”

“是的，成总。有个老板要求我们给他组建一个网吧。他不懂电脑的，要求我们先出资帮他建好一切，运行正常后，才付款。”

“电脑及组网器材都要我们的?”

“都要。”

“多少台机子”

“八十台。”

“网吧他装修好了吗?”成小谊向前伸了一下身子。

“差不多装修完毕。文化和通信等方面的事情也已经就绪。”

“把他的执照和身份证等尽可能多的证件押在我这里，我们可以先出资帮他建店。”

“好，成总。我马上拟一份建店合同。”

“你就去办吧。”

陈主管出去了。助理余雪梅将昨天整理出来的数字世界的新闻摘要放在成小谊面前。雪白修长的手指在成小谊眼前一闪。成小谊不禁抬头看了一眼余雪梅的背影。他突然发现自己身边原来有个美女。自她几个月前入职以来，自己却从不留意，准确地说，自己无闲暇留意。姑娘是母亲李紫芳的同事介绍过来的，由培训部的主管面试一下就聘用了。自己对员工是太忽视了，想到此，成小谊决定近期邀请员工出去搞个联欢活动，增进彼此关系。

成小谊一页一页地翻阅新闻摘要，不时转过身去在电脑键盘上敲几下，在谷歌中搜索一些资料。一小时后，成小谊身后跟着余雪梅，在公司内走了一圈，询问了一些情况并且布置了一些任务，然后两人来到停车场，驱车往市政府方向驶去。到了市政府民政局局长办公室门口，他俩被安排坐在靠近门口的最后两个位置上，等候局长大人李仁伟的接见。在他们身旁，一溜儿坐了十一个人，也是在等候接见的。他们一言不发，神情严肃，姿态拘谨，好像朝觐一样虔诚。成小谊瞥了几眼他们的样子，不觉心里发笑：局长大人是什么圣人，值得你们这样恭敬。成小谊觉得无聊，就小声地与余雪梅交谈。谈了大约十几句话，就被戴着黑框眼镜的男秘书制止了。男秘书抬起正在看报纸的眼，冷漠地甩出一句：“不许说话，保持安静！”好不容易轮到他俩进去，却是中午十一点五十分了，是公务员快下班的时间了。成小谊赶紧递上名片，局长大人看也不看一眼，就面无表情地把名片放在桌子上了。一旁的余雪梅甜甜地说：

“我们是大东亚电脑公司的。这是我们成总。”

局长还是面无表情的沉默着。余雪梅把嘴巴凑近局长的面颊，轻声地说：“成总是李春明主任的外孙。李市长吩咐我们来找您。”

“李春明？”李仁伟似乎一震，抬头看了一眼成小谊，转头看了一下余雪梅，脸上终于浮起了春光。局长把眼光停在余雪梅青春洋溢的脸上，笑眯眯地问："同志，你们有什么要求我帮忙的呢？"

"是这样的，局长……"成小谊正想说，却发现局长的眼光始终在余雪梅身上，就把话咽下去了。余雪梅接着成小谊的话说："是这样的，局长，听说贵局正想采购一批电脑……"

局长专心地听完，满面春风地接过了余雪梅的名片，仔细地看了一遍，最后郑重其事地说："我们研究研究，研究研究！"

成小谊俩走出政府大楼，坐在汽车里时，成小谊开始第一次认真地观察余雪梅。这大姑娘用一根暗红色的绒绳扎着一个硕大的发髻坠在脑后，整齐乌黑的青丝衬托得雪白的腮部更加洁滢，一对丹凤眼沉静如水，穿着一套职业西装，显得成熟干练、稳重大方。成小谊握着方向盘，边驾车边问余雪梅：

"刚才你俯在局长耳朵根说了什么？"

"我们是李市长介绍来的。"

"你胆子够大，怪不得他被唬了一下！哈哈哈……"成小谊忍不住笑了起来。

"这是三十六计中的'空城计'"

"你了不起，简直是女中卧龙。这单生意做成后，我出钱送你去上海学习。"

"多谢成总。"余雪梅平静地说，没有半点激动的语气。其实她读大学的地方正是上海，早已对上海不感兴趣。余雪梅低头看了一下手机，说："刚才的局长发来短信，邀我今晚吃饭。他发给你没有？"

"我的手机没动静。"

"这老色鬼脸皮真厚啊。"

"你略施'美人计'，就可以'瓮中捉鳖'。"

“成总，为了你的生意，你要出卖我吗？”

“我没想要出卖你。你只要巧施小计，让他上钩就行，后面的事情由我摆平，让他吃不了兜着走。”

“你有多大把握？”

“我老爸那里有一帮心狠手辣的打手。别说一个民政局长，就是公安局长，他们也能让他趴下！”成小谊说完，侧头观察了一下余雪梅。

“我可不想与黑社会挂上号。”

“不会让你沾上半点关系。你放心吧。一切由我掌握。”成小谊信心十足。

此后一个多月，余雪梅不间断地接到民政局长吃饭、喝茶、打牌、跳舞的邀请，她都准时地赴约了。终于，在一个秋高气爽的下午，民政局长签下了三十六万元的买卖合同并预付了六万元货款。当天晚上，民政局长约余雪梅到某五星级宾馆“吃点心”。

“怎么办？”余雪梅问成小谊。

“你回他短信，就说晚上十二时才能赴约。”

“为什么这么晚？”

“你以为你真要赴约啊？傻瓜。你发短信给他就行了，然后回家睡大觉。此后由我收拾他。”

“他在短信里说，要我穿着职业西装去。”余雪梅转身走时加了一句。

“真变态！”成小谊骂完，低头深思应对之策，一个既不丢失公司业务，也不损害员工名誉的方案。

秋天的夜晚凉风习习。二十一点刚到，民政局长李仁伟就独自一人走进了富豪大酒店的1208房间。他把空调温度调高了几度，脱了外衣，在跑步机上跑了起来。他一边跑，一边大口吐气，企图把刚才喝下的大量酒精吐出来。三十分钟后，他浑身大汗淋漓。接着，他调低了空调的温度，到浴室放热水进浴缸中。他像一头肥胖笨重的河马泡在热水里，休闲地闭着眼睛，光秃秃的脑袋像一只皮球粘在缸沿上。他的脑海里想象着即将得到的美女的身体：丰满诱人的乳房，雪白柔滑的肌肤，修长性感的大腿，知性白领不同于风月妓女的矜持和优雅……这一切令他沉醉、飘浮，在水蒸气的氤氲中飘飘欲仙。

二十三点三刻，门铃响了。李仁伟从沙发上跳起来，穿着和服式样的睡衣，迈着轻快的步伐走到门前，眯起一只眼睛凑近“猫眼”窥视，只见“余雪梅”亭亭玉立，一脸的镇静与坦然。李仁伟急忙扭开厚重的铜锁，“余雪梅”迅即闪了进来，抱住李仁伟就往脸上亲吻。李仁伟还没看清来客——还没完全反应过来，长长的睡衣已经被紧跟着冲进来的两个男子解开脱下，赤条条地站在了门口。也就在此时，门口又出现两个年轻男子，一个拿着照相机，一个捧着摄像机，“啪啪啪”的快门声和镁光灯闪耀之后，西装笔挺的女人抱着全裸的李仁伟被拍成了相片和视频。李仁伟愤怒地推开女人，企图捡起睡衣，刚才脱他衣服的两个年轻男子，抓住他的两条胳膊往房间里推。他被按倒在沙发上，他的头被一个长而软的枕头压着，赤裸的肉身被穿皮鞋的脚踢了一阵。他没有号叫，也没有反抗。暴力很快停止。一阵杂乱的脚步声后，门“砰”的一声关上了。

李仁伟拿开压着自己脑袋的枕头，惊恐地扫视了一遍安静的房间。后来，他反复思量，明白这是谁干的了。但是，他不敢毁约，也不敢报案：因为他什么也没有丢失，只是挨了一顿打。另外，他的“艳照”也没有泄露，纪检部门也没有找他麻烦。他在民政局长的任上继续做了五年，最后顺利地、光荣地、依依不舍地退休。

第三十一章　鸿门夜宴

柳洪林市长早上八点钟就打电话给成金鑫，叫他和姜国明一起，今晚到“翡翠阁”搓麻将，公安局宁副局长请客，因为他“最有条件”、“很有可能”即将转正为局长了。

成金鑫和姜国明在一个储蓄所门口碰头，坐在汽车里商议准备带多少钱去参加这个“鸿门宴”。姜国明说每人带三十万元足矣。成金鑫说每人三十万元，加上“翡翠阁”田老板三十万元，总共九十万。九十万可以拿到一个公安局长座位？做梦吧！商议不定，最后成金鑫打电话给主持人田老板试探水的深浅，田老板直接说每人带一百万来，日后宁局长必定知恩图报。成金鑫和姜国明惊得魂飞魄散，觉得这个恩宠实在有点难受。商讨了十几分钟，两人还是决定按照田老板的话办。姜国明掏出银行卡时要求成金鑫借他五十万元，因为他资金不够。成金鑫犹豫了几秒钟，一个移花接木的计谋迅速闪过心头，于是他叫姜国明写下了借条。

夜幕笼罩大地，漆黑的天空中只有一弯下弦月孤独地挂着。

成金鑫的宝马车和姜国明的奔驰车一前一后驶进翡翠阁大门后面的停车坪。他们打开车门时，一声低沉的藏獒的吼叫令他们马上关上了车门。两条黑背狼狗跟在两个保安后面跑了过来，警惕地东嗅西闻。保安用黑色的塑胶盖住了两辆车的车牌。停车坪上有几十辆盖住车牌的豪车泊着，其中两辆警车和一辆军车格外醒目。翡翠阁的停车坪里经常泊着军警的车辆，这个气势令成金鑫在田老板面前感到自己矮了一截，说话都不敢大声。私下里成金鑫也琢磨过这个田老板，既没有工厂造钱也没有公司聚钱，仅凭一个私人会所就在本地呼风唤雨，到底葫芦里装有什么特异功能的药？会所里几十名女子的茶功、酒功、舞功、床功，确实是一流的，可是其他会所、夜总会有这个水平的也不少，却没有翡翠阁的气势和威风。

停车坪旁边有六条小路，只有两条小路是通到会所的，不知情的人走错了路，只能在山水和林木间周而复始地瞎转。成金鑫领着李焕铭、姜国明、陈一才在一片散发着花香的幽暗树林里走了几分钟，跨过一条流水潺潺的小溪，穿过一座怪石嶙峋的假山，几排式样古雅、风格相似的别墅出现在眼前。两个提着灯笼的白衣女子迎了过来，脸上戴着怪异的面具。成金鑫掏出会员卡，一个白衣女子把卡插进一个类似电话机的盒子里，成金鑫按了几下盒子的面板，盒子发出一声“OK”，白衣女子柔声说道：“老板，请跟我来。”四人跟着两个白衣女子在别墅间的小路七拐八转走了几分钟，到了一栋朱漆大门的别墅前，一个白衣女子掏出手机打了一个电话，朱漆大门缓缓地被拉开。田老板微笑着立在门后。一楼客厅里灯光辉煌，市长柳洪林和宁副局长意气风发，正在大声谈论着什么国家大事。

众人坐定，乐曲响起，五名衣着甚少、光艳夺目的女子在客厅中央跳起了肚皮舞，丰腴洁白的肚腰引得男人们心旌摇荡、眼光迷离、连声喝彩。一曲舞罢，五名女子转身捧出几杯红酒，献给在座各位男人喝了。一个青衣女子手持一张琵琶走到客厅中央，向众人鞠了一躬，坐在一张仿古的红木椅子上，铮铮淙淙地弹起了《十面埋伏》。同时，刚才跳舞的五名女子捧出盛着大闸蟹、鲍鱼、三文鱼、佐料的盘子，让众人边吃边听曲子。《十面埋伏》弹完，青衣女子弹起了《寒鸦戏水》。弹完《寒鸦戏水》，青衣女子正想演奏下一个曲子，宁副局长不耐烦地向田老板摆摆手：不听了，不听了，咱们搓几手吧。于是，四名女子扛出一张麻将桌，宁副局长、田老板、成金鑫、姜国明围坐四方，开始“胡”弄起来。四名女子紧挨着坐在他们身边，时不时出个主意，发几张牌，一边劝酒一边调情，气氛热烈而醉人。柳洪林市长是个雅人，不屑与这些文盲厮混，带着青衣女子走上二楼一个小房间，继续听琴和品茶去了。琴声响了一会，沉静了一会儿，又铮铮地响起来。大约两刻钟后，下面的人听到二楼的小房间里传出女子的一声大叫“唉哟!”，然后就没有声音了。

李焕铭和陈一才专心地吃完美味后，走进客厅旁边的台球室打起台球。刚才跳舞的五名女子剩下一位好像没有什么事干，款款地走进了台球室，做两位男士的助手。

七局麻将打下来，田老板、成金鑫、姜国明全“输”了，三人输了三百万元。宁副局长满脸红光，哈哈大笑。田老板和成金鑫也微笑。只有姜国明一脸灰暗。这时柳洪林和青衣女子下楼来了，李焕铭和陈一才也走出了房间。田老板用力鼓了三下掌，说：

“今晚的聚会很精彩，令人无比快乐！现在是夜里两点。想回家的可以回家了，不想回去的可以在这里住宿。我们有的美女还是很寂寞的！哈哈哈……”

成金鑫一行四人辞别柳洪林，跟在宁副局长身后穿过假山、跨过溪水、走出树林，来到停车坪。一行三辆车驶出翡翠阁大门后，在公路上行驶了几公里，然后驶入路边的一条岔道，崎岖不平的岔道两旁是茂密的杂树和竹子。行驶了几公里，到了一个空旷的草坡。三辆车停下，车灯全熄了。李焕铭和陈一才从车后厢扛出四个沉重的编织袋，放入了宁副局长的警车后厢。就在此时，身旁的树丛里“呱”的一声鸟叫，惊得众人打了一个哆嗦。宁副局长笑了一下，跳上汽车首先冲出岔道，驶入了公路。

一个多月后的一天晚上，成金鑫一行四人来到翡翠阁庆贺宁副局长转正。这次，他们喝酒娱乐之后领回了十二套没有警号的警服和两把手枪、两发子弹，宁局长已经为他们找到了一个猎物，只等他们勇敢地去围捕，追回“赌输”的巨额钱财。

在拿到手枪的那一刻起，成金鑫心里就七上八下，惶恐如丧家之犬。他左思右想都觉得宁局长的做法是让他们跳入火炕，能够跳出来或者跳不出来都将永远被宁局长当傀儡耍弄，成为他刀俎间的鱼肉。还钱用如此下三烂的手段，居心是何其恶毒！他回忆起自己小时候看到的父亲的死，情状是多么悲惨、多么不堪回首！他回忆起父亲死后，自己和弟弟成国进苦难生活的点点往事和艰难创业的种种经历，不觉暗中垂泪。已经取得的成就来之不易！为了家人的幸福，他决定放弃这次恶劣的行动。然而，姜国明却认为这是一个追回钱款的绝佳方法。一百万的“赌”金也许就在一瞬间回到手了。成金鑫没有规劝一言，就叫李焕铭把全部假警服交给了姜国明。至于自己手上的手枪和子弹，成金鑫不给。他认为姜国明手上有一把枪和一发子弹足够。几天后的一个月色如水的夜晚，姜国明和陈一才带着他们的十个乡党，穿着假警服，带着一把真手枪，悄悄袭向一个设在私人会所里的赌场。赌徒们赌兴正浓，突然听到一声枪响，随后十几个“警察”冲了进来，他们跳起来正想逃跑，这时一个洪亮的声音叫他们“不许动!”赌徒们只好惶恐不安地坐在桌子们，等待警察们的手铐。但是，姜国明又犯了第二个错误，他没有命令拷人，而是命令乡党们用麻袋收拾桌子上堆积如山的现金。十一个没见过大钱的乡党急急忙忙地把现金往麻袋里拨，他们生疏、慌张的动作使得本来混乱的场面更加凌乱不堪。一个眼尖的赌徒，突然瞄见这群在身旁走来走去的“警察”制服上少了一枚警号。他扯开嗓子就喊：“他们不是警察！他们是冒充的！”赌徒们立即操起器具、抽出尖刀奋力反击，场面顿时大乱。姜国明和乡党们本来就心虚，遇到赌徒的反击，只好慌忙逃跑。他们狼狈地逃出私人会所后发现，不但没掠到多少钱，反而有三个兄弟被赌徒们擒住了。第二天，这三个头破脸肿、手折腿残的兄弟才被抬了回来。最后，双方都不敢找对方报复，事情不了了之。

经此一役，姜国明心灰意冷，大有急流勇退的意愿，再也不想与任何官员勾三搭四。他向成金鑫提出有意转让桃源酒店的股份。成金鑫顺水推舟，将姜国明的五十万元借款与酒店股价对冲了。此事办完，成金鑫不仅没有兴奋感，反而颓然叹息，顿感金钱和女人都索然无趣，生活和事业都虚幻如梦。他独自开车停在江边，望着滔滔江水回忆苦难的往事。父母死前无忧无虑、充满理想的童年生活，一幕幕浮现在脑海里。抛开世事、悠闲地和吕艳红泛舟西湖的情景令他产生了归隐田园的念头。他忽然想起了远离都市喧嚣的女儿成小曼，不知道她现在生活得怎么样了，他有了去遥远的大山看望女儿的想法。

第三十二章　小　草

成小曼、曹芳菲、杜孟坐在山坡上休息。成小曼的爱犬与卫士“厚厚”趴在地上，这是成金鑫一年多以前叫人送过来的经过严格训练的德国黑背牧羊犬。远处山峰上飞速飘来的一团云雾，不一会儿完全笼罩住他们，使他们只能看见近处几米远的橘子树。云雾夹着微雨，润湿了他们的头发、面庞和早就已经汗湿透了的衣服。约一刻钟之后，雨雾散去，灿烂的阳光直射起伏连亘的碧绿山岭。他们站起来，继续用砍刀清除橘子树下疯狂生长的杂树和野草。

这座一百亩的成年橘子林，是去年春天成小曼用父亲寄来的十万块钱承租得来的。去年秋末，收获四万多斤的橘子。成小曼把橘子卖了，所得两万多块钱利润全部捐给了他们三人支教的两所小学。今年春季，一百多名学生的学费、课本费、作业本费都不用交了。成小曼获得了人生以来最高的荣誉；乡亲们将她当圣女一般敬着。她把这份喜悦和幸福告诉了父母亲。成金鑫搂着李紫芳的肩头哈哈大笑，连说想不到女儿会用钱生钱，而且造福当地。李紫芳感动得涕泪交流，无言凝噎。

曹芳菲和杜孟被成小曼的义举感染，一有空闲就跑过来帮助成小曼护养果林。他们想得到更多利润，因此尽量少请人工，除了一些很繁重的工作，一般都是三人竭力完成。他们很珍爱这项工作，觉得比在城市里莳养花草开心多了。他们谈论起两个月后支教任务结束，就要离开这个地方和这群穷孩子，成小曼心中就惆怅起来。

“我们真的很快要离开这里了?”成小曼好像要核实这件事。

“人生没有不散的筵席，该散的总要散的。”曹芳菲说，“杜孟，你爸妈打电话来催你回去吗?”

“我?我父母不管我。我是一个自由人。”杜孟没有停下手中的砍刀，边挥刀边回答曹芳菲。

“快两年了，你觉得收获最大的是什么?”曹芳菲继续问。

“最大的收获?你又像个老师拷问我这个学生了!”杜孟有点不耐烦，“写支教总结的时候，我会写出来的。”

“好啦，哲学家先生，我不是拷问你，是请教你。”

“请教就免了。”杜孟停下手中的砍刀，“陶渊明诗云：‘此中有真意，欲辩已忘言。’”

“啊，我明白了，这一年多来，你领会了陶大仙人的‘采菊东篱下，悠然见南山’的意境。”

“岂止是领会，是真切的体验!”杜孟说。

“不只是体验，是欲飘飘然乘风而去。”成小曼笑道。

“知音者，成小曼也!”杜孟说完，继续挥刀除草。

“一个话题对上了，就成了知音?一不小心，会不会成了夫妻?”曹芳菲谑道。

“你这个贫嘴的坏丫头，还为人师表呢!”成小曼佯怒。

“唉，小曼姐姐，你家财万贯，哪个穷小子不想嫁给你啊!”

“你扯淡!看我不打死你。”成小曼笑着追赶曹芳菲。

杜孟漠然看着两人打闹。其实，一年多来，他与两个女生没有一点男女方面的纠葛，甚至言语的温热都不曾发生过。他的心灵沉醉于山水之间，常常吟诵着陶渊明、王维、孟浩然的诗句，一个人在山野间独坐、闲逛。在流经山寨的河边，有一架古老的水车，他能听着悠扬的水车运转的声音消磨一两个小时。村民和学生都议论说这个老师是不是得了痴呆症。对自然的爱已经使他忘记了人间之爱。

云雾又飘了过来，将三人笼罩在混沌迷蒙的世界。远处山岗上传来嘹亮的歌声，纯朴自然的民歌歌词令人侧耳谛听：

三月里来呀阿哥走向东
桃花落呀哟喂桃子未熟
阿妹独自呀哟在树下等
桃子熟了喂哟阿哥未回

九月里来呀阿妹走向东
桃子落呀哟喂稻谷未收
阿妹独自呀哟在屋里等
稻谷熟了喂哟阿哥未回
……

“这是天籁呀天籁！老天爷！”曹芳菲叹道。

“确实是天籁之音。不过，你们听到没有，阿哥都向东走了，阿妹只好独守空房啰！”杜孟笑道。

“我多么渴望像个神仙一样在这云山雾海里漂游，听着纯朴的民歌，一直漂游到世界的尽头和末日。”成小曼伸手作游泳状。

“我也是啊。没有世俗的功利和烦恼，和所爱的人在这云山雾海中漂游到一个神秘的世界。”曹芳菲附和着说，向杜孟抛了一个秋波。

“你们都想做神仙了吧，我也想做。‘世人都晓神仙好，唯有功名忘不了！古今将相在何方？荒冢一堆草没了。世人都晓神仙好，只有金银忘不了！终朝只恨聚无多，及到多时眼闭了！’及到多时眼闭了！”杜孟说完，站起身，拍拍屁股的泥巴，拍拍身边的牧羊犬“厚厚”的脑袋，“好兄弟，咱们回去吧，太阳一下山，天就要黑了。”

“书呆子，什么神仙好、什么忘不了，都是屁话！神仙就在此时此地。”曹芳菲望着迷蒙的天空说道。

三人在云雾中小心地行走，狼狗跟在他们身后。成小曼忽然记起小时候和母亲、成小谊在四川峨眉山旅游，自己误入一片密林，好像有一个白衣人吹着竹笛在前面引着她往密林深处走，她的脑子一片混沌，身体也轻飘飘的如同喝醉了酒。密林中流动着山岚，有一只喜鹊在树枝上叽叽叽地叫，一直在参天的大树上叫。她在幽静的密林中走走停停，停停走走，也不知走了多长时间，眼前出现了一条怪石嶙峋的小路，她顺着这条小路才走到了众人的眼前。眼前这条嶙峋的小路，与小时候记忆中的小路多么相像啊！难道天下万物真有轮回吗？

回到学校，天已经全黑。又没电来。成小曼点起煤油灯，曹芳菲洗米，杜孟洗菜。三人忙乎了半个多小时，才坐在桌前吃晚饭。菜是南瓜、萝卜，都是当地乡亲送的。每天上午都有骑摩托车的商贩到学校来卖猪肉或者牛肉。今天早上成小曼出门太早，没有买肉。成小曼拿出父亲寄过来的美国牛肉罐头，三人大快朵颐。吃完饭，收拾好餐具厨具，他们坐在门口的竹椅上聊天。暮春的风热烈而凉爽，吹起他们的头发和衣服。深黑的夜空镶满钻石般的星星，似乎伸手可摘；月亮像一条黄瓜悬在星星之间。成小曼抱出吉他，让杜孟弹几首，因为三人中他弹得最好。杜孟重拨琴弦，一首贝多芬的《月光奏鸣曲》汩汩而出。杜孟接着弹了《给爱丽丝》、《爱的罗曼史》。曹芳菲弹唱了一首中国的《小草》，成小曼弹唱了一首英国古歌《很久以前》。乐音在寂静的大山之间回旋飘扬，陶醉了佳人，陶醉了山林，陶醉了星空。他们身旁的牧羊犬静静地卧在地坪上，抬着楔形的脑袋，睁着闪亮的眼睛，专心地听着周围的声响。

两个月后，成金鑫和李焕铭、袁明亮驾驶两辆越野车到达了成小曼三人支教的学校。成金鑫看到久别的女儿长得更加健康活泼，心情十分高兴。他们把带来的一百多本《现代汉语词典》分发给两个学校的学生后，在学校旁边的村民家住了下来，等待两天后学生放假，然后带上成小曼三人离开。另外，在这两天里，成金鑫根据成小曼的意愿，到镇政府上办了手续，把一百亩橘子林的承租权免费转让给了当地的教育部门。

六月末的大山一会儿云雾迷漫、一会儿青翠欲滴，白天天气还是相当凉爽，晚上睡觉还需要盖上一条毯子。成金鑫在清新的空气中生活了两天，忘却了许多的烦恼，放下了许多的欲望，真切地感受到了清静无为、物我两忘的境界。他们收拾完东西离开学校，在崎岖的山路上行驶的时候，云雾又飘了过来，将大山团团罩住。两个司机在湿滑的泥路上小心地驾驶着，车辆的大灯射出强烈的光柱。行了十分钟，车辆到达学校与村寨的交叉路口。他们惊讶地看见路口两旁密密麻麻地站着许多村民和学生。他们在小雨中默默地站着，神情肃穆，雨水和泪水挂在他们脸上。成小曼、曹芳菲、杜孟三人不禁热泪盈眶，伸出手向他们挥动不止。车后备厢里的牧羊犬“厚厚”狂躁地站了起来，企图也和人一样伸头出车窗外。车辆没有停下来，熄了灯，在两旁的人流中缓缓穿行，终于消失在山路的拐弯处。

第三十三章 成 园

成小曼建议把家具厂关了，反正买卖家具利润不高，而且浪费很多木材，砍伐很多树木，是一项贻害子孙后代的生意。成金鑫并不认可女儿的观点，然而他心中开始考虑家具厂的转型。他向柳洪林市长说出了自己的意向，请教有什么项目可做，他认为政府的官员见多识广、眼光远大而且独到，没有这些官员的指点，自己是没有今天的成就的。

“九亩地，做商品房不够大。”柳洪林背着手，一副爷爷责备孙子的慈祥神态。“我们市里有钱的大老板都有一栋不错的住宅。你看你，还是住在李紫芳那座破楼里，那楼也有十多年了吧。翠翠那栋楼，倒也不错，可是与其他富豪的楼比起来，差得远啦!”

一语点醒梦中人！成金鑫决定动手将家具厂改建为自己的私人庭园。厂房用地改为住宅用地，费了一些钱财和周折，最后也还是办通了。然后他吩咐金辉房地产开发公司里的几个设计师设计了几个方案，都不满意。他想儿子成小谊是电脑工程方面的人才，也许他设计的方案比较靠谱，不如叫他过去看看。成小谊却说了一百个没空，这令成金鑫失望和气愤。女儿成小曼那时还在西部支教，电话打过去，她马上答应做一个令皇帝都满意的方案。成小曼把家具厂的地形图画出来，和曹芳菲、杜孟一起设计图样。杜孟只看了一眼图纸，便踱出房间，在地坪上逗牧羊犬“厚厚”玩耍。两个女人在房间里商讨了约半个小时，没结果，喊杜孟回来。杜孟回到房间，在图纸上写了一个“国”字。

“什么意思?”成小曼问。

“如果不计较钱的话，把这宅子建成一个‘国’字形，我认为最好。”杜孟慢条斯文地说。

“为什么?”曹芳菲问

“‘国’字，上古就有，可能是最古老的汉字之一。国，指一个国家，也指王侯的封地。四条墙围着一块宝玉，寓意安康富贵吉祥。这家具厂的地形是个长方形，用围墙围一个四边形，正好是‘国’字的四条边。长方形里面建三列房屋，中间建一条通道，就是一个‘王’。‘王’字右下角一点，就成了一个‘玉’字。这一点可以是一个游泳池或者是一棵大树。美不美哉?”

“美哉!”成小曼叹道。

“书呆子，还有点想象力。栽不栽，就不知道了!”曹芳菲笑道。

方案报给了成金鑫。成金鑫请了三个风水大师来考察位置与地形，用罗盘仔细测量，将“国”字方案考证、占卜、格致了一番，都说“不吉”。三个风水师各自提出了三个字“四、团、回”作为住宅的造型，用天文、地理、风水、鬼神等等知识灌了一通成金鑫的脑子，令成金鑫茫然不知所措。折腾了差不多一个月，最后，愤怒的李紫芳坚决要求采用女儿的“国”字方案，成金鑫才罢休。

十六个月后，气势恢弘的“成园”矗立在了滔滔江水之滨。它背北朝南，北面是一座野草丛生的小石山；东面是一条自建的弯曲如两个“3”字的柏油小路，一头通向市区，一头沿着围墙延伸到南大门；西面开有一个小门，通向一片茂密的树林；南面是正大门，门楣行书“成园”两个镀金大字，面朝自西向东流过的滔滔江水。北、东、西三面围墙旁共移植十二棵约十米高、树龄百年的大树，分别是柏树、松树、樟树。南大门旁，卧着两只栩栩如生、威武庞大的铜制狮子。进入铜制大门，中间一条宽十二米、深红色大理石铺设的通道将三座风格同样的大建筑联成一个“王”字。一个椭圆形、清水荡漾的游泳池在“王”字右下角加了一点，“王”字成了一个“玉”字，加上长方形围墙，“成园”建成了一个“国”字形。

“国”字中间的三座大建筑，风格同样、大小高度同样、房间数量同样。风格是中西合璧，糅合了哥特式和汉唐建筑的特点。建筑中央顶部高耸着一个圆形尖塔，尖塔安装的是彩色玻璃，顶部树一根银色的避雷天线。每当阳光照耀尖塔，彩色玻璃便五彩缤纷、熠熠生辉。尖塔下面是二至六层、单个面积二百四十平方米的五个大厅，分别用作会客厅、餐厅、放映厅、乒乓球或台球厅、琴房或健身厅。大厅两旁是左右对称各三个一百平方米的房间，却是汉唐风格，方柱青砖，飞檐斗拱，红瓦粉壁。房间内摆设的却是明清风格的家具。每座建筑占地九百二十平方米，高六层，各有三十六个房间和五个大厅。通道贯穿三座建筑的底层中央部分，中央部分是一条直通楼顶的楼梯。三座建筑都只有楼梯，没有安装电梯。成金鑫说使用电梯会娇坏家人的身体，家人应该多多运动。三座建筑之间除了一个游泳池，另外安置了十八尊灵璧石、十八尊大化石。奇石之间植了桂花树、桃树、罗汉松、牡丹花、芍药、海棠……成小谊说整个建筑风格不伦不类，成小曼说布局巧妙实用，李紫芳说太奢侈浪费了，郭翠翠说建筑质量一流，吕艳红说是个风水宝地，二儿子成小龙说像迪斯尼乐园，三儿子成大梁还不会说话，只是瞪着眼睛看……

是否大宴宾客庆贺新居落成，成金鑫为这个问题头痛了好几天。他分别到三个女人家征询它们的意见，李紫芳说没这个必要，只会引来嫉妒；郭翠翠说宴请宾客结交朋友，聚人气财气福气，是家庭的盛事；吕艳红说我俩没正式举行过婚礼，何不趁此机会向亲戚朋友报喜？最后，成金鑫还是去请教了柳洪林市长。柳洪林沉吟半晌，问道：

“你还想继续发展你的房地产生意吗？”

“当然要继续发展，我肯定想继续做大做好房地产业务。”

“那好。我劝你做事不要太张扬，做人要低调。你请了一大帮亲戚朋友、三教九流来大吃大喝，他们内心会感谢你吗？现在谁还在乎一顿饭呀？在他们看来，你送给他们每人一套房才是道理。可是你送得起吗？这不惹来一身骚吗？”柳洪林说完，显得有点气愤。

“柳市长说得是、说得是，我马上取消这个庆典。”成金鑫为自己的幼稚感到不好意思，赶忙退出。启动汽车时，却突然想起忘记请教另一个问题了。这个问题也令他头痛：如何把三个女人同时请进“成园”，搞一个心心相连的活动让她们和睦相处、共创幸福？他一边想一边开着车在街道上无目的地绕了几条路，最后他把车开到了廖云凯局长的住处。廖云凯经历的男女关系多，对女人有一套独到的见解。他给成金鑫斟了一杯普洱茶，缓缓说道：

“如果一个女人爱你，这个女人对你的家庭感情肯定强烈，为家庭可以牺牲一切。你的三个女人都为你生儿育女，大概是爱你的。因此，你可以借家庭兴旺发达、家和万事兴这个传统的口号做文章。你可以请一个大师到你家里，为你的家庭成员做一些消灾祈福、平安吉祥之类的法事。你事先向这位大师详细披露家庭成员的经历和性格，大师就可以对症下药，一个一个说服他们，让他们心中有敬畏，敬畏你的家长地位和家庭事业，让他们和睦相处，像姐妹一样亲密无间，团结在你的周围。”

“说得对。我去哪里找到这样一位大师呢?”

“住在我家里就有一个。现在他还在睡觉，不要惊醒他。他来自高原，身材高大魁梧，面如红枣，声若洪钟，走南闯北，见多识广，遍访名校，学识渊博，天文、地理、历史、哲学、物理学、生理学、心理学，等等，无所不通，无所不晓。你的家庭成员在他面前肯定像个小学生一样无知和听话。”

“太好了，那我在这里等大师醒来吧!”

“不必了。大师通常一睡就是十六个小时。现在是下午三点。明天早上他才醒来呢。”廖云凯无奈地说。

成金鑫只好告别，第二天早上八点钟赶到廖云凯家时，大师却已经出去，至于去哪里，别人也不敢问，大师也不带手机。下午六点，成金鑫致电廖云凯，回答说还没回来。第三天上午九点，成金鑫再次致电廖云凯，回答说还是没有回来。多次电话询问，都是不见踪影。第五天下午六点，廖云凯来电说，大师和几个他的学生回到他家里了。成金鑫兴奋异常，急忙叫廖云凯请大师和他的学生到桃源酒店见面、吃饭。七点，成金鑫站在桃源酒店门口终于见到了分乘三辆的士到达的大师一行十一人，廖云凯随后驾着别克公务车也来到了。

大师鼻子上架着一副茶色眼镜，笑呵呵地执着成金鑫的手往酒店里面走，后面一列跟着他的十个披着深红色袈裟的学生，气场十足，两边的宾客都停足注目。进入包厢，成金鑫与大师热聊，廖云凯点菜。一会儿，几大盘肉和海鲜端了上来，还有几瓶名酒。酒足饭饱，廖云凯把他们带到四楼的足浴店，大师和学生们都很享受这项服务。末了，开了十一个房间让他们休息。第二天早上，成金鑫头脑逐渐清醒。他反复回忆昨天晚上他们的所作所言，怀疑自己上了廖云凯的贼船。他叫来客房部经理，客房部经理低声向他透露了一个秘密情报：半夜里大师和他的十个学生都招妓了！成金鑫吃了一惊，马上思考怎么既不得罪廖局长又能打发走大师一行人。思来想去，却没有一个妥善的方案。他把李焕铭叫来，叫他出主意。李焕铭说他和几个兄弟把这十一个假货直接送到火车站得了；然后拿昨天晚上的监控视频给廖局长看，廖局长这点利害关系还是懂的。中午，“大师”们才起床，李焕铭说带他们到另一个酒店吃中午饭。他们上车后，不久就被抛在了火车站广场中间空荡荡的地方。

成金鑫和柳洪林说起这件事，柳洪林笑得像个孩子，还当成金鑫面打电话给廖云凯，在电话里骂了几句。成金鑫接着拿礼物红包到廖云凯家里赔罪，廖云凯倒连说对不起，差点害了兄弟，最后还要亲自出马，为成金鑫的“家和万事兴”尽一份力。

入住的日子是农历八月八日，“成园”一整天灯火辉煌，人来人往。虽然不搞庆典，但是为了增加喜庆的气氛，还是搞了一些仪式，燃放了鞭炮和烟花，请来一个小仪仗队吹打了一阵。廖云凯当主持人，带着李焕铭几个兄弟忙里忙外。几个女人都是与廖局长相识已久的，深服廖局长的权威，说什么就做什么。那天，成金鑫戴着一顶乌纱帽，穿着一套古代皇帝的黄色龙袍；李紫芳穿着一套浅紫色的旗袍；郭翠翠穿着一套翠绿色的旗袍；吕艳红穿着一套大红色的旗袍；成小曼穿着一套青花瓷色的旗袍；成小谊和成小龙穿着棕色西服；成大梁穿着一套橘红色的棉衣。廖局长吩咐大家站在南大门中央，拍了一组全家福，接着，四个孩子（成小曼抱着成大梁）拍了一组青春照，接着，三个女人站在一起拍了一组美人照，最后，成金鑫揽着三个女人拍了一组夫妻照。廖局长风趣地大声说，最后一组照片名字叫作“黄紫翠红”，寓意“大吉大利”、“富贵祺祥!”

令人不解的是，上述照片冲晒出来后第三天，却被登载在当地晚报的娱乐新闻上了。成金鑫还没来得及采取措施，当地的司法部门已经找上门来将他拘留了。郭翠翠和吕艳红带着各自的孩子匆匆忙忙从成园搬出去，场面相当狼狈。一个月后，成金鑫被判刑一年并立即执行，犯的是事实重婚罪；另外，超生罚款三十万元。

第三十四章　春　望

成小曼走出监狱的大门，守候在门口外的杜孟和曹芳菲迎上前去，急问：“你爸怎么样了？”

“没事没事，他在里面悠闲得很，滋润得像个帝王，除了没有女人，该有的享受他都有。”成小曼笑着说。

“那就好。”曹芳菲说。

“还好？”杜孟迈开大步走在前面，激动地说，“你爸肯定在里面买通了狱警。这叫什么……”

“书呆子，先别说，上车。”曹芳菲拉开出租车的车门。三人钻进汽车。汽车开上一条坎坷不平的泥路。出租车司机是个老头，沉默着，静静地收听收音机里的中央广播电台的新闻。成小曼三人也静听着。十几分钟后，新闻结束，开始播放歌曲，是一首二十年前春节联欢晚会上的独唱歌曲《春光美》，三人听得心情激荡：

我们在回忆
说着那冬天
在冬天的山巅
露出春的生机

我们的故事

说着那春天
在春天的好时光
留在我们心里

我们慢慢说着过去
微风吹走冬的寒意
我们眼里的春天
有一种神奇
啊……
这就是春天的美丽

我们在回忆
说着那冬天
在冬天的山巅
露出春的生机

我们的故事
说着那春天
春天的好时光
留在我们心里

一遍一遍甜蜜回忆
春天带来真诚友谊
我们眼里的春天
有一种欢欣
啊……
这就是春天的美丽

一会儿，出租车停在了码头。成小曼雇了一条人力小船，向家的方向顺流而去。三人坐在油布小船舱里，欣赏着身旁生机盎然的春色。

春水泛滥，江流滚滚。两岸的野草和灌木开始疯狂生长。一两丛白色或者红色的野花向江面伸出它们美丽的身姿。午后的阳光懒洋洋地照耀着翠绿的山岗和幽蓝的江面。骀荡春风时时掀起人们的衣领，令人心旷神怡、春意勃发。

“又是一年的春天!”杜孟叹道。

“严寒之后就是春天，这是自然规律。”曹芳菲说。

“可是社会规律呢？大乱之后就是大治吗?”杜孟突然问道。

“也许是，也许不是，也许很久之后才能大治。”曹芳菲应道。

“我们要有信心，更要有耐心。我们的国家因为有了超强的忍耐力，才有五千年文明的延续。北岛诗云：‘新的转机和闪闪星斗，正在缀满没有遮拦的天空，那是五千年的象形文字，那是未来人们凝视的眼睛’”成小曼说。

“哎哟，你们两位女同胞，都成为哲学家了!”杜孟笑道。

“都是拜你所赐。没有你几年的教导，我们两位女生岂能有今日的风度!”曹芳菲说。

“过奖了过奖了。那么你们认为，当前最需要的是什么手段呢?”杜孟问。

“法治，显然是法治。以自然法为基础的法律施行在社会运行的各个环节，遵守规则，制衡权力，培育诚信，我们的社会就会一天好过一天。”曹芳菲说。

“太好了！你们说得太好了！我对人生又充满了希望。或许大部分污浊都会被清除、淘汰，正如这滔滔江水洗涤、淘汰污泥浊水一样。”杜孟叹道。

“有一首英文歌由叫‘Let it be’，还记得大学时我们经常唱的，过去的就让他过去吧！我们展望未来，还是充满美好的！”成小曼说。

“可是我们一介草民，却将如何？”杜孟又问。

“从小事做起，一点一滴，日积月累，改变一点就是一点。这就是我的理想，我的愿望。”成小曼说。

“我决定去做个警察，用自己的公平和正义去改变身边的一些社会现象。”曹芳菲说。

“我决定还去做个老师，教导那些如白纸一样纯净的少年，诚信做人，平等待人。将来他们成年后，也许就能改良社会的一个角落。”成小曼说。

“我决定去政府做个官员，以自己的微薄之力为国家的富强和民主做一点抛砖引玉的工作。也许我什么也改变不了，也许我一进去就被改变了，但是，我还是想尝试一下。”杜孟说。

三人说着，不觉天空已经布满乌云，豆大的雨点在江面挂起了一张白茫茫的雨帘，狂风开始猛烈地摇晃小船。头戴雨笠肩披蓑衣的艄公，若无其事地摇动着双浆，像一只沉静地坐在船头的鱼鹰。小船在白茫茫的雨幕中不紧不慢地航行，在宽阔的江面上显得孤独而苍凉。

“刚才我爸爸在我临走时说，这条江像条恶龙，经常大风大浪，我们乘船回家的时候要小心，做好防备。他十几年前在这条江上贩运过水泥，差点沉船江底。”成小曼说。

“那我们穿上救生衣吧。”曹芳菲说。三人穿衣。

“你们看，那风雨中的戴笠披蓑的艄公，东坡居士的‘一蓑烟雨任平生’，情景就在这里了，多么美妙！”杜孟指指前面，笑道。两位女士也会心地笑了。

小船在狂风暴雨中孤独地航行了约一个小时，在一处堤岸凹进去的地方泊住了，艄公抛出一条绳索拴着了岸边的一棵大树。这个地方就是十几年前成金鑫贩运水泥经常泊船避险的堤岸。成小曼当然不知道当年父亲所冒的风险。为了多赚钱，每次装货时多装一千吨，让船像条老牛一样吃力地在风暴中前行。

暴雨狂风继续在宽阔的江面上肆虐，江水开始变得浑浊。一艘中型游轮轰鸣着逆流而上，滚滚江水在船舷旁边冲起一股股白浪。一会儿，江面上出现一艘冒着黑烟的货轮，吼叫着也往上游驶去。两艘船的马达声在雨声中渐远渐弱，终于只能听到雨声和风声了。

“大伯，到船舱里来休息一会儿吧。”杜孟朝艄公喊道。

艄公走进舱内，在杜孟身旁坐下来，拿掉了头上的雨笠。杜孟从身上掏出烟盒，抽出一支递给艄公，并给他打火点着了烟。

“你不抽?”艄公问杜孟。

“我不抽烟的，身上带着烟只是为了结交朋友。”杜孟笑道。

“好青年！想当年，我刚大学毕业的时候也是这样，为了人情而虚伪。”艄公也笑道。三个年轻人对视了一下，一脸的惊讶：大学毕业——艄公！面前的艄公没有粗朴健硕的模样，而是儒雅而文弱，像个老教师。

“很奇怪是吧？我二十二岁大学毕业后进入政府机关工作，干了三十年，做到副科级，前几年提前退休，来到这江上做了个运输工人，没顾客的时候，就钓钓鱼打发时间。人生就不过如此了。”艄公吐着烟圈，淡淡地说。

“真想不到。”成小曼和曹芳菲异口同声。

“你们刚才的谈话，我都听到了。你们是有志气有前途的青年。”艄公说。

“大伯过奖了。”杜孟说，“我们还只是在理论探讨阶段，到了实践阶段，也许就会碰得头破血流。”

“是的，一切理想都会在实践中碰壁。在社会大变革中，个人的意志显得非常渺小。然而，如果深入研究历史，你们就会发现有许多历史教训可以借鉴为我们所用的，可以使我们少走许多弯路。”艄公说。

“历史可信吗?”杜孟问。

“有的历史是不可信的。但是，大部分历史还是可靠的。特别是近代史，很多当事人还在，有回忆录、日记、谈话等可以佐证。刚才我听到你们中一个女生说到法治，我特别赞同。我在政府里混了三十年，深感家长威权泛滥之苦、部门敷衍塞责之害。建立一套纲举目张、权责分明并且高效廉洁的制度，以民主、法律为手段，以富强、文明为目的，一个自由、平等、法治的社会就会屹立在亚洲。你们看澳大利亚，二百年前还是一个蛮荒之地，一群流放犯去到那里，建立了一套法治的制度，国家很快兴旺发达起来，国民迅速过上了自由幸福的生活。反观中国，五千多年的历史，只有王朝的循环更替和人治灾难的重复，却没有法治的传统和制度，没有自由、平等、公正的人文精神，所以迟迟不能走上富强繁荣的道路。”艄公说。

“公德良心还在，吸纳意见的路径还在，”杜孟说，“所以我们觉得我们还是会有所作为的。”

“从小事做起，一点一滴，日积月累，改良我们的社会。”成小曼说。

“哎呀！说了那么多，我们忘记请教高人尊姓大名了。”曹芳菲笑着说。

“不敢当不敢当，哪里有什么高人？老夫空有一套治国救民的理论，却无实际之才干，老来只能‘孤舟蓑笠翁，独钓寒江雪。’”艄公说完，哈哈大笑。

“‘老骥伏枥，志在千里’。大伯恐怕就是当年垂钓渭水的姜太公。”成小曼微笑着说。

“不敢当不敢当!”艄公说着，站起身来走向船头，“雨快停了，我们也要出发了。”

雨越下越小，风也渐渐柔和了，天空渐渐明朗起来，西边的天空出现了一片红光。艄公解开绳索，摇动小船，小船在滔滔江水之上如箭一般朝下游奔去。